T0165976

El otro Einstein

Novela histórica

Biografía

Marie Benedict es abogada y ha trabajado en algunas de las firmas más prestigiosas de Estados Unidos. Se graduó con honores de la Universidad de Boston con especialización en historia del arte. Como abogada, se ha enfocado en defender los derechos de las mujeres y desde esta preocupación comenzó a escribir novelas biográficas donde visibiliza el papel de ellas a lo largo de la historia. Algunas de sus novelas son *El otro Einstein* (Planeta, 2018), *La única mujer* (Planeta, 2019), *La dama de la guerra* (Planeta, 2020) y *El secreto de Agatha* (Planeta, 2021). Su más reciente novela, *La coleccionista* (Planeta, 2022), la escribió en coautoría con Victoria Christopher Murray.

Marie Benedict
El otro Einstein

Traducción: Andrea Rivas

Título original: *The Other Einstein*

© 2016, Marie Benedict

Traducido por: Andrea Rivas

Publicado por acuerdo con The Laura Dail Literary Agency and International Editors' Co Barcelona

Derechos reservados

© 2023, Editorial Planeta Mexicana, S.A. de C.V.
Bajo el sello editorial BOOKET M.R.
Avenida Presidente Masarik núm. 111,
Piso 2, Polanco V Sección, Miguel Hidalgo
C.P. 11560, Ciudad de México
www.planetadelibros.com.mx

Diseño de portada: Oliver Barrón
Fotografía de la autora: © Anthony Musmanno

Primera edición en formato epub: septiembre de 2018
ISBN: 978-607-07-5219-3

Primera edición impresa en México en Booket: mayo de 2023
ISBN: 978-607-39-0034-8

Impreso en los talleres de Impregráfica Digital, S.A. de C.V.
Av. Coyoacán 100-D, Valle Norte, Benito Juárez
Ciudad De Mexico, C.P. 03103
Impreso en México – *Printed and made in Mexico*

Para Jim, Jack y Ben

PRÓLOGO

4 de agosto de 1948
62 Huttenstrasse
Zúrich, Suiza

El fin está cerca. Lo siento aproximarse como una oscura, seductora sombra que hará extinguirse lo que queda de mi luz. En estos últimos minutos, miro atrás.

¿Cómo perdí mi camino? ¿Cómo perdí a Lieserl?

La oscuridad se apresura. En los pocos momentos que me quedan, como una arqueóloga meticulosa, excavo en el pasado en busca de respuestas. Espero aprender, como sugerí hace tanto tiempo, si el tiempo es verdaderamente relativo.

Mileva «Mitza» Marić Einstein

PRIMERA PARTE

Todo cuerpo permanece en estado de reposo o de movimiento uniforme en línea recta a menos que sea obligado a cambiar su estado por fuerzas impresas sobre él.

Sir Isaac Newton

Capítulo 1

Mañana
20 de octubre, 1896
Zúrich, Suiza

Alisé las arrugas de mi blusa recién planchada, arreglé el lazo alrededor de mi cuello y acomodé un mechón de cabello en el moño firmemente apretado. La húmeda caminata por las calles brumosas hacia el campus del Politécnico Federal Suizo había descompuesto mi cuidadoso arreglo. Me frustraba que mi oscuro y pesado cabello se negaba a mantenerse en su lugar. Quería que cada detalle de aquel día fuera perfecto.

Enderecé los hombros intentando verme más alta y coloqué una mano sobre la enorme perilla de latón del salón de clases. Grabada con patrones griegos, gastados por el paso de las generaciones, la perilla hizo ver aún más pequeña mi mano de tamaño infantil. Hice una pausa. *Gira la perilla y empuja la puerta,* me dije. *Puedes hacerlo. Cruzar el umbral no es nada nuevo. Has pasado antes sobre la supuesta división insuperable entre hombres y mujeres en innumerables salones. Y siempre has tenido éxito.*

Aun así, dudé. Sabía muy bien que, mientras el primer paso es el más difícil, el segundo no resulta más fácil. En aquel momento casi podía escuchar a papá apremiándome. «Sé valiente», susurraría papá en nuestra nativa y poco usada lengua serbia. «Eres *mudra glava*. Una sabia. En tu corazón late la sangre de bandidos, nuestros

13

ancestros eslavos que recurrían a cualquier medio para cumplir su cometido. Cumple tu cometido, Mitza. Cumple tu cometido».

No podría decepcionarlo.

Giré la perilla y la puerta se abrió de par en par. Seis rostros me miraron: cinco estudiantes con trajes negros y un profesor con levita negra. Detecté impresión y desdén en sus caras pálidas. Nada —ni siquiera los rumores— había preparado a estos hombres para ver a una mujer entre sus filas. Casi se veían tontos con sus ojos saltones y mandíbulas desencajadas, pero sabía que no me podía atrever a reír. Me propuse no poner atención a sus expresiones, ignorar las caras pastosas de mis compañeros estudiantes, quienes estaban desesperados por parecer mayores de dieciocho años con sus bigotes exageradamente encerados.

El amor por aprender física y matemáticas fue lo que me hizo venir al Politécnico, no el deseo de hacer amigos o complacer a los demás. Me recordé a mí misma este simple hecho mientras me preparaba para encarar a mi instructor.

El profesor Heinrich Martin Weber y yo nos miramos. Su larga nariz, sus espesas cejas y su barba meticulosamente recortada hacían justicia a su amplia reputación de profesor de física.

Esperé a que hablara. Hacer cualquier otra cosa habría parecido una insolencia y no podía permitirme una marca semejante, ya que mi mera presencia en el Politécnico era considerada por muchos como un desafío. Caminaba sobre una delgada línea entre mi insistencia por seguir este sendero nunca antes andado y el conformismo que se esperaba de mí.

—¿Y tú eres…? —preguntó como si no me estuviera esperando, como si nunca hubiera oído de mí.

—Señorita Mileva Marić, señor —Rogué que mi voz no temblara.

Lentamente, Weber consultó la lista de la clase. Por supuesto, sabía perfectamente quién era yo. Debido a que él era el director del programa de física y matemáticas, y dado a que sólo cuatro mujeres habían sido admitidas antes de mí, tuve que hacer una petición directamente a él para entrar al primer año del programa de cuatro años, conocido como Sección Seis. ¡Él personalmente había aprobado mi entrada! La consulta de la lista de clase era un descarado y calculador movimiento, telegrafiando su opinión sobre mí al resto de la clase. Les dio licencia para seguir el ejemplo.

—¿La señorita Marić de Serbia o algún país austrohúngaro de ese estilo? —preguntó sin levantar la mirada, como si fuera posible que hubiese otra señorita Marić en la Sección Seis, una que proviniera de un lugar más respetable. Con su pregunta, Weber dejó perfectamente clara su visión respecto al este eslavo de Europa, que nosotros, como oscuros foráneos, éramos de algún modo inferiores a las personas alemanas de Suiza. Era otra preconcepción que tendría que refutar si quería tener éxito. Como si ser la única mujer en la Sección Seis (tan sólo la quinta en haber sido *alguna vez* admitida en el programa de física y matemáticas) no fuese suficiente.

—Sí, señor.

—Puedes tomar tu asiento —dijo finalmente e hizo un gesto hacia la silla vacía. Y fue mi suerte que la única vacía era la más lejana a su podio—. Ya hemos empezado.

¿Empezado? La clase no empezaba sino hasta dentro de otros quince minutos. ¿Le habían dicho a mis compañeros algo que a mí no? ¿Habían conspirado para encontrarse antes? Quería preguntar, pero no lo hice. Discutir sólo habría alimentado el fuego contra mí. De cualquier manera, no importaba. Simplemente llegaría quince minutos antes al día siguiente. Y cada vez más temprano de ser necesario. No me perdería una sola palabra de las lecciones de Weber. Estaba equivocado si él pensaba que un inicio prematuro me disuadiría. Era la hija de mi padre.

Asintiendo a Weber, miré el largo camino desde la puerta hasta mi silla; deshabituada, calculé el número de pasos que me tomaría para cruzar el cuarto. ¿Cómo sería mejor manejar la distancia? Con mi primer paso, intenté mantener la postura y esconder mi

15

cojera, pero el arrastre de mi pie cojo hizo eco a través del salón. En un impulso, decidí no enmascararlo en lo más mínimo. Lo mostré plenamente para que todos mis colegas vieran la deformidad que me ha marcado desde que nací.

Golpear y arrastrar. Una y otra vez. Dieciocho veces hasta que alcancé mi silla. *Aquí estoy, caballeros,* sentí que decía con cada arrastre de mi pie cojo. *Echen un vistazo; supérenlo.*

Sudando por el esfuerzo, me percaté de que la clase se hallaba en completo silencio. Estaban esperando a que me sentara, y quizás avergonzados por mi cojera o mi sexo o ambos, mantenían los ojos apartados.

Todos excepto uno.

A mi derecha, un hombre joven con una desordenada mata de rizos café oscuro me observaba. Inusualmente, me encontré con su mirada. Pero incluso cuando lo miré con la cabeza alta, retándolo a burlarse de mi esfuerzo, sus ojos entrecerrados no se apartaron. En su lugar, se formaron pequeñas arrugas en las esquinas del rostro mientras sonrió a través de la oscura sombra de su bigote, mostrando una mueca de gran desconcierto, incluso de admiración.

¿Quién creía que era? ¿Qué significaba aquella mirada?

No tenía tiempo de darle sentido mientras tomaba asiento. Alcanzando mi bolsa, saqué papel, tinta y una pluma, alistándome para la lección de Weber. No dejaría que la atrevida, despreocupada mirada de un compañero privilegiado me confundiera. Vi de frente al profesor, aún consciente de la observación de mi compañero sobre mí, pero actué como si no lo viera.

Weber, sin embargo, no era tan resuelto. Ni indulgente. Mirando al hombre joven, el profesor aclaró su garganta, y cuando él no redirigió sus ojos hacia el podio, dijo «Tendré la atención de toda la clase. Esta es su primera y última advertencia, señor Einstein».

Capítulo 2

Tarde
20 de octubre de 1896
Zúrich, Suiza

Al entrar al vestíbulo de la pensión Engelbrecht, cerré la puerta silenciosamente tras de mí y le di el paraguas empapado a la sirvienta. Llegaron risas hasta la entrada, provenientes de la sala. Sabía que las chicas me esperaban ahí, pero aún no me sentía con ánimos para un bien intencionado interrogatorio. Necesitaba un tiempo sola para pensar sobre mi día, incluso si eran únicamente unos pocos minutos. Tomándome tiempo para pisar suavemente, empecé a subir las escaleras hacia mi habitación.

Crack. Maldito sea ese escalón suelto.

Con faldas grises ondeando tras ella, Helene emergió de la sala con una humeante taza de té en la mano. «Mileva, ¡te estamos esperando! ¿Lo habías olvidado?» Con su mano libre, Helene tomó la mía y me llevó hasta la sala pequeña, la cual llamábamos entre nosotras «el cuarto de juegos». Nos sentíamos con derecho a nombrarlo, ya que nadie más lo usaba.

Reí. ¿Cómo lo habría logrado durante los últimos meses en Zúrich sin estas chicas? Milana, Ružica, y sobre todo Helene, una hermana espiritual con agudo ingenio, modales amables y, muy extrañamente, un cojeo similar. ¿Por qué había dejado pasar incluso un solo día sin tenerlas dentro de mi vida?

Hace muchos años, cuando papá y yo llegamos a Zúrich, yo no podía haber imaginado amistades como estas. Mi juventud, marcada por mis compañeros de escuela, —alienación en el mejor de los casos, burlas en el peor— significaba una vida de soledad y conocimiento. O eso pensaba.

Bajando del tren luego de un viaje a empujones de dos días desde nuestro hogar en Zagreb, Croacia, papá y yo estábamos un poco temblorosos. El humo del tren ondeaba por toda la estación de trenes de Zúrich, y yo tenía que esquivar a la gente para hacer mi camino en la plataforma. Con un *satchel* en cada mano, uno muy pesado con mis libros favoritos, me tambaleé un poco mientras caminaba por la concurrida estación, seguida por papá y un portero llevando nuestras bolsas. Papá se apresuró a mi lado, intentando ayudarme con uno de mis *satchels*.

—Papá, yo puedo hacerlo —insistía mientras intentaba liberar mi mano de la suya—. Tienes tus propias maletas que cargar y sólo tienes dos manos.

—Mitza, por favor déjame ayudarte. Puedo aguantar con facilidad una maleta más que tú —rio—. Sin mencionar que tu madre estaría horrorizada si te dejo peleando con tantas maletas por toda la estación de Zúrich.

Bajando mi maleta, intenté extraer mi mano de la suya

—Papá, tengo que poder hacer esto sola. Voy a vivir sola en Zúrich, después de todo.

Me miró por un largo momento como si la realidad de mí viviendo en Zúrich acabara de registrarse en su mente, como si no hubiésemos trabajado por esta meta desde que era una niña pequeña. Reticente, dedo a dedo, liberó nuestras manos. Esto fue difícil para él; eso lo entiendo. Mientras sé que parte de papá disfrutaba mi búsqueda por una educación particular, mi escalada le recordaba su propio trabajo duro para ascender desde que era campesino hasta lograr ser un exitoso burócrata y propietario de tierras, a veces me pregunto si se sentía culpable por impulsarme en mi precario camino. Se había enfocado durante tanto tiempo en el premio de mi educación universitaria, que adivino que nunca vislumbró decirme adiós realmente y dejarme en este lugar extranjero.

Salimos de la estación y nos detuvimos en las ajetreadas calles de Zúrich. La noche comenzaba a caer, pero la ciudad no estaba oscura. Me encontré con la mirada de papá, y sonreímos asombrados; sólo habíamos visto una ciudad encendida por el usual brillo turbio de las lámparas de aceite. Luces eléctricas iluminaban las calles de Zúrich, y eran inesperadamente brillantes. Bajo su brillo, podía ver los detalles más finos en los vestidos de las damas que pasaban a nuestro lado; sus movimientos eran más elaborados que los de los retraídos estilos que he visto en Zagreb.

Los caballos de un carruaje de alquiler galoparon sobre los guijarros de la estación donde estábamos, y papá los llamó. Mientras el chofer desmontaba para cargar nuestro equipaje en la parte trasera del coche, me envolví en mi chal buscando calor en el aire frío de la tarde. La noche antes de partir, mamá me regaló el chal con rosas bordadas, con lágrimas pendiendo en las esquinas de sus ojos, pero nunca cayendo. Sólo más tarde comprendí que el chal era como su abrazo de despedida, algo que podía mantener conmigo, ya que ella tendría que quedarse en Zagreb con mi hermana pequeña Zorka y, mi hermano pequeño, Miloš.

Interrumpiendo mis pensamientos, el chofer preguntó:

—¿Están aquí para ver los monumentos?

—No —respondió papá con un acento apenas perceptible. Siempre había estado orgulloso de su alemán sin errores gramaticales, la lengua hablada por aquellos con poder en Austro-Hungría. Era el primer paso que dio para iniciar su escalada, solía decir cuando nos incitaba a practicarla. Hinchando ligeramente su pecho dijo—: estamos aquí para inscribir a mi hija en la universidad.

Las cejas del chofer se levantaron con sorpresa, pero mantuvo su opinión en privado.

—Universidad, ¿eh? Entonces supongo que querrán la pensión Engelbrecht o alguna de las otras pensiones de Plattenstrasse —dijo mientras sostenía abierta la puerta del carro para que entráramos.

Papá hizo una pausa mientras esperaba a que yo me acomodara y luego le preguntó al conductor:

—¿Cómo sabe nuestro destino?

—Ahí es a donde llevo a muchos de los estudiantes del este de Europa para alojarse.

Escuchando a papá gruñir como respuesta mientras se deslizaba a mi lado, me di cuenta de que no sabía cómo interpretar aquel comentario. ¿Era un insulto a nuestra herencia del este? Se nos había dicho que, a pesar de que habían mantenido firmemente su independencia y neutralidad frente al despiadado imperio europeo que los rodeaba, los suizos miraban hacia abajo a cualquiera procedente de los alcances del Imperio austrohúngaro. Y así con todo, los suizos eran las personas más tolerantes de otras maneras; ellos tenían las admisiones a universidades más indulgentes con las mujeres, por ejemplo. Era una confusa contradicción.

Apuntando a los caballos, el conductor hizo sonar la fusta en el aire y el coche avanzó con un ritmo constante, camino abajo en la calle de Zúrich. Esforzándome por mirar a través de la ventana manchada de barro, vi un tranvía eléctrico zumbando cerca del coche.

—¿Viste eso, papá? —pregunté. Había leído sobre tranvías pero nunca había visto uno de primera mano. Su visión me llenó de regocijo; era prueba tangible de que la ciudad tenía un pensamiento avanzado, al menos en cuanto a transportes. Sólo podía esperar que la forma en que los ciudadanos tratasen a las estudiantes fuera tan avanzada para concordar con los rumores que había escuchado.

—No lo vi, pero lo escuché. Y lo sentí —respondió papá con calma, dando un apretón a mi mano. Sabía que estaba emocionado, pero quería parecer sofisticado. Especialmente luego del comentario del chofer.

Me giré para abrir la ventana. Escarpadas y verdes montañas enmarcaban la ciudad, y juro que pude oler hojas perennes en el aire. Seguramente las montañas eran demasiado distantes como para compartir la fragancia de sus abundantes árboles. Sin importar la fuente, el aire de Zúrich era, por mucho, más fresco que el de Zagreb, siempre oliendo a caballo y cultivos quemados. Quizá la esencia venía del aire fresco volando desde el lago de Zúrich que bordeaba el lado sur de la ciudad.

En la distancia, en lo que parecía ser la base de las montañas, vislumbré edificaciones amarillo pálido, construidas con estilo neoclásico, acomodadas como telón de fondo a las agujas de las iglesias. Los edificios eran notablemente parecidos a los bocetos del Politécnico que había visto en mis papeles de solicitud, pero mucho más grandes e imponentes de lo que los había imaginado. El Politécnico era una nueva suerte de colegio dedicado a producir maestros y profesores para varias disciplinas científicas o matemáticas, y era una de las pocas universidades en Europa que concedía grados a las mujeres. Aunque durante años soñé con poco más, era difícil asimilar que en pocos meses estaría por fin asistiendo al Politécnico.

El coche se detuvo bruscamente. La ventanilla del conductor se abrió, y este anunció nuestro destino: «Plattenstrasse 50». Papá le dio algunos francos a través de la ventanilla, y se abrió la puerta hacia la calle.

Mientras el conductor bajaba nuestro equipaje, un sirviente de la pensión Engelbrecht se apresuró hacia la puerta principal y bajó los escalones de la entrada para ayudarnos con el equipaje de mano. Entre las hermosas columnas que enmarcaban la puerta de la casa de cuatro pisos de ladrillo, surgió una atractiva y elegantemente vestida pareja.

—¿Señor Marić? —preguntó el caballero, de mayor edad y tamaño.

—Sí, y usted debe ser el señor Engelbrecht —respondió mi padre con una ligera reverencia y un apretón de manos. Mientras los hombres intercambiaban saludos, la ágil señora Engelbrecht bajó las escaleras para acompañarme al interior del edificio.

Una vez terminadas las formalidades, los Engelbrecht nos invitaron a papá y a mí a tomar el té y los pastelillos que habían sido dispuestos en nuestro honor. Mientras seguíamos a los Engelbrecht desde la entrada hasta la sala, vi a papá dirigiendo una mirada aprobatoria al candelabro de cristal que colgaba frente al salón principal y que hacía juego con los apliques de la pared. Casi podía escucharlo decir: «*Este lugar es suficientemente respetable para mi Mitza*».

Para mí, la pensión parecía antiséptica y exageradamente formal comparada con mi casa; los olores de la madera, el polvo y la comida condimentada de casa habían sido limpiados. A pesar de que los serbios aspirábamos al orden alemán adoptado por los suizos, vi desde entonces que nuestros intentos apenas rozaban los parámetros suizos de limpieza y perfección.

Durante el té, los pasteles y algunas bromas, y bajo el persistente cuestionamiento de papá, los Engelbrecht nos explicaron el funcionamiento de su pensión: los horarios establecidos para las comidas, visitas, el aseo de la ropa y la habitación. Papá, que anteriormente había sido militar, inquirió sobre la seguridad de los inquilinos, y sus hombros se relajaron con cada respuesta favorable y con cada evaluación que hacía al elegante tapiz azul de las paredes y las ornamentadas sillas grabadas que estaban reunidas alrededor de la gran chimenea de mármol. Sin embargo, sus hombros nunca se relajaron por completo; papá quería una educación universitaria para mí casi tanto como yo misma la deseaba, pero la realidad de la despedida fue mucho más difícil para él de lo que yo hubiera podido imaginar.

Mientras daba sorbos a mi té, escuché risas. Risas de chicas.

La señora Engelbrecht notó mi reacción.

—Ah, has escuchado a nuestras jóvenes damas en un juego de naipes. ¿Puedo presentarte a nuestras otras jóvenes huéspedes?

¿Otras jóvenes huéspedes? Asentí, aunque desesperadamente quería agitar mi cabeza para decir que no. Mis experiencias con otras mujeres de mi edad generalmente terminaban mal. Las cosas en común entre ellas y yo eran pocas, en el mejor de los casos. En los peores, había sufrido degradación y maldad a manos de mis compañeros de clases, tanto hombres como mujeres, especialmente cuando se enteraban del espectro de mis ambiciones.

Aun así, las normas de cortesía exigían que nos levantáramos, y la señora Engelbrecht nos guio a través del salón hacia una habitación más pequeña, diferente en decoración: candelabro y adornos en latón en vez de cristal, paneles de roble en vez del tapiz azul en las paredes, y una mesa de juego en el centro. Mientras entramos, creí haber escuchado la palabra *krpiti* y miré hacia papá, que se veía igualmente sorprendido. Era una palabra en serbio que usábamos cuando nos sentíamos decepcionados o estábamos perdiendo, y me pregunté quién podría estar utilizando aquella palabra. Seguramente habíamos escuchado mal.

Alrededor de la mesa estaban sentadas tres chicas, todas más o menos de mi edad, con cabello oscuro y cejas pobladas, no muy distintas a las mías. Incluso vestían de manera muy similar con rígidas y blancas blusas con lazos a la altura del cuello y simples faldas oscuras. Vestimentas serias, no como aquellos vestidos con volantes, elegantemente decorados de color amarillo limón o rosa, usados por muchas mujeres jóvenes, como las que había visto en las calles cercanas a la estación.

Levantando las miradas de su juego, las chicas rápidamente colocaron las cartas boca abajo y esperaron a ser presentadas.

—Señoritas Ružica Dražić, Milana Bota y Helene Kaufler, me gustaría presentarles a nuestra nueva huésped. Ella es la señorita Mileva Marić —mientras hacíamos inclinaciones de cabeza, la señora Engelbrecht continuó—: la señorita Marić está aquí para estudiar matemáticas y física en el Politécnico Federal Suizo. Aquí tendrá buena compañía, señorita Marić.

La señora Engelbrecht hizo un gesto primero hacia una joven con pómulos amplios, una gran sonrisa y ojos color bronce.

—La señorita Dražić vino de Šabac para estudiar ciencias políticas en la Universidad de Zúrich.

Girando hacia la siguiente chica con el cabello más oscuro y las cejas más pobladas de todas, la señora Engelbrecht dijo:

—Ella es la señorita Bota. Dejó Kruševac para estudiar psicología en el Politécnico, al igual que usted.

Colocando su mano en el hombro de la última joven, una con un halo de suave cabello castaño y afables ojos azul grisáceo enmarcados por unas cejas caídas, la señora Engelbrecht dijo:

—Y ella es nuestra señorita Kaufler, quien viajó todo el trayecto desde Viena para obtener su grado en historia, también en el Politécnico.

No sabía qué decir. ¿Compañeras universitarias del este austrohúngaro como yo misma? No había soñado nunca que no sería la única. En Zagreb, cada chica cercana a la edad de los veinte años estaba casada o alistándose para su matrimonio, conociendo algún hombre adecuado y practicando la forma de llevar una casa en la casa de sus padres. Sus educaciones habían sido frenadas años antes, si es que alguna vez habían asistido formalmente a alguna escuela. Siempre había pensado que sería la única mujer proveniente del este europeo estudiando en un mundo de hombres occidentales. Quizá la única mujer en todo eso.

La señora Engelbrecht miró a cada una de las chicas y dijo:

—Las dejamos con sus naipes, señoritas, mientras terminamos con nuestra conversación. ¿Puedo esperar que muestren Zúrich a la señorita Marić mañana?

—Por supuesto, señora Englebrecht —respondió la señorita Kaufler por todas las chicas con una sonrisa cálida—. Quizás a la señorita Marić le gustaría acompañarnos en nuestro juego de *whist* mañana por la tarde. Definitivamente tenemos lugar para una cuarta.

La sonrisa de la señorita Kaufler parecía genuina y me sentí atraída por la cálida escena. Instintivamente, sonreí de vuelta, pero luego me detuve. *Ten cuidado*, me aconsejé. *Recuerda la bestialidad de las otras jóvenes: los insultos, los apodos, las patadas en el patio de juegos. El programa de matemáticas y física del Politécnico te trajo aquí para que pudieras perseguir el sueño de convertirte en una de las poquísimas profesoras de física en Europa. No viajaste toda esta distancia sólo para hacer unas pocas amigas, incluso si estas chicas son en realidad lo que parecen.*

Mientras caminábamos de vuelta al salón principal, papá entrelazó su brazo con el mío y susurró:

—Parecen jóvenes agradables, Mitza. Deben ser inteligentes también, si es que están aquí para estudiar en la universidad. Sería el momento oportuno para encontrar una o dos compañeras femeninas, ya que finalmente hemos hallado unas pocas que podrían ser tus iguales intelectualmente. Alguna afortunada muchacha debería poder compartir esas pequeñas bromas que usualmente guardas para mí.

Su voz sonaba extrañamente esperanzada, como si en realidad estuviera ansioso porque me acercara a las chicas que acabábamos de conocer. ¿Qué estaba diciendo papá? Estaba confundida. Luego de tantos años profesando que los amigos no importaban, que un esposo era dispensable, que sólo nuestra familia y educación contaban, ¿estaba haciéndome alguna especie de prueba? Yo quería mostrarle que los deseos usuales en una mujer joven —amigos, esposo, hijos— no eran importantes para mí, como siempre. Quería pasar esta extraña inspección con los más altos honores, tal y como había hecho en todos mis otros exámenes.

—Papá, te prometo que estoy aquí para aprender, no para hacer amigos —dije asintiendo con firmeza. Esperaba que esto le asegurara que el destino que él había predicho para mí, incluso deseado, tantos años atrás, se había convertido en el destino que yo misma había abrazado.

Pero papá no estaba emocionado con mi respuesta. De hecho, su rostro se oscureció con tristeza, o enojo, no podía decir cuál. ¿No había sido suficientemente empática? ¿Su mensaje en verdad estaba cambiando debido a que estas mujeres eran tan distintas a todas las otras que habíamos conocido?

Estuvo inusualmente callado por un minuto. Finalmente, con una nota abatida en su voz, dijo:

—Esperaba que pudieras tener ambos.

Las semanas que siguieron a la partida de papá, evité a las jóvenes, manteniéndome sola en mi habitación y con mis libros. Pero los horarios de los Englebrecht indicaban que cenara con ellas a diario, y la cortesía requería que yo conversara durante el desayuno y la cena. Con frecuencia me suplicaban que las acompañara en sus caminatas, lecturas, visitas a cafés, al teatro y conciertos. Amablemente me llamaron la atención por estar siempre tan seria, tan callada y estudiosa, y continuaron invitándome sin importar con cuánta frecuencia las rechazara. Tenían una persistencia que no había visto en ningún lugar además de mí misma.

Una tarde durante ese verano, estaba estudiando en mi habitación, preparándome para los cursos que iniciarían en octubre, como ya era mi costumbre. Mi chal especial estaba enredado sobre mis hombros para protegerme del frío endémico de la pensión que permanecía siempre ahí, sin importar el clima. Analizaba un texto cuando escuché a las chicas tocando bastante mal una versión de *L'Arlésienne Suits* de Bizet, pero con sentimiento. Conocía bien la pieza, solía tocarla con mi familia. La música familiar me hizo sentir melancólica y aislada, en vez de sola. Miré hacia mi solitaria y polvosa tamburica en la esquina, la tomé y bajé las escaleras. De pie en la entrada al salón principal, vi cómo las chicas batallaban con la canción.

Mientras me recargaba sobre la pared, con la tamburica en mano, repentinamente me sentí tonta. ¿Por qué esperaba que me aceptaran luego de que rechacé tantas veces sus invitaciones? Quería correr escaleras arriba pero Helene notó mi presencia y dejó de tocar.

Con su calidez característica me preguntó:

—¿Nos acompañaría, señorita Marić? —miró con exasperación hacia Ružica y Milana— Como puede ver, podríamos hacer uso de cualquier tipo de asistencia musical que pueda ofrecernos.

Dije que sí. En pocos días, las chicas me catapultaron hacia una vida que no había experimentado nunca antes. Una vida con amigas de mentes similares a la mía. Papá había estado equivocado al igual que yo. Los amigos sí importaban. Amigas como estas, en todo caso, con inteligencias fieras y ambiciones similares, que habían sufrido el mismo tipo de ridículos y condenas y habían sobrevivido, sonriendo.

Estas amigas no me quitaron mi resolución para triunfar como había temido. Me hicieron más fuerte.

Ahora, meses después, me desplomaba en una silla vacía mientras Ružica me servía una taza de té. El olor del limón voló hacia mí, y con una mueca de autocomplacencia, Milana me deslizó un plato con mi pastel favorito de limón; las chicas debieron haberlo pedido especialmente para mí a la señora Engelbrecht. Un gesto especial para un día especial.

—Gracias.

Sorbimos el té y comimos un poco de pastel. Las chicas estaban inusualmente calladas, aunque pude ver por sus caras y las miradas que se lanzaban, que les costaba trabajo. Esperaban a que yo hablara primero, que ofreciera algo más que mi agradecimiento por las golosinas.

Pero Ružica, la más entusiasta, no podía esperar. Tenía la más abundante persistencia y muy poca paciencia, así que simplemente saltó con una pregunta. «¿Cómo estuvo el infame profesor Weber?» cuestionó, con el cejo fruncido en una graciosa interpretación del profesor, bien conocido por el formidable estilo de su clase y su también formidable brillantez.

—Como se cuenta —respondí con un suspiro y otro bocado de pastel; era una gloriosa mezcla de dulce y ácido. Limpié las migajas de las comisuras de mis labios y expliqué—: insistió en consultar su lista antes de dejar que me sentara en su clase. Como si no supiera que estaba inscrita en su programa, ¡pero si él personalmente me admitió!

Las chicas cuchichearon, asintiendo.

—Y luego hizo toda una indagación porque provengo de Serbia.

Las chicas dejaron de reír. Ružica y Milana habían experimentado humillaciones similares, ya que venían desde el Imperio austrohúngaro. Incluso Helene, que era de la región más aceptable de Austria, había sufrido degradaciones de parte de sus profesores del Politécnico, porque era judía.

—Suena como mi primer día en la clase del profesor Herzog —dijo Helene y asintió.

Habíamos escuchado la historia de mortificación de Helene a detalle. Luego de haber remarcado en voz alta que el apellido de Helene sonaba judío, el profesor Herzog gastó una parte sustancial de su primera clase de historia italiana enfocándose en los *ghettos* de Venecia donde los judíos eran forzados a vivir durante los siglos XVI al XVII. Ninguna de nosotras pensaba que el énfasis del profesor fuera coincidencia.

—No es suficiente que seamos sólo unas pocas mujeres en un mar de hombres. Los profesores tienen que evidenciar algunas faltas y resaltar otras diferencias —dijo Ružica.

—¿Cómo son los otros estudiantes? —preguntó Milana en un claro intento por cambiar el rumbo de la plática.

—Lo usual —respondí. Las chicas se quejaron en solidaridad.

—¿Presumidos? —preguntó Milana.

—*Check* —dije.

—¿Con mucho bigote? —sugirió Ružica con una risita.

—*Check.*

—¿Con exceso de confianza? —propuso Helene.

—Doble *check.*

—¿Alguna hostilidad muy evidente? —aventuró a preguntar Helene, su voz más solemne y precavida. Era muy protectora, una especie de madre para el grupo. Especialmente para mí. Desde que le había contado lo que me ocurrió en mi primer día de clases en Zagreb, en la Preparatoria Real Clásica, una historia que no había compartido con nadie, Helene era extremadamente cuidadosa conmigo. Mientras que ninguna de las otras había experimentado tal violencia, todas habían sentido la amenaza hirviendo bajo la superficie en una u otra ocasión.

—No, aún no.

—Esas son buenas noticias —exclamó Ružica, siempre optimista. La acusábamos de crear rayos de luz en las tormentas más oscuras. Ella decía que era un panorama necesario para nosotras y nos recomendaba hacer lo mismo.

—¿Percibiste algún aliado? —Milana cautelosamente se adentró a un territorio más estratégico. El currículo de física exigía colaboración entre los estudiantes en ciertos proyectos, y habíamos discutido varias estrategias al respecto. ¿Qué pasaría si nadie estaba dispuesto a ser mi compañero?

—No —respondí automáticamente. Pero hice una pausa, intentando seguir el consejo de Ružica y pensar con más optimismo—. Bueno, tal vez. Había un estudiante que me sonrió, quizás incluso demasiado, pero aun así, era una sonrisa auténtica. No de burla. Einstein, creo que así se llamaba.

Las espesas cejas de Helene se alzaron con preocupación. Estaba siempre alerta para las propuestas románticas no buscadas. Pensaba que eran casi tan peligrosas como la violencia. Poniendo su mano sobre la mía me advirtió: «ten cuidado».

La mirada de preocupación de Helene se sobrepuso, remplazada por una sonrisa.

Constantemente me sorprendía a mí misma con estas chicas. Me sorprendía de tener palabras para expresar mis largas y aburridas historias. De que les permitía ver quién era en realidad. Y de que me aceptaran, a pesar de todo.

Capítulo 3

22 de abril de 1897
Zúrich, Suiza

Me acurruqué en mi cubículo en la biblioteca. La airosa biblioteca llena de paneles de madera estaba casi llena, pero aun así, la habitación se encontraba en silencio. Los estudiantes, callados, estaban adorando al altar de una disciplina y otra, algunos estudiando química o biología, otros matemáticas, y otros, como yo, física. Aquí, agazapada en un rincón de la librería, en una barricada hecha con mis propios libros, fortificada por mis propias teorías y reflexiones, casi podía fingir que era un estudiante como cualquier otro en la biblioteca del Politécnico.

Esparcidas frente a mí estaban mis notas de clase, muchos textos obligatorios y algún artículo de mi propia colección. Todos clamaban mi atención, y como si estuviera eligiendo entre muchas mascotas amadas, me parecía muy difícil elegir en cuál consagraría mi tiempo. ¿Newton o Descartes? ¿Quizás alguno de los teóricos más nuevos? El aire en el Politécnico, en medio de todo Zúrich, se sentía cargado con pláticas sobre los últimos progresos en física, y sentía como si me estuvieran hablando a mí. El mundo de la física era donde pertenecía. Aunadas a sus reglas secretas sobre el funcionamiento del mundo —fuerzas ocultas y relaciones causales no vistas, tan complejas que pensaba que sólo Dios podía haberlas creado— había respuestas a las grandes preguntas de nuestra existencia. Si tan sólo yo pudiera descubrirlas.

Ocasionalmente, si me relajaba en mis cálculos y lecturas —en vez de estudiar tan formalmente— podía ver los patrones divinos que tan desesperadamente buscaba. Pero sólo en la periferia de mi visión. Tan pronto como dirigía mi mirada directamente a los patrones, se esfumaban por completo. Tal vez aún no estaba lista para ver de frente la obra maestra de Dios. Tal vez, con el tiempo, él me dejaría verla.

Daba crédito a papá por traerme a este brillante umbral de educación y curiosidad. Mi único pesar era que aún estuviera preocupado por mí en Zúrich, tanto en términos de los prospectos para mi futuro como de mi vida diaria. Trabajaba duro en las cartas que le escribía para convencerlo de la abundancia de posiciones de enseñanza para mí cuando hubiese terminado, si es que la investigación no se convertía en mi carrera, así como la seguridad de mi vida estructurada en la escuela y la pensión, pero aun así sentía su ansiedad en sus cuestionamientos interminables.

Curiosamente, mamá parecía más cómoda con el rumbo de mi camino actual. Luego de un muy largo tiempo peleando contra su desaprobación hacia mi poca convencional necesidad de educación, una vez que establecí mi vida en Zúrich, ella se rindió ante mi elección, especialmente cuando empecé a llenar mis cartas con historias de mis salidas con Ružica, Milana y Helene. En sus respuestas, veía a mamá encantada con estas nuevas amistades. Mis primeras amigas.

La aprobación de mamá no siempre había ocurrido de una manera tan simple. Hasta este acercamiento reciente, mi relación con ella siempre había estado oscurecida por sus preocupaciones sobre mí, su hija lisiada, solitaria y no convencional. Y el impacto que mi sed por la educación tenía en su propia vida.

En una enérgica tarde de septiembre en mi lugar de nacimiento en Titel, hace casi siete años, ella no se molestó en disfrazar su negativa a mi camino decididamente poco femenino, incluso cuando papá lo había promovido, y ella rara vez lo retaba. Estábamos en nuestro peregrinaje hacia el cementerio donde mi hermano y hermana mayor se encontraban sepultados, los hermanos que habían muerto por enfermedades infantiles varios años antes de mi nacimiento. El viento fiero azotaba el pañuelo de mi cabeza. Sostuve la tela negra hacia abajo firmemente, imaginando los chasquidos de desaprobación de mamá si el pañuelo salía volando, dejando mi cabeza expuesta mientras pisaba terreno sagrado. Los pliegues me cubrían los oídos, atenuando los gemidos melancólicos del viento. Estaba agradecida por el silencio, aunque sabía que esos lamentos se correspondían con nuestro destino.

Percibí el olor del *tamjan*, un incienso dulce y punzante, flotando desde nuestra iglesia mientras pasábamos fuera y hacíamos crujir las hojas caídas de los árboles en tanto yo intentaba seguir el ritmo de mamá. La colina era pedregosa, lo que me hacía muy difícil la subida, cosa que mamá sabía perfectamente. Pero no aminoraba el paso. Era casi como si el arduo camino hacia el cementerio fuera parte de mi penitencia. Por sobrevivir cuando mis hermanos no lo hicieron. Por vivir cuando las enfermedades infantiles se llevaron a los otros. Y por inspirar a papá a aceptar la nueva dirección postal en Zagreb, una ciudad más grande y con mejores escuelas para mí, pero que alejaría a mamá de las tumbas de sus primogénitos.

—¿Vienes, Mitza? —llamaba mamá sin mirarme. Recordé que su severidad no sólo provenía de su descontento por mudarnos a Zagreb. Una estricta disciplina y las expectativas más altas eran su prescripción diaria para los niños virtuosos; a menudo decía: «Los proverbios dicen que *La represión y la vara otorgan sabiduría, pero un niño abandonado a sí mismo sólo trae vergüenza para su madre*».

—Sí, mamá —respondí.

Portando su habitual negro y oscuro pañuelo de luto, en honor a mis hermanos muertos, mamá caminaba hasta adelante y parecía una sombra de ébano contra el cielo gris de otoño. Me faltaba el aliento cuando alcancé la cima, pero escondí mi respiración agitada. Esa era mi obligación.

Arriesgándome a un regaño, miré hacia atrás. Amaba la vista desde ese sitio privilegiado. Titel se extendía frente a nosotros, y por sobre la aguja de la iglesia, la vista de la ciudad parecía aferrarse a las orillas de Tisa. La polvosa ciudad era pequeña, tenía una sola plaza, un mercado y unos pocos edificios de gobierno en el centro, pero era hermosa.

Sin embargo, escuché a mamá hincándose en el suelo y me golpeó la culpa. Esta no era una salida de placer, no debería estar disfrutándola. Esta sería una de nuestras últimas visitas al cementerio por un largo tiempo. Incluso papá no podía hacerme sentir mejor.

Tomé mi lugar al lado de mamá frente a las tumbas. Las piedrecillas se clavaron en mis rodillas, pero hoy quería sentir dolor. Parecía un sacrificio razonable a cambio del dolor que yo infligía en mamá al incitar nuestra mudanza a Zagreb. No volveríamos con frecuencia a Titel. Volteé a verla. Sus ojos cafés estaban cerrados, y sin su movimiento se veía mucho más vieja que de treinta años. La carga de la pérdida y el peso de las minucias diarias la habían envejecido.

Hice la señal de la cruz, cerré los ojos y ofrecí una oración silenciosa para las almas de mis hermanos difuntos hacía tanto tiempo. Para mí, ellos siempre habían sido compañeros invisibles, un reemplazo para los amigos que nunca tuve. Cuán distinta habría sido mi vida si ellos vivieran. Quizá con un par de hermanos mayores no hubiera sido tan solitaria, deseando secretamente jugar con las niñas en el patio de recreo, incluso con aquellas que me lastimaban.

Un rayo de luz pasó sobre mí y abrí los ojos. Las tumbas con arcos de mármol de mis hermanos me miraron de vuelta. Sus nombres —Milica Marić y Vukašin Marić— brillaron bajo el sol como si acabaran de ser cincelados, y detuve mi impulso de pasar un dedo sobre las letras.

Mamá solía mantener nuestras visitas en silencio y reflexión, pero ese día no fue así. Tomó mi mano e hizo un llamado a la Virgen en nuestra nativa y rara vez usada lengua serbia:

Bogorodice Djevo, radujsja
Blagodatnaja Marije...

Mamá clamaba tan alto que ahogó el sonido del viento y las hojas arrastrándose. Y se balanceaba. Me sentí avergonzada por la fuerza de mamá y sus movimientos dramáticos cuando dos dolientes en la distancia nos lanzaron miradas.

Aun así, canté con ella. Las palabras del Ave María usualmente me tranquilizaban, pero hoy se sentían desconocidas. Casi pesadas en mi lengua. Como una mentira. Las palabras de mamá sonaban también distintas, no como una adoración, sino como una condena. Para mí, no para la Virgen, por supuesto.

Intenté enfocarme en el viento, el crujir de las ramas y de las hojas, el sonido de los cascos mientras los caballos pasaban galopando, en cualquier cosa menos en las palabras que venían de la boca de mamá. No necesitaba recordatorios futuros de cuánto descansaba sobre mi éxito en la escuela de Zagreb. Tenía que triunfar. No sólo por mí y mamá y papá sino por mi hermana y hermano difuntos. Las almas que quedaron atrás.

Escuché el rasgar de las plumas fuente de otros estudiantes trabajando cerca de mí en la biblioteca, pero sólo un hombre llamó mi atención. Philipp Lenard. Tomé el artículo del notable físico alemán y comencé a leer. Debía de haber estado leyendo los textos de Hermann von Helmholtz y Ludwig Boltsmann asignados por el profesor, pero me sentía arrastrada hacia la última investigación de Lenard sobre los rayos catódicos y sus propiedades. Usando tubos de cristal al vacío, bombardeó los electrodos metálicos de los tubos con electricidad de alto voltaje para estudiar los rayos. Lenard observó que, si el extremo del tubo opuesto a la carga negativa estaba pintado con un material fluorescente, un minúsculo objeto dentro del tubo comenzaba a brillar y hacer zigzag alrededor del tubo. Esto lo condujo a pesar que los rayos catódicos son corrientes de partículas de energía con carga negativa; los llamó *quantums* de energía. Bajando el artículo me pregunté cuánto de la investigación de Lenard podría impactar en nuestra pregunta tan debatida sobre la naturaleza y la existencia de los átomos. ¿De qué sustancia había hecho Dios al mundo? ¿La respuesta a esta pregunta podría decirnos más sobre el propósito de la especie humana en la Tierra de Dios? A veces, en las páginas de mis textos y en los destellos de mis reflexiones, sentía los patrones de Dios desdoblándose en las leyes físicas del universo que yo estaba aprendiendo. Estos eran los lugares donde yo sentía a Dios, no en las bancas de las iglesias de mamá ni en los cementerios.

El reloj en la torre de la universidad marcó las cinco. ¿En verdad era tan tarde? Aún no había tocado siquiera la lectura asignada para ese día.

Estiré mi cuello para buscar una ventana bien posicionada. En definitiva no había escasez de torres de relojes en Zúrich, y las manecillas me confirmaron que eran las cinco. La señora Engelbrecht era estrictamente firme con los horarios de cena de la pensión, así que no podía tardarme mucho más. Especialmente ya que las chicas estarían esperando, con los instrumentos en mano, para alguna música antes de la cena. Era uno de nuestros rituales, el que más me gustaba.

Organicé mis papeles y comencé a guardarlos en mi bolsa. El artículo de Lenard estaba hasta arriba de la pila y una frase llamó mi atención. Comencé a leer de nuevo y me encontré tan inmersa que di un salto cuando escuché mi nombre.

—Señorita Marić, ¿me permitiría entrometerme en sus pensamientos?

Era el señor Einstein. Su cabello, más desordenado que nunca, como si hubiese estado pasando sus dedos a través de los oscuros rizos dispuesto a mantenerlos de punta. Su camisa y saco no se veían mejor; ambos estaban arrugados más allá de lo normal. Su apariencia desaliñada contrastaba con el cuidadoso porte de los otros estudiantes de la biblioteca. Pero distinto a todos los demás, él estaba sonriendo.

—Sí, señor Einstein.

—Esperaba que pudiese ayudarme con un problema —y puso un montón de papeles sobre mi mano.

—¿Yo? —pregunté sin pensar y luego me reprendí a mí misma por mi obvia sorpresa. *Actúa con confianza*, me dije. *Eres tan inteligente como cualquier otro estudiante de la Sección Seis. ¿Por qué no podría pedirte ayuda un compañero?*

Pero era demasiado tarde. Mi falta de seguridad había sido mostrada.

—Sí, usted, señorita Marić. Creo que es la más inteligente de nuestra clase, por mucho la mejor en matemáticas, y esos *Dummkopfs* de ahí —señaló a dos de nuestros compañeros, el señor Ehrat y el señor Kollros, que estaban entre dos montañas de libros, susurrando y gesticulando entre sí— han intentado ayudarme y fallaron.

—Claro —respondí. Me sentía halagada por sus palabras, pero seguía con cautela. Si Helene hubiese estado ahí, habría sugerido precaución pero también me hubiera empujado a forjar una alianza en el colegio. El siguiente curso necesitaría un compañero de laboratorio y posiblemente él sería mi única opción. En los seis meses desde que había entrado al programa de física y compartido el salón con cinco estudiantes, ellos habían mostrado apenas la cortesía más básica, y en general, sólo indiferencia hacia mí. Debido a su amabilidad cotidiana al saludarme y ocasionalmente preguntarme mis pensamientos respecto a la clase del profesor Weber, el señor Einstein había probado ser mi única esperanza.

—Déjeme ver —miré sus papeles.

Él me había pasado un desastre casi incomprensible. ¿Era este el tipo de trabajo desorganizado que mis compañeros estaban haciendo? Si era así, no tendría que preocuparme por mi propio trabajo. Miré sus cálculos desastrosos y rápidamente encontré el error. Era pereza, en realidad, de su parte.

—Aquí, señor Einstein. Si intercambia estos dos números creo que llegará al resultado correcto.

—Ah, ya veo. Gracias por su ayuda, señorita Marić.

—Un placer —asentí y me di la vuelta para volver a mis asuntos.

Lo sentí mirando por encima de mi hombro.

—¿Está leyendo a Lenard? —preguntó, con evidente sorpresa en la voz.

—Sí —respondí, aún guardando los papeles en mi bolsa.

—Él no es parte de nuestro currículum.

—No, no lo es.

—Estoy bastante impresionado, señorita Marić.

—¿Y por qué es eso, señor Einstein? —alcé la mirada para enfrentarlo, retándolo a desafiarme. ¿Pensaba que no podía leer a Lenard, un texto mucho más complicado que los de nuestro básico programa de física? Ya que era mucho más alto que yo, me veía forzada a mirar hacia arriba. Mi corta estatura era una desventaja que había llegado a odiar tanto como mi cojera.

—Usted parece la estudiante consumada, señorita Marić. Siempre atendiendo a la clase, siguiendo las reglas, escrupulosa con los apuntes, trabajando durante horas en la biblioteca en vez de entretenerse en los cafés. Y aun así es una bohemia como yo. Nunca lo hubiera pensado.

—¿Bohemia? No comprendo lo que quiere decir —mis palabras y mi tono eran agudos. Al llamarme bohemia, una palabra que yo asociaba con la región de Bohemia en Austro-Hungría, ¿estaba insultando mi ascendencia? Por comentarios en la clase de Weber, el señor Einstein sabía que era serbia, y los prejuicios de los alemanes y la gente de Europa del este, gente justo como él, eran bien conocidos. Y me pregunté sobre la ascendencia del propio señor Einstein, aun cuando yo sabía que era de Berlín. Con su cabello y ojos oscuros y un nombre tan distintivo, no parecía el rubio alemán común. ¿Quizá su familia, de otro lugar, había llegado a asentarse en Berlín?

Debió percibir mi latente furia porque se apresuró para explicarse.

—Usé la palabra bohemio en su forma francesa: *bohémien*. Significa que hay independencia en el pensamiento. Progreso. No tan burguesa como algunos de nuestros compañeros.

No supe cómo entender esta declaración. No parecía estar burlándose de mí, de hecho, pensé que estaba intentando hacerme un cumplido con su extraña etiqueta. De pronto me sentí incómoda.

Ocupándome con la última pila de papeles en el escritorio, dije: «Debo irme, señor Einstein. La señora Engelbrecht tiene un horario muy estricto en su pensión y no debo llegar tarde para la cena. Buenas tardes». Cerré mi bolsa e incliné la cabeza como despedida.

—Buenas tardes, señorita Marić —respondió con una reverencia—, estoy agradecido por su ayuda.

Pasé por el arco de cedro de la puerta de la biblioteca y crucé el pequeño patio de piedra hacia Rämistrasse, la concurrida calle que circunda el Politécnico. Este boulevar rebosaba con casas de huéspedes, donde los estudiantes de Zúrich duermen por las noches, y de cafés, donde esos mismos estudiantes debaten las grandes preguntas durante las horas del día que no pasan en clases. Desde mis miradas furtivas, me parecía que café y tabaco eran el principal combustible para esas acaloradas conversaciones en los cafés. Pero esto era sólo una conjetura. No me atrevía a unirme a alguna de esas mesas, aunque una vez había espiado al señor Einstein con algunos amigos desde una mesa fuera del Café Metropole, y él agitó una mano para saludarme. Fingí no verlo; encontrar mujeres acompañando a hombres durante aquellas pláticas de espíritu libre era extraño, y era una línea que no podía atreverme a cruzar.

La noche comenzaba a caer sobre Rämistrasse, pero la calle brillaba con la luz eléctrica. Una ligera brisa empezaba a formarse en el aire, así que me cubrí con mi capucha para prevenir que la humedad llegara a mi cabello y mi ropa. La lluvia se hizo más fuerte —inesperadamente, ya que el día había comenzado claro y luminoso— y me era difícil hacerme camino entre el laberinto de Rämistrasse. Era, por mucho, la persona más baja entre la multitud. Estaba empapada y la piedra del suelo se hacía resbalosa. ¿Me atrevería a romper mi única regla y entrar a uno de los cafés hasta que mejorara el clima?

Sin aviso, la lluvia dejó de caer sobre mí. Alcé la vista, esperando ver un trozo azul de cielo sin nubes, pero en su lugar me encontré sólo con negro y ríos de agua cayendo a mi alrededor.

El señor Einstein sostenía una sombrilla sobre mi cabeza.

—Está escurriendo, señorita Marić —dijo, con los ojos llenos de su habitual humor.

¿Qué estaba haciendo aquí? No se veía listo para abandonar aún la biblioteca pocos minutos antes. ¿Me estaba siguiendo?

—Un diluvio inesperado, señor Einstein. Le agradezco mucho la sombrilla, pero estoy bien —era indispensable que insistiera en mi autosuficiencia, no quería que ninguno de mis compañeros me viera como una mujer indefensa; en particular el señor Einstein. No me querría como compañera de laboratorio si me encontraba débil, ¿o sí?

—Ya que me ha salvado de la ira del profesor Weber con sus correcciones en mis cálculos, lo menos que puedo hacer es acompañarla a casa en esta lluvia —sonrió—, ya que ha olvidado traer su sombrilla.

Quería objetar, pero la verdad era que necesitaba la ayuda. Las piedrecillas resbalosas eran peligrosas con mi cojera. El señor Einstein colocó su mano sobre mi brazo y sostuvo la sombrilla justo arriba de mi cabeza. El gesto era perfectamente caballeroso, aunque un poco atrevido. Sintiendo la presión de su mano en mi brazo, me di cuenta de que además de papá y unos pocos tíos, nunca antes había estado tan cerca de un hombre. A pesar de que una multitud de personas llenaba el boulevar y todos éramos un bulto de capas y bufandas, me sentía extrañamente expuesta.

Mientras caminamos, el señor Einstein se embarcó en un sentido monólogo sobre la teoría de las ondas de luz electromagnéticas de

Maxwell, lanzando algunos pensamientos bastante inusuales sobre la relación entre la luz y la radiación de la materia. Yo contribuí con unos pocos comentarios a los que el señor Einstein respondía alentándome, pero en general, estuve callada, escuchando su irreprimible charla y evaluando su intelecto y su espíritu.

Llegamos a la pensión Engelbrecht y él me llevó directamente a las escaleras de la puerta principal. Me inundó el alivio.

—Le agradezco de nuevo, señor Einstein. Su cortesía ha sido innecesaria pero muy apreciada.

—Un placer, señorita Marić. La veré en clases mañana —dijo, y se dio la vuelta para irse.

Una pieza inconexa de Vivaldi flotó desde una ventana entreabierta del vestíbulo. El señor Einstein volvió sobre sus pasos y se asomó por la ventana donde las chicas estaban reunidas para un concierto casual.

—Por Dios, ese es un grupo animado —exclamó—. Ojalá hubiera traído mi violín. Vivaldi es siempre mejor con cuerdas. ¿Usted toca, señorita Marić?

¿Traer su violín? Qué presuntuoso de su parte. Esas eran mis amigas y mi santuario, y yo no lo había invitado a unirse.

—Sí, yo toco la tamborica y el piano, y canto. Pero no importa. Los Engelbrecht son muy estrictos respecto a la admisión de acompañantes en la pensión.

—Podría venir como un compañero de clase y de música, no como un acompañante —ofreció—. ¿Eso los tranquilizaría?

Me sonrojé. Qué estúpida al pensar que quería venir como acompañante mío.

—Tal vez, señor Einstein, tendría que pedir permiso —esperaba que entendiera que mi objeción era un rechazo gentil.

Agitó la cabeza en reconocimiento.

—Me ha sorprendido hoy, señorita Marić. Es usted mucho más que una brillante matemática y física. Parece que también es una música y bohemia.

Su sonrisa era contagiosa. No podía hacer otra cosa sino devolvérsela.

Me observó con asombro.

—Creo que es la primera vez que la he visto sonreír. Es muy atractiva. Me gustaría robar más de esas sonrisas a su pequeña y seria boca.

Aturdida por su comentario y sin saber cómo responder, me di la vuelta y entré a la pensión.

Capítulo 4

24 de abril de 1897
El valle de Sihl, Suiza

Por primera vez desde que bajamos del tren desde Zúrich y comenzamos el camino por el valle de Sihl, nuestro grupo estaba callado. Un silencio se impuso sobre nosotros, casi como si acabáramos de entrar a una catedral. De algún modo, así era como este bosque primaveral, el Sihlwald, se sentía.

Antiguos árboles enormes nos flanqueaban y nosotras pisábamos los cuerpos de sus hermanos caídos. La alfombra de musgo amortiguaba el sonido de nuestros pasos, haciendo que el croar de las ranas, el golpeteo de los pájaros carpinteros y el cantar de los pájaros sonaran más altos. Me sentía como si hubiera entrado en uno de esos antiguos bosques deshabitados de los cuentos de hadas que tanto había amado mientras crecía, y por su silencio, sentía que Milana, Ružica y Helene se sentían de la misma manera.

«*Fagus sylvatica*», susurró Helene interrumpiendo mis pensamientos. No entendí el significado de aquella frase que sonaba vagamente a latín, cosa extraña ya que hablaba o leía alemán, francés, serbio y latín, dos lenguas más que Helene. Me pregunté si estaba hablando consigo misma.

—¿Perdón?

—Lo siento, es el género y especie de este árbol de hayas. Mi padre y yo solíamos ir a largas caminatas en el bosque cerca de nuestra casa en Viena, y teníamos afinidad por los nombres latinos de los árboles —hizo girar una hoja de haya entre sus dedos.

—El nombre es tan hermoso como el árbol.

—Sí, siempre he sido parcial con ese nombre. Es muy lírico. *Fagus sylvatica* puede vivir casi trescientos años. Si tiene suficiente espacio para crecer puede medir hasta treinta metros. Si los siembras muy juntos, su crecimiento se atrofia —dijo con una sonrisa enigmática.

Comprendí su mensaje: a nuestro modo, nosotras éramos como *Fagus sylvatica*. Le devolví la sonrisa.

Miré hacia la ruta de senderismo. Era cuidadosa con mis pasos, incluso cuando aún no había tropezado. Estaba tan absorta con el terreno que choqué contra Milana, que se había detenido repentinamente. Cuando miré sobre su hombro para encontrar lo que había frente a nosotras, entendí por qué.

Habíamos alcanzado el Albishorn, la cima de estos bosques, que tiene una vista legendaria. Frente a nosotras estaban el azul intenso del lago de Zúrich y el río Sihl plasmados contra las montañas cubiertas de blanco y las colinas verdes salpicadas de granjas. El azul de las aguas suizas era mucho más brillante que el Danubio lodoso de mi niñez; los elogios a Albishorn eran bien ganados, especialmente ahora que el aire estaba lleno con la maravillosa frescura de las abundantes hojas, perenne de las montañas.

Me sentía renacer aquí.

Di un largo y amplio respiro de aquel aire estimulante. Lo había logrado. No estaba segura de que podría lograr esta caminata. Nunca antes había intentado algo parecido. Sólo cuando las chicas me rogaron que las acompañara —y Helene explicó su propio éxito en estas colinas a pesar de su cojera—, cedí. Helene no me había dejado tener excusas. Aunque su cojera había sido ocasionada por un brote de tuberculosis en su infancia, y no era un defecto congénito, como la mía, su modo de andar era muy parecido al mío. ¿Cómo podría dejar que mi discapacidad me abstuviera de intentarlo?

Había aprendido algo nuevo sobre mí misma. La inequidad entre mis piernas no era un problema en terreno desigual. Mi discapacidad era en realidad aún más pronunciada en terreno parejo. Podía escalar igual que cualquiera de las chicas. Qué libertad.

Miré a Helene, y ella me sonrió. Me pregunté si ella había experimentado las mismas dudas y la misma revelación en esta prueba, incluso sabiendo que ella escalaba con su padre cuando era niña. Al devolverle la sonrisa, ella tomó mi mano y le dio un suave apretón. La soltó sólo para acercarse más a la orilla de la cima y tener una mejor vista.

El sol se había puesto para la hora en que volvimos a la pensión Engelbrecht. El vestíbulo parecía recargado y oscuro comparado con la clara, brillante y simple belleza salvaje, sin mencionar que olía a moho y estaba empalagoso, sin importar qué tan lejos fuera la señora Engelbrecht con la limpieza. La sirvienta nos ayudó a quitarnos las mochilas y los sucios abrigos, y nosotras reímos con el esfuerzo.

—Ustedes, señoritas, ¡son todo un espectáculo! —dijo la señora Engelbrecht mientras entraba al vestíbulo. La conmoción había llamado su curiosidad, y aunque usualmente le gustaba el orden y silencio en casa, no pudo sino reír con nosotras.

—¡Qué día hemos tenido, señora Engebrecht! —dijo Ružica en su usual tono.

—¿El Sihlwald estaba asombroso como siempre?

—¡Oh, sí! —respondió Milana por todas nosotras.

La señora Engelbrecht dirigió su vista hacia mí. «¿Y usted, señorita Marić? ¿Le gustó nuestra joya?» Antes de partir ya me había hablado con entusiasmo sobre el Sihlwald, recordando las caminatas que ella y el señor Engelbrecht tomaban en los días anteriores a su matrimonio.

Las palabras para describir mi experiencia no surgieron fácilmente —para mí era mucho más que un simple paseo— y tartamudeé:

—Fue tan...

—¿Tan..? —preguntó expectante la señora Engelbrecht.

—La señorita Marić lo adoró, señora Engelbrecht —dijo Helene, rescatándome—. ¡Mire, el Sihlwald la dejó sin habla!

Milana y Ružica rieron, y la señora Engelbrecht nos dedicó otra sonrisa.

—Estoy encantada de escuchar eso.

La señora Engelbrecht miró el reloj en la pared y nos echó una mirada de arriba abajo.

—¿Quizá querrán refrescarse antes de la cena? Estará servida en quince minutos, y el ventoso viaje en bote por el lago de Zúrich causó muchos estragos en sus cabellos. *Unordentliches Haar* —enfatizó lo poco presentable de nuestras apariencias.

A pesar de que fuera de la pensión éramos brillantes estudiantes universitarias, dentro de sus muros éramos damas que debían ser respetables a toda hora. Sentí mi cabello. Lo había trenzado cuidadosamente esa misma mañana, luego había formado un moño en lo alto de mi cabeza pensando que de esta forma aguantaría la escalada y el regreso en bote, pero ahora era una masa de rizos saliendo de la trenza y formando nudos por todos lados.

—Sí, señora Engelbrecht —dijo Ružica, respondiendo por todas.

Mientras subíamos las escaleras hacia nuestras habitaciones, intenté sin éxito desenredar un nudo particularmente necio. Cuando Milana y Ružica entraban a sus respectivas recámaras, Helene me alcanzó para ayudarme. Me detuve en tanto ella trabajaba con mi cabello.

—¿Quieres que vaya a tu habitación para que nos ayudemos mutuamente? De otro modo, no creo que estemos listas para la cena en quince minutos —preguntó.

—Por favor.

Abrí mi puerta y tomé dos cepillos y algunos pasadores de mi tocador. Nos sentamos en la rechinante cama, y Helene empezó el doloroso proceso de arreglar mi cabello. Visitábamos frecuentemente nuestras respectivas habitaciones pero esta era la primera vez que recuerdo que nos ayudábamos a arreglarnos, a pesar de que había visto a Ružica y Milana con frecuencia crear estilos entre ellas.

—Ouch —me quejé.

—Lo siento, no hay nada que hacer con este nido de pájaros sino cepillarlo. Tendrás tu venganza en unos minutos.

Reí.

—Gracias por alentarme a ir hoy, Helene.

—Me alegra mucho que vinieras. ¿No fue maravilloso?

—Sí, lo fue. La vista y el bosque eran magníficos. Nunca pensé que podría arreglármelas con una escalada de ese estilo.

—Eso es ridículo, Mileva. Eres más que apta para una escalada así.

—Me preocupaba atrasar a todos. Ya sabes, con mi pierna.

—Para una chica brillante que tiene tanto éxito en su clase, eres terriblemente insegura de ti misma, Mileva. Lo hiciste de maravilla hoy, y ahora no tienes excusas para no unirte a nuestras caminatas —dijo Helene.

Una pregunta respecto a Helene me había estado rondando desde que nos conocimos.

—Tu pierna no parece angustiarte en absoluto. ¿No te preocupas nunca por cómo te ve la gente?

Las cejas de Helene se fruncieron confusas.

—¿Por qué lo haría? Quiero decir, es una molestia, a veces me siento un poco desequilibrada de pie, y puede que no sea la más rápida entre el montón, pero ¿por qué habría de afectarme cómo me ven los demás?

—Bueno, en Serbia si una mujer tiene cojera, no es apta para el matrimonio.

Helene dejó de cepillarme.

—Estás bromeando.

—No.

Dejó el cepillo sobre la cama, me miró a la cara y tomó mi mano.

—Ya no estás en Serbia, Mileva. Estás en Suiza, el país más moderno en Europa, un lugar que nunca aceptaría esas ridículas, anticuadas ideas. Incluso en mi hogar, en Austria, que parece un pueblito al lado del progreso de Zúrich, una idea como esa nunca sería tolerada.

Asentí lentamente. Sabía que ella estaba en lo correcto. Aun así, la noción de ser incasable había sonado en mi mente por tanto tiempo que casi era parte de mí misma.

Esta percepción comenzó muchos años atrás en una conversación que escuché. Tenía siete años, era un día frío de noviembre y esperaba con impaciencia después de clases a que papá volviera a casa. Tenía una sorpresa para él, una que esperaba que lo hiciera sonreír.

Aburrida de dar vueltas en la sala, tomé un libro de una repisa y me acomodé en el sillón de papá. Con las piernas dobladas sobre el sillón, me acurruqué con el libro de bolsillo forrado en piel, con sus grabados dorados en las tapas, y sus páginas tan amadas. A pesar de que nuestra biblioteca familiar tenía muchos libros —papá siempre pensó que era labor de cada quien convertirse en una persona educada, incluso cuando sus orígenes, como el de él mismo, no hayan provisto de una educación formal— yo volvía una y otra vez a esta colección de cuentos folclóricos y de hadas. Las historias eran un tanto simples para mí a los siete años, pero tenía mi cuento favorito: *La pequeña rana cantarina*.

Estaba a media lectura del cuento sobre una pareja que implora tener un hijo y luego, cuando recibe una hija rana en vez de una humana, se avergüenza de sus diferencias y la esconde. Justo cuando estaba a punto de leer mi escena favorita, donde el príncipe escucha a la rana cantarina y decide que la ama a pesar de su apariencia, rompí en risa. Papá había entrado silenciosamente a la habitación y me hacía cosquillas.

Le di un gran abrazo y luego, con emoción, lo llevé hasta el otro lado de la sala. Quería mostrarle las rampas que había construido, basándome en los planos que había hecho en la escuela ese mismo día.

—¡Papá, papá, ven a ver!

Moviéndome entre todos los muebles de terciopelo verde y nogal hacia la única esquina sin decoración de la sala, conduje a papá a mi experimento, basado en una conversación sobre Sir Isaac Newton. A menudo hablábamos acerca de Newton en la cena. Me gustaba su idea de que todo en el universo, desde las manzanas hasta los planetas, obedece las mismas leyes inamovibles. No leyes hechas por los hombres, sino leyes inherentes a la naturaleza. Pensaba que podía encontrar a Dios en esas leyes.

Papá y yo discutíamos sobre los escritos de Newton respecto a la fuerza de los objetos en movimiento y las variables que los afectan: es decir, por qué los objetos se mueven de la manera en que lo hacen. Newton me intrigaba porque sospechaba que me ayudaría a entender por qué mi pierna se arrastraba mientras que las piernas de los otros niños saltaban ligeras por las calles.

Nuestra conversación me había dado la idea. ¿Y si hiciera mi propio pequeño experimento, explorando la pregunta de Newton sobre cómo el incremento de la masa afecta a los objetos en movimiento? Usando tiras de madera recargadas sobre pilas de libros, podría crear rampas con distintas inclinaciones, y si dejaba caer por esas rampas canicas de diferentes tamaños, podría obtener muchos datos para discutir con papá. Después de la escuela, le había rogado a Jurgen, nuestro mayordomo, por las tiras de madera, y las había colocado cuidadosamente contra montones de libros, cinco libros por cada una de las cuatro rampas, para ser exactos. Las había probado durante más de una hora para asegurar que las inclinaciones fueran exactamente las mismas; pensaba que estaban listas para que papá y yo realizáramos el experimento.

—¡Ven, papá! —imploré entregándole una canica ligeramente más grande que la que sostenía en mi propia mano— Hay que ver cómo el *tamaño* de las canicas afecta su velocidad y movimiento.

Sonriendo, papá agitó mi cabello.

—Está bien, mi pequeña bandido. Un experimento de Isaac Newton. ¿Tienes papel listo?

—Listo —dije, y nos arrodillamos en el suelo.

Papá alineó su canica sobre la rampa. Luego de asegurarse de que yo había hecho lo mismo gritó: «¡Ahora!».

Durante el siguiente cuarto de hora lanzamos canicas de las rampas y anotamos los datos. Los minutos pasaron en un segundo. Era el momento del día en que me sentía más feliz. Papá me entendía de verdad. Era el único.

Nuestra sirvienta, Danijela, nos interrumpió.

—Señor Marić, señorita Mileva, la cena está servida.

El aroma a pimienta y carne de mi *pljeskavica* favorita flotó en el aire, pero aun así me sentía decepcionada. Tenía que compartir a papá durante la cena. Sí, es verdad que papá y yo dominamos la conversación durante la cena —mamá apenas habla, sólo para servir— pero su presencia empañaba mi entusiasmo y la mente abierta de papá. Mamá tenía muchas expectativas respecto a quién debía ser yo, y ninguna de ellas incluía a una pequeña científica. «¿Por qué no eres como las otras niñas?» me preguntaba frecuentemente. A veces completaba la pregunta con el nombre de alguna niña específica de Ruma, donde había un gran número de niñas ordinarias de las cuales elegir. Nunca llenó ese espacio con el nombre de mi hermana fallecida, pero yo sabía que estaba implícito. ¿Por qué no era más como Milica hubiese sido de haber sobrevivido?

A menudo, en la oscuridad de mi habitación por la noche, en el silencio de las horas en que todos dormían, me preguntaba si estaba cometiendo un error complaciendo a papá en vez de a mamá. No podía hacer felices a ambos.

A pesar de las diferentes opiniones que tenían respecto a mi camino, papá no soportaba ninguna crítica mía contra mamá, sin importar que tan astuta fuera al hacerla. Él defendía las expectativas de mamá como apropiadas para una madre que protege a su hija. Y yo sabía que tenía razón. Mamá me amaba y quería lo mejor para mí, incluso cuando su visión de lo que era mejor no empatara con la mía.

La cena terminó luego de una silenciosa conversación sobre Newton. Me enviaron sola a la sala. Algo estaba mal entre mamá y papá, algo no dicho pero que era palpable. Mamá nunca estaría en desacuerdo abiertamente con papá, al menos no frente a mí, pero sus modos —su oración breve antes de la cena, su forma abrupta de pasar los platos, su falla para preguntar si nos había gustado la cena— hablaban de un desafío. Para entretenerme mientras papá volvía, revisé los datos que habíamos obtenido y me preparé para un segundo experimento sobre otra de las teorías de Newton. Para medir el impacto que la fricción tiene en el movimiento de canicas de tamaños idénticos, le pedí a Jurgen que preparara tres tablas de madera, cada una con distintos grados de rugosidad.

Pensé acerca del comentario de papá cuando le propuse este experimento:

—Mitza, tú eres como uno de los objetos en las investigaciones de Newton. Mantienes incansablemente tu velocidad en la vida a menos que actúe sobre ti una fuerza externa. Espero que ninguna fuerza externa cambie nunca tu velocidad.

Papá era divertido.

Mientras creaba rampas usando distintas tablas, unas voces rasgaron los límites de mi conciencia. Las sirvientas probablemente estaban discutiendo de nuevo, un episodio que ocurría casi todos los días cuando la cena y las labores de limpieza habían terminado. Las voces sonaban cerca de la cocina. ¿Qué estaba pasando? Nunca antes había escuchado a Danijela y Adrijana ser tan ruidosas, tan irrespetuosas. Tampoco recordaba que mamá hubiese perdido el control sobre la cocina. Era breve con sus palabras, pero siempre firme. Con curiosidad, agucé el oído pero no logré entender la conversación.

Quería saber qué estaba pasando. En vez de acercarme a la cocina por la puerta de la sala, me deslicé hacia el pasillo de la servidumbre. Aquí, la madera usada para los pisos tenía un grado de dureza mayor, no había cuadros en las paredes, a diferencia del resto de la casa. En el área donde nosotros vivíamos los pisos estaban pulidos hasta ser muy lustrosos y se hallaban cubiertos con alfombras turcas, y las paredes estaban llenas de naturaleza muerta y retratos de gente que yo no conocía. Papá siempre decía que quería que nuestra casa fuera tan buena como cualquier otra casa de la alabada ciudad de Berlín.

Nadie esperaría encontrarme aquí. Tratando de pisar con ligereza —tarea difícil con mis pesadas botas— me percaté de que las voces no pertenecían a Danijela y Adrijana. Pertenecían a mamá y papá.

Nunca antes los había escuchado pelear. De voz suave y sumisa siempre, excepto en la cocina, mamá casi nunca hablaba así en presencia de papá. ¿Qué horrible evento había causado que mamá alzara su voz de esta manera?

Acercándome más a la puerta de la cocina, escuché mi nombre.

—No le des falsas esperanzas a esa niña, Miloš. Apenas tiene siete años. Pasas demasiado tiempo con ella, alentando sus ideas y sus lecturas —mamá suplicaba—, tiene un espíritu suave que necesita de nuestra protección. Debemos prepararla para su futuro *real*. Aquí, en casa.

—Mis esperanzas para Mitza no son sin fundamentos. El tiempo gastado en ella nunca es demasiado, en todo caso, es muy poco. ¿Tengo que repetirte lo que la señorita Stanojević me dijo hoy sobre lo brillante que es Mitza? ¿Sobre su genialidad en matemáticas y ciencias? ¿Su agilidad para aprender otras lenguas? ¿Tengo que decirte de nuevo lo que sospecho desde hace tanto tiempo? —la voz de papá era firme.

Para mi sorpresa, mamá no cedía.

—Miloš, es una niña. ¿Qué bien le hace que le enseñes matemáticas y alemán o que hagas experimentos científicos con ella? Su lugar es en casa. Y la casa de Mitza será siempre aquí; su pierna hará el matrimonio, y por tanto los hijos, imposibles. Incluso el gobierno lo reconoce, las niñas no pueden asistir a la preparatoria.

—Eso podría ser cierto para niñas comunes. Pero no para una niña como Mitza.

—¿A qué te refieres con «una niña como Mitza»?

—Sabes a lo que me refiero.

Mamá permaneció en silencio. Pensé que se había dado por vencida, pero luego volvió a hablar.

—¿Quieres decir una niña deforme? —mamá escupió la palabra.

Retrocedí. ¿En verdad mamá había llamado «deformidad» a mi pierna? Ella siempre me decía lo hermosa que era, cómo mi cojera era apenas visible. Que nadie se percataba realmente de la disparidad de mis piernas y mi cadera. Siempre supe que esto no era totalmente verdad —no podía ignorar una vida entera de las miradas de extraños y las burlas de mis compañeros de clase— pero ¿una deformidad?

El tono de mi padre se impregnó de furia.

—¡No te atrevas a llamar deformidad a su pierna! Si hay algo distinto en ella, es un don. Con una pierna así nadie la querrá en matrimonio, eso le da libertad para perseguir los dones intelectuales que Dios le ha dado. Su pierna es una señal de que está destinada a algo más grande, un destino mejor que un simple casamiento.

—¿Una señal? ¿Dones de Dios? Miloš, Dios querría que la protegiéramos en esta casa. Debemos mantener sus expectativas realistas para no aplastar su espíritu —mamá hizo una pausa y papá rompió el momento de silencio.

—Quiero que Mitza sea fuerte. Quiero que pase de largo ante cualquier *klipani* que ría de su pierna, confiando en que Dios le ha dado un regalo especial: su inteligencia.

Sentí que estaba viéndome a mí misma por primera vez. Mamá y papá me veían justo de la misma manera en que los padres en *La pequeña rana cantarina* veían a su hija. Los escuchaba decir que era inteligente, pero más que cualquier cosa, yo sentía su vergüenza. Querían esconderme de cualquier sitio que no fuera la casa y la escuela. No pensaban que fuese digna ni siquiera del matrimonio, algo a lo que incluso la más tonta chica de granja podía aspirar.

Mamá no respondió, un largo silencio indicó su regreso a la sumisión. Papá habló por ambos, con más calma.

—Le daremos la educación que su mente merece. Y yo le enseñaré a tener una voluntad de hierro y disciplina mental. Eso será su escudo.

¿Voluntad de hierro? ¿Disciplina mental? ¿Escudo? ¿Esto era mi futuro? Sin marido. Sin un hogar propio. Sin hijos. ¿Qué había entonces sobre el final esperanzador de *La pequeña rana cantarina* donde el príncipe encuentra la belleza dentro del feo exterior de la rana y la hace su princesa, llenándole de vestidos dorados del color del sol? ¿No iba a ser este mi destino? ¿No merecía un príncipe, sin importar lo horrible que yo era externamente?

Corrí fuera de la casa sin molestarme en enmascarar el sonido de mi cojera. ¿Por qué lo haría? Mamá y papá habían dejado claro que era esa cojera la que me definía.

Había permanecido callada, pensando en el pasado. Helene soltó mi mano y me tomó por los hombros.

—Te das cuenta, ¿verdad Mileva? ¿De que tu cojera no te hace incasable? ¿De que no te limita en ningún otro modo? ¿De que ya no necesitas estar atada a esas anticuadas creencias?

Miré los ojos azul grisáceo de Helene y al escuchar la convicción en su voz, estuve de acuerdo con lo que decía. Por primera vez en mi vida —tal vez, sólo tal vez— mi cojera era irrelevante. Para quien yo era, para todo en lo que podría convertirme.

—Sí —respondí con una voz tan segura como la de la propia Helene.

Entonces Helene soltó mis hombros, tomó el cepillo y continuó con la dolorosa tarea de desenredar mi cabello.

—Bien. De cualquier modo, ¿por qué deberíamos preocuparnos por el matrimonio? Incluso si quisieras casarte, ¿por qué lo harías? Mira a nuestro grupo: tú, yo, Ružica y Milana. Seremos cuatro mujeres profesionales con vidas ocupadas, viviendo en Suiza con su tolerancia para las mujeres, para la inteligencia y las etnias. Nos tendremos a nosotras mismas y a nuestro trabajo; no necesitamos seguir el camino tradicional.

Consideré esto por un momento. Su afirmación parecía casi revolucionaria —un poco como la descripción de «bohemio» del señor Einstein—, sin embargo era un futuro hacia el que todas estábamos marchando.

—Tienes razón. ¿Por qué lo haríamos? ¿Cuál es el punto de casarse en estos días? Quizás es algo que ya no necesitemos hacer.

—Ese es el espíritu, Mileva. ¡Vamos a divertirnos mucho! Durante el día trabajaremos como historiadoras o físicas o maestras, y en la noche y los fines de semana haremos nuestros conciertos o iremos a escalar.

Imaginé la vida idílica que describió Helene. ¿Era posible? ¿Podría en realidad tener un futuro feliz lleno de trabajo y amistades?

Helene siguió.

—¿Hacemos un pacto? ¿Por un futuro juntas?

—Por un futuro juntas.

Mientras tomamos nuestras manos haciendo el pacto dije:

—Helene, por favor llámame Mitza. Así me llama mi familia y cualquiera que me conoce bien. Y tú me conoces mejor que casi cualquiera.

Helene sonrió y dijo:

—Me siento honrada, Mitza.

Riendo sobre nuestro día, terminamos de alistarnos para la cena. Con el cabello en su lugar y los brazos entrelazados, Helene y yo bajamos las escaleras. Concentradas en un animado debate sobre los platos de entrada que serían servidos esa tarde —yo moría por el *Zürcher Geschnetzeltes,* un plato de ternera en salsa cremosa de vino blanco, mientras que Helene esperaba algo más simple—, tardamos en darnos cuenta de que la señora Engelbrecht nos miraba desde el pie de la escalera, esperándonos. O esperándome a mí.

—Señorita Marić —me llamó con evidente disgusto—, parece que tiene una cita.

El sonido de alguien aclarándose la garganta llegó desde atrás de la señora Englebrecht y una figura apareció.

—Discúlpeme, *ma'am*, pero soy un compañero de clase, no una cita.

Era el señor Einstein. Con un estuche de violín en la mano.

No había esperado a ser invitado.

Capítulo 5

5 de mayo de 1897
Zúrich, Suiza

—Caballeros, caballeros. ¿No hay uno solo entre nosotros que sepa la respuesta a mi pregunta?

El profesor Weber se levantó con arrogancia frente a la clase, deleitándose con nuestra ignorancia. La razón de por qué un maestro tenía tanta alegría de las fallas de sus estudiantes para mí es algo incomprensible y perturbador. Ser llamada «caballero» no me preocupaba nada junto a eso. Desde hacía meses estaba acostumbrada a los insultos de Weber, ya fueran observaciones sobre los europeos del este o su insistencia en referirse hacia mí como hombre. Sólo deseaba que las clases de Weber fueran como las de los otros profesores, como ostras que se abrían para revelar las más lustrosas perlas.

Yo sabía la respuesta a la pregunta de Weber, pero como ya era normal, dudaba en alzar mi mano. Miré alrededor esperando que alguien más respondiera, pero cada uno de mis compañeros, incluyendo al señor Einstein, tenía las dos manos pegadas a las bancas. ¿Por qué nadie alzaba la mano? Quizás el calor extemporal los volvía lánguidos. Hacía un calor inesperado para ser primavera, e incluso con las ventanas abiertas no había ni una brisa y vi al señor Ehrat y al señor Kollros intentando mover el aire con abanicos improvisados. Había sudor en mi frente y noté que los sacos de mis compañeros estaban manchados por la transpiración.

¿Por qué era tan difícil alzar mi mano? Lo había hecho muchísimas veces antes, aunque no con facilidad. Agité ligeramente la cabeza mientras un recuerdo se apoderaba de mí. Tenía diecisiete años y acababa de dejar mi primera clase de física en la preparatoria para hombres Royal Classical de Zagreb, donde papá había logrado que me admitieran a pesar de la ley de prohibición para que las mujeres austrohúngaras fueran a la preparatoria, pidiendo a las autoridades una excepción. Aliviada y emocionada con mi primer día de escuela —donde me había aventurado a responder una pregunta del profesor, acertando— salí levitando del salón. Esperaba hasta que el salón se hubiera despejado de alumnos para que el pasillo estuviera vacío. Un hombre apareció detrás de mí y me empujó hacia otro pasillo con menos iluminación. ¿Tenía tanta prisa que no me había visto?

—Señor, señor… —lo llamé por encima de mi hombro, pero no dejó de empujarme hacia el pasillo, que era cada vez más oscuro. No había nadie cerca para escucharme. ¿Qué estaba pasando?

Luché por girarme pero no pude hacerlo. El hombre era medio metro más alto que yo. Me empujó contra el muro —mi cara se estrelló en la pared, impidiéndome verlo para que no pudiera identificarlo más tarde— y me mantuvo inclinada hacia abajo.

—Crees que eres inteligente. Presumiendo con esa respuesta —estaba furioso, escupía sus palabras sobre mi mejilla—. No tenían por qué dejarte entrar a nuestra clase. Hay una ley en contra de ello —me dio un último empujón contra la pared y salió corriendo.

Yo permanecí congelada, aun mirando hacia la pared, hasta que escuché su último paso. Sólo entonces me di la vuelta, temblando sin control. No esperaba una bienvenida alentadora de mis compañeros, pero tampoco esto. Recargada, comencé a llorar, algo que me había prometido a mí misma no hacer nunca en la escuela. Limpiando mis lágrimas y la saliva de mi atacante de mi mejilla, me di cuenta de que iba a tener que mantener oculta mi inteligencia. O arriesgarlo todo.

Weber interrumpió mi horrible recuerdo reprendiéndonos. Chasqueó la lengua y dijo:

—Estoy muy decepcionado de que ninguno de ustedes haya alzado la mano. Hemos estado guiando *toda* la clase hacia la respuesta de esta pregunta. ¿Nadie la sabe?

Recordando mi conversación del mes anterior con Helene, decidí dejar de paralizarme. Tomé un profundo respiro y levanté mi mano. Weber bajó del podio y se dirigió hacia mi asiento. ¿Qué clase de ignominia me haría sufrir si me equivocaba? ¿Qué harían mis compañeros si acertaba?

—Ah, es usted, señorita Marić —dijo como si se sorprendiera. Como si no supiera hacia quién estaba caminando. Como si no le hubiera demostrado antes mi intelecto. Este asombro fingido era sólo otra manera de humillarme. Y ponerme a prueba.

—La respuesta a su pregunta es uno por ciento —dije. Sentía más y más calor subiendo hacia mis mejillas y deseaba no haber abierto la boca.

—Lo siento, ¿podría repetir eso más fuerte para que todos podamos compartir su sabiduría?

Sabiduría. Sonaba como si Weber estuviera burlándose de mí. ¿Tenía mal la respuesta? ¿Estaba diciendo que me había equivocado?

Aclaré mi garganta y dije, con la voz más alta y clara que pude:

—Dado el contexto de su pregunta, lo más cerca que podemos estar a estimar el tiempo necesario para enfriar la tierra es de uno por ciento.

—Correcto —admitió Weber, no sin sorpresa y decepción—. Para aquellos que no hayan podido escucharlo, la señorita Marić ha llegado a la respuesta correcta. Por uno por ciento. Anótenlo, por favor.

Murmullos surgieron a mi alrededor. Al inicio, no podía escuchar claramente ninguno de los comentarios, pero después alcancé a captar algunos cumplidos de las conversaciones. Escuché «lo logró» y «buen trabajo» entre las frases. Fue la primera vez que escuchaba cumplidos; había respondido antes algunas preguntas de Weber sin recibir reacción alguna. Seguramente hoy mis compañeros simplemente estaban encantados de que alguien fuese mejor que Weber.

Cuando terminó la clase, me levanté y comencé a guardar mis cosas. El señor Einstein caminó hacia mi escritorio.

—Impresionante, señorita Marić.

—Gracias, señor Einstein —respondí asintiendo—. Pero estoy segura de que cualquiera de nuestros compañeros podría haberlo hecho tan bien como yo —seguí empacando mis cosas mientras me preguntaba por qué sentía la necesidad de menospreciar mis logros.

—Se subestima, señorita Marić. Puedo asegurarle que ninguno de nosotros tenía la respuesta —su voz se convirtió en un susurro—. De otra manera nunca habríamos permitido que Weber nos hostigara durante todo ese insufrible tiempo.

Una sonrisa irreprimible brotó de mi cara ante la audacia del señor Einstein de criticar a Weber mientras este aún estaba en su podio.

—Ahí está, señorita Marić. Esa sonrisa esquiva. Creo que la he visto un par de veces antes de hoy.

—Ah, ¿sí? —lo miré. No quería alentar sus tontas bromas, especialmente en presencia de mis compañeros y de Weber, quienes esperaba que me tomaran en serio, pero tampoco quería ser grosera.

Él encontró mi mirada.

—Oh, sí, he mantenido cuidadosas notas científicas sobre sus sonrisas. Hace unos pocos días, cuando fue tan amable de permitirme tocar música con usted y sus amigas, capté una. Pero esa no fue la primera. No, la primera sonrisa tomó lugar en los escalones de su pensión. Aquel día en que la acompañé a casa en la lluvia.

No sabía cómo responder. Parecía hablar en serio y no con su usual abstracción. Y ese simple hecho me hizo sentirme aprehensiva. ¿Era posible que estuviera haciéndome algún tipo de proposición? No tenía ninguna experiencia previa con este tipo de cosas además de las esporádicas advertencias de Helene, y no tenía manera de evaluar sus comentarios.

A causa de los nervios y la incomodidad, comencé a caminar hacia la puerta. El sonido de papeles rozando unos contra otros y pasos rápidos me decían que el señor Einstein se apresuraba para seguirme.

—¿Sus amigas y usted tocarán esta tarde? —me preguntó cuando llegó a mi lado.

Ah, tal vez simplemente necesitaba compañía musical. Quizá no intentaba coquetearme. Experimenté una extraña mezcla de decepción y alivio que me sorprendió. ¿Había una parte de mí que buscaba sus atenciones?

—Acostumbramos siempre tocar después de la cena —respondí.

—¿Ya han seleccionado alguna pieza?

—Creo que la señorita Kaufler eligió el Concierto para violín en *la* menor de Bach.

—Ah, esa es una pieza hermosa —tarareó un pequeño fragmento—. ¿Podría acompañarlas de nuevo?

—No pensé que esperaba ser invitado —me sorprendí a mí misma con mi respuesta descarada. A pesar de mis sentimientos encontrados y mis intentos por dirigir la conversación a un rumbo más adecuado, no pude resistir recordarle al señor Einstein que la semana anterior se había rehusado al protocolo normal de invitación y había aparecido sin previo aviso en la entrada de nuestra pensión.

Mientras aguardaba en el salón a que termináramos de cenar, Milana y Ružica me bombardearon con preguntas sobre el señor Einstein, expresando desaprobación hacia su presuntuosidad, en tanto Helene simplemente escuchaba, con ojos atentos. Acordamos permitir que nos acompañara a tocar, pero el sentimiento de cautela persistió durante todo nuestro fallido concierto de una sonata de Mozart. Y ya que no creí que hubiese sido una noche exitosa, estaba impresionada de que quisiera repetir semejante evento.

Resopló sorprendido y luego rio.

—Supongo que tengo eso bien merecido, señorita Marić. Pero ya le había advertido que soy un bohemio.

El señor Einstein me siguió mientras caminaba por los pasillos hacia la entrada trasera del edificio. Ya que mis nervios estaban un poco alterados, quería evitar el ruido de Rämistrasse. Empujó las pesadas puertas y salimos de la penumbra de la escuela hacia la brillante luz del día que caía sobre la terraza. Miré el fondo montañoso de Zúrich donde aparecían por igual antiguas agujas de iglesias y estructuras modernas de oficinas.

Mientras atravesábamos la terraza, por hábito, conté sus ángulos y calculé la simetría de los diseños. Había comenzado este ritual como una manera de distraerme de los susurros que a veces escuchaba de mis profesores y compañeros —incluso de sus hermanas, madres y amigas— cuando ellos caminaban también por la terraza. Las críticas sobre lo impropio de una mujer estudiante, las risitas acerca de mi cojera, los comentarios horribles sobre mi piel más oscura y expresión seria. No quería que mi confianza en el salón fuera minada por sus comentarios.

—Está muy callada, señorita Marić.

—Constantemente soy acusada de serlo, señor Einstein. Por desgracia, no tengo el don para las charlas intrascendentes como las mujeres comunes.

—Inusualmente callada, quiero decir. Como si una teoría importante hubiese pasado por su cabeza. ¿Qué pensamiento ha capturado a su formidable mente?

—¿La verdad?

—Siempre la verdad.

—Estaba evaluando las columnas y el diseño geométrico de

esta cuadra. Me he dado cuenta de que tienen una simetría bilateral, casi precisa de reflexión axial: simetría.

—¿Eso es todo? —preguntó con una sonrisa.

—No del todo —si el señor Einstein no seguía las reglas de cordialidad, ¿por qué yo debería de hacerlo? Era un alivio, así que le expliqué mis pensamientos reales—. Durante los últimos meses, he notado los paralelismos entre la simetría artística y el concepto de simetría como si fueran los de la física.

—¿Y a qué conclusión ha llegado?

—He encontrado que un seguidor de Platón diría que la belleza de la cuadra es atribuible simplemente a su simetría —no mencioné que esta conclusión me entristecía; ensimismada en las teorías de los estudios que más amaba, la física y las matemáticas, el ideal de la simetría era un estándar que yo, con mis piernas irregulares nunca podría conseguir.

Dejó de caminar.

—Impresionante. ¿Qué más ha notado respecto a esta cuadra, por la cual yo paseo, obviamente, todos los días?

Hice un gesto señalando la abundancia de agujas de las iglesias.

—Bueno, me he dado cuenta de que Zúrich parece dar más torres de iglesias que árboles. Rodeando sólo esta calle tenemos las de Fraumünster, Grossmünster y San Peter.

Me observó un momento.

—Tiene razón, señorita Marić, sobre no ser una mujer común. De hecho, usted es una joven mujer de lo más extraordinario.

Después de este paseo, el señor Einstein dio un giro para dirigirse a Rämistrasse. Yo me detuve, no quería ir en esa dirección. Anhelaba la paz de un paseo a través de los silenciosos vecindarios camino hacia mi pensión. Me pregunté si me seguiría, no muy segura de si deseaba su compañía. Disfrutaba mis conversaciones con él, pero me preocupaba que me siguiera hasta la pensión, y que esto condujera a la incómoda actitud de las chicas hacia su presencia indeseada.

—¡Señor Einstein! ¡Señor Einstein! —una voz llamaba desde un café al otro lado de la calle— ¡Llega tarde a nuestra cita! ¡Como siempre!

La voz venía de una mesa en la calle. Mirando hacia allí, vi a un caballero de cabello oscuro y piel color oliva agitando las manos para llamar la atención. No lo reconocí del Politécnico.

—¿Nos acompañará a mí y a mi amigo por un café, señorita Marić?

—Mis estudios me llaman, señor Einstein. Tengo que irme.

—Por favor, me gustaría que conociera al señor Michele Besso. Aunque él se graduó del Politécnico como ingeniero y no como físico, ha sido quien me mostró a muchos teóricos de la física, como Ernst Mach. Es muy agradable y está intrigado por muchas de las mismas grandes y modernas teorías que usted y yo.

Me sentí halagada. El señor Einstein parecía creer que yo podía mantener una conversación científica con su amigo. No muchos hombres en Zúrich me habrían hecho una oferta similar. Parte de mí quería decir que sí, aceptar su invitación, sentarme de aquel lado de la calle en una mesa de café y discutir las difíciles y grandes preguntas de la física. Secretamente, deseaba participar en las fervientes conversaciones que pasaban en las calles y cafés de Zúrich. En vez de sólo observar.

Pero parte de mí tenía miedo. Miedo de confundir la naturaleza de las atenciones del señor Einstein, y miedo de dar un paso más allá de mi muro invisible y tomar los riesgos de convertirme en la persona que soñaba ser.

—Gracias, pero no puedo, señor Einstein. Mil disculpas.

—¿En otro momento, tal vez?

—Tal vez —comencé a caminar rumbo a la pensión Engelbrecht. Escuché su voz sonando a la distancia.

—¡Mientras tanto, tendremos música!

Sintiéndome con más valor, más como un compañero escolar que como una señorita, grité sobre mi hombro:

—¡No recuerdo haberlo invitado!

El señor Einstein soltó una risa.

—¡Como usted misma dijo, yo nunca he esperado invitaciones!

Capítulo 6

9 y 16 de junio de 1897
Zúrich, Suiza

Ružica y yo salimos de Conditorei Schober y caminamos tomadas de los brazos por Napfgasse. El sol de la tarde era suave y creaba una bruma que iluminaba a los edificios desde atrás y creaba un resplandor en las entradas de todas las tiendas por las que pasábamos. Ambas suspiramos con satisfacción.

—Estuvo delicioso —dijo Ružica. La noche anterior, luego de la cena, habíamos hecho planes para probar el café, chocolate caliente y los pastelitos de Conditorei Schober. La famosa repostería estaba entre la Universidad de Zúrich, donde Ružica estudiaba y el Politécnico, y ambas habíamos fantaseado con las delicias del café desde que supimos por la señora Engelbrecht de su existencia. Helene y Milana se negaron a acompañarnos, no sólo porque preferían los sabores ácidos a los dulces sino porque, en general, no se sentían inclinadas a perseguir las frívolas aventuras que Ružica buscaba. Me sorprendí a mí misma accediendo a acompañarla.

—Aún tengo el sabor a caramelo y nueces de mi tarta —dije. Había comido una deliciosa tarta con la base de galleta de mantequilla y un relleno decadente.

—Yo aún puedo sentir el sabor de mazapán y crema del *Sardegnatorte* —respondió Ružica.

—No debí haber tomado el segundo *Milchkaffe* —dije, refiriéndome al delicioso café con leche que adoraba—, estoy tan llena que tendré que aflojarme el corsé cuando lleguemos a la pensión.

Nos reímos ante la idea de aparecer en la cena de la señora Engelbrecht con los corsés sin apretar.

—¿Tú crees que necesitas desabrocharte el corsé? ¿Y yo qué? Yo soy la que pedí dos postres. Pero es que no podía resistirme al *Luxemburgerli* —dijo Ružica. Los exquisitos macarrones que venían en variedad de sabores y que Ružica decía que eran tan ligeros que se derretían en su lengua—. Tal vez es bueno que no tengamos nada como Conditorei Schober en Šabac, cerca de casa. Habría llegado a Zúrich a estudiar hecha una bola de masa.

Riendo de nuevo, caminamos por Napfgasse, admirando los nuevos trajes que las mujeres ricas de Zúrich comenzaban a usar. Ambas aprobábamos el estilo de un saco ajustado junto con una falda de trompeta, pero pensábamos que el saco entallado sobre el corsé, que era obligatorio, habría hecho muy incómodo concentrarnos durante las largas horas de estudio. No, nosotras seguiríamos vistiendo con nuestras blusas de manga larga, nuestras faldas de corte amplio y siempre con colores sobrios para asegurarnos de ser tomadas en serio por profesores y compañeros.

Luego de quince minutos de plática, caímos en un silencio cómodo, disfrutando de aquellos extraños momentos. Yo pensaba, no por primera vez, qué inesperada era mi vida en Zúrich. Cuando estaba en Zagreb, nunca hubiera imaginado que pasearía con una amiga, tomadas de los brazos, luego de haber disfrutado juntas el té de la tarde en un café elegante. Hablando precisamente de moda.

—Caminemos hacia Rämistrasse —dijo Ružica repentinamente.

—¿Qué? —pregunté segura de no haberla escuchado bien.

—Rämistrasse. ¿No es esa la calle con todos esos cafés a los que siempre va el señor Einstein con sus amigos?

—Sí, pero…

—¿No nos invitó el señor Einstein a acompañarlo a él y a sus amigos ayer cuando nos acompañó en la pensión a tocar Bach?

—Sí, pero no creo que sea una buena idea, Ružica.

—Vamos, Mileva, ¿a qué le tienes miedo? —Ružica se burló y comenzó a jalarme en dirección a Rämistrasse—. No lo buscaremos ni nada inapropiado. Simplemente vamos a caminar como cualquier otro peatón, y si el señor Einstein y sus amigos llegan a vernos, pues que así sea.

Pude haber insistido en volver a la pensión. Pude haberme girado hacia la otra dirección e irme. Pero la verdad, anhelaba toda la cultura de los cafés a mi alrededor. Ružica era la fuente externa de confianza que yo necesitaba para dar ese paso.

Sintiéndome valiente, asentí. Aún brazo con brazo, algo que además era necesario entre más nos adentrábamos en las calles con más gente, dimos un par de giros en las esquinas antes de llegar a Rämistrasse. Como si lo hubiéramos planeado, pero sin decirnos una sola palabra, aminoramos el paso y anduvimos sin prisa por el boulevar.

Apreté más fuerte el brazo de Ružica cuando nos acercábamos al Café Metropole, uno de los favoritos del señor Einstein. No me atreví a mirar hacia la derecha para ver si él y sus amigos estaban en alguna de las mesas de la banqueta. Me di cuenta de que, a pesar de toda su valentía, Ružica tampoco había mirado.

—¡Señorita Marić! ¡Señorita Dražić! —escuché una voz llamándonos. Sabía precisamente quién era: el señor Einstein.

Ružica siguió caminando, y al principio creí que no había escuchado el llamado. Pero luego me lanzó una breve mirada furtiva y me di cuenta de que estaba fingiendo no escuchar para obligar al señor Einstein a buscarnos de nuevo. Sólo cuando el señor Einstein volvió a decir nuestros nombres, Ružica miró en dirección a su voz y yo permití que mis ojos la siguieran.

El señor Einstein corría desde el otro lado del boulevar hacia la orilla donde estábamos nosotras.

—¡Señoritas! —gritaba— ¡Qué maravillosa sorpresa! Insisto en que se unan a mí y a mis amigos. Estamos en un profundo debate sobre la demostración que hizo J.J. Thomson de que los rayos catódicos contienen partículas llamadas electrones, y podrían servirnos algunas opiniones frescas.

Soltándonos al fin de los brazos, Ružica y yo seguimos al señor Einstein al café. Las mesas estaban demasiado juntas y llenas de estudiantes varones. Tuvimos que apretarnos entre la multitud para alcanzar al grupo de tres del señor Einstein, que estaba apretado contra la pared en una esquina trasera. ¿Cómo nos había visto desde esta posición? Su mirada debía de haber estado fija en la calle.

Dos caballeros se levantaron y permanecieron al lado del señor Einstein para ser presentados. Me di cuenta de que a uno de ellos ya lo conocía muy bien, al menos de vista. Era el señor Grossman, uno de mis compañeros de clase. Además de los saludos y algún intercambio de palabras necesario en el salón, nunca habíamos hablado realmente. El otro hombre era el señor Besso, que el señor Einstein me había mencionado antes. Con cabello oscuro, ojos cafés y una chispa de humor, me sonrió rápidamente.

Los hombres se apresuraron a tomar sillas de otras mesas y las pusieron alrededor de la suya para nosotras. Mientras no sentábamos, el señor Besso se ofreció a servirnos café y ordenar algunos postres.

Ružica y yo nos miramos y rompimos en risas con la simple idea de dar un solo bocado más. Con expresiones curiosas, los hombres nos miraron, obligándome a explicar: «Venimos de Conditorei Schober».

—Ah —dijo el señor Grossman—, entiendo totalmente. Mi madre me visitó de Ginebra la semana pasada y pasamos una tarde completa ahí. Creo que no comí en dos días después de eso —el señor Grossman nunca me había dirigido tantas palabras juntas desde que habíamos comenzado a ser compañeros de clase, y eran más que amigables. Por primera vez me pregunté si las fallas en nuestra comunicación eran mías.

Los hombres volvieron a su discusión del experimento de J.J. Thomas, y Ružica y yo guardamos silencio. Esta situación era nueva para mí. ¿Debíamos hacer sonar nuestras opiniones, me pregunté, o esperar a que nos preguntaran? Me preocupaba que el señor Grossman y el señor Besso interpretaran mi timidez como hosquedad o ignorancia, pero tampoco quería ser demasiado atrevida.

—Señorita Marić, ¿usted qué piensa? —inquirió el señor Einstein, como si hubiera escuchado mis pensamientos.

Con sus ánimos e invitación, dije:

—Me pregunto si las partículas que encontró el señor Thomson con sus rayos catódicos podrían ser la clave para entender la materia.

Los hombres permanecieron callados e inmediatamente me arrepentí. ¿Había dicho demasiado? ¿Había dicho algo estúpido?

—Bien dicho —dijo el señor Besso.

—Estoy de acuerdo —asintió el señor Grossman.

Los tres hombres volvieron al debate sobre la existencia de átomos que obviamente había iniciado antes de que Ružica y yo llegáramos, y guardé silencio de nuevo. Pero no por demasiado tiempo. Cuando la conversación llegó a su siguiente quiebre, comencé a decir mis opiniones. Una vez que resultó evidente que no retrocedería dentro de mi concha como un molusco, los otros empezaron a buscar mis opiniones mientras la discusión continuaba sobre experimentos de toda Europa, y especialmente el descubrimiento de Wilhelm Röntgen de los rayos X. A pesar de que había intentado pedirle su opinión a Ružica desde la perspectiva política de estos descubrimientos, permanecía inusualmente callada. ¿Esperaba una conversación más tradicional, con temas regulares en vez de una conversación científica?

Tal vez esta aventura no se había desarrollado como Ružica esperaba, pero para mí, esta inclusión, esta discusión, la confianza del señor Einstein en mí, me hizo sentir viva, tan eléctrica como las corrientes que había por Zúrich. Intenté no preguntarme qué podía haber detrás de los ánimos que el señor Einstein me dedicaba.

—¿Eres tú, Mileva? ¡Te perdiste a Mozart! —escuché a Milana llamarme desde la sala de juegos.

Oh, no. Mozart. Dos veces en una sola semana me había perdido mis citas musicales con las chicas. Mis mejillas ahora estaban encendidas con el regocijo del Café Metropole.

Me dirigí a la sala sin molestarme en esconder mi nerviosismo hacia el recibimiento que tendrían. ¿Por qué lo haría? Me merecía la culpa. Estas chicas me ofrecían afecto y protección emocional en un nuevo lugar, y yo no podía siquiera ser puntual a nuestras citas. A la primera distracción me encontraba fuera. Era una mala amiga.

Ružica, Milana y Helene estaban sentadas alrededor de la mesa de juegos, las tazas de té vacías y los instrumentos abandonados a sus lados. El interludio musical había terminado —o quizá nunca había empezado por culpa de mi ausencia— y sin duda estaban hablando de mí. Por primera vez, sus expresiones hacían juego con la severidad de sus atuendos.

—No fue lo mismo sin ti en la tamburitza —Ružica me llamó la atención, pero yo pude ver el afecto y la pequeña burla detrás de su decepción. Estaría en apuros si intentaba reprenderme más, después de todo ella era quien me había arrastrado a la cultura de los cafés, incluso cuando se había negado a participar en nuestras discusiones desde entonces. Demasiado científicas, las había llamado.

—Sí, Mileva —concordó Milana—, la canción sonaba vacía. Incompleta.

Helene no dijo nada. Su silencio era peor que cualquier condena. Era la luz del rayo antes del trueno.

—¿Dónde estabas? —me preguntó Milana.

Antes de que pudiera responder, Helene me lanzó una mirada de indignación. El resentimiento y animadversión que habían crecido desde la noche en que el señor Einstein tocó con nosotras por

71

primera vez estaba obviamente supurando. La primera tarde en que nos visitó, Helene simplemente lo saludó con un descontento «¿Quién aparece sin invitación en la puerta de un compañero de clase?». Cuando Milana y Ružica lo incluyeron en nuestro concierto de Bach, a pesar de la obvia incomodidad de Helene, ella pausó una y otra vez nuestra interpretación para criticar la técnica del señor Einstein, algo muy inusual para Helene, que siempre era amable. Este comportamiento había seguido durante las otras veces en que nos había acompañado —sin previo aviso o invitación explícita— en nuestras sesiones de música.

Helene finalmente desató su trueno.

—Déjame adivinar. Estabas discutiendo ciencia en el Café Metropole. Con el señor Einstein y sus amigos.

No respondí. Helene tenía razón y las chicas lo sabían. No tenía excusa para justificarme. ¿Qué podía decir? ¿Cómo podía explicar a las chicas lo emocionada que estaba en el Café Metropole? ¿Qué significaría cómo me sentía respecto a ellas? Especialmente cuando había elegido tantas veces al señor Einstein y sus amigos del café por encima de nuestros interludios musicales.

Empezaron a brotar lágrimas de las orillas de mis ojos; estaba enojada conmigo misma. Nada valía la decepción de estas chicas. Habían revivido mis sueños para el futuro y juntas habían construido un refugio del mundo donde podíamos ser nosotras mismas, intelectuales e incluso a veces tontas. El señor Einstein, a pesar de todas sus insinuaciones hacia mi vida en los meses pasados, a pesar de toda la emoción que sentía estando con él, no lo merecía.

Con cautela me senté en una silla vacía, limpiando mis lágrimas.

—No puedo ofrecer sino mis disculpas.

Ružica y Milana se estiraron sobre la mesa para tomar mi mano.

—Por supuesto, Mileva —dijo Milana, y Ružica asintió.

Helene no se movió.

—Sinceramente, espero que este comportamiento no se convierta en un patrón, Mitza. Contamos contigo.

Sus palabras eran sobre algo más que los conciertos o sus sentimientos respecto a mis acciones. Eran una especie de ultimátum. Helene estaba ofreciéndome otra oportunidad, pero sólo si me comprometía a que nuestro grupo fuera lo primordial. Si mantenía mi pacto.

Me sonrió con la misma calidez de nuestro primer encuentro. Un suspiro de alivio llenó la habitación.

—De cualquier manera, ¿cuál podría ser el atractivo del señor Einstein, además de una aburrida discusión de física? —Milana dijo aliviando la tensión— Ciertamente no su peinado salvaje.

Reímos. Los rizos sin arreglo del señor Einstein se habían convertido rápidamente en un chiste para nosotras. En el estilizado y cuidado mundo de Zúrich, el estilo del señor Einstein no tenía igual. Era como si ni siquiera tuviese un peine.

—Ciertamente no puedes estar atraída por su vestimenta fastidiosa —interrumpió Ružica—. ¿Viste lo arrugado que estaba su saco cuando vino la última vez? ¿Cuando tocamos a Bach? Parece que guarda su ropa en el piso.

Nuestra risa creció y repentinamente todas querían un turno para hablar del señor Einstein. Incluso Helene.

—¡Y luego está su pipa! ¿Creerá que eso añade años a sus infantiles mejillas gordinflonas? ¿O que lo hace ver más profesional? —hizo una imitación del señor Einstein poniendo tabaco en su larga pipa y calando hondamente.

Justo entonces sonó la campana. Arreglándonos, nos levantamos para la cena.

Más tarde, de vuelta en mi cuarto, puse sobre mis hombros el chal que mamá me había dado. La noche de junio era agradablemente fría, y aunque podría haber mantenido el cuarto caliente si dejaba la ventana cerrada, necesitaba el aire fresco en mi cara. Tenía montañas de tarea, capítulos de física por leer y cálculos matemáticos pendientes. Anhelaba un vigorizante *Milchkaffe* pero no había manera de conseguirlo en la pensión.

Escuché que llamaban a la puerta y salté. Nadie venía a mi habitación a estas horas. Abrí ligeramente para ver quién era.

Helene estaba de pie en el pasillo.

—Pasa, por favor —me apresuré a darle la bienvenida.

Hice un gesto para indicarle que se sentara en mi cama, el único lugar disponible además de la silla de mi escritorio; me sentía nerviosa. ¿Estaba aquí para discutir sobre el Café Metropole? Pensaba que ese asunto había sido resuelto. El humor alegre de la sala de juegos había seguido igual durante la cena.

—¿Recuerdas la primera vez que te diste cuenta de que eras distinta a las otras niñas? ¿Más inteligente, tal vez? —preguntó Helene.

Asentí, aunque su pregunta me sorprendió. Recordaba bien el día en la clase de la señorita Stanojević donde me había dado cuenta de que no era igual al resto. Tenía siete años y estaba terriblemente aburrida. Las otras estudiantes tenían expresiones confundidas ante la explicación de la maestra de los principios básicos de las multiplicaciones, un concepto que yo había aprendido a los cuatro años. Tenía la vaga sensación de que yo podría hacer que las chicas entendieran. Si hubiera podido tomar el lugar de la señorita Stanojević en el pizarrón, podría haber enseñado a las niñas la facilidad de los números, la manera simple en que podía ver a través de ellos, combinándolos en infinitos grupos y haciendo conexiones elegantes. Pero no me atrevía. No había precedentes de alguna estudiante en el pizarrón del *Volksschule*. El orden y la estratificación reinaba en todas las regiones del Imperio austrohúngaro, sin importar cuán remotas fuesen. En vez de levantarme y hacerme cargo del pizarrón como deseaba, me dediqué a mirar hacia las botas negras y feas que mamá me hacía usar todos los días con la esperanza de que curaran mi cojera, y las comparé con los zapatos delicados de color marfil y lazos que siempre usaba Maria, mi compañera dulce y rubia.

—¿Puedes contármelo? —preguntó Helene.

Le dije todo sobre aquel día como una frustrada niña de siete años.

—¿Alguna vez intentaste ver si eras mejor maestra de matemáticas que la señorita Stanojević? —rio.

—De hecho, sí —me sentía extraña compartiendo este incidente.

—¿Cómo fue?

—Por alguna razón la maestra no estaba en el aula. Se fue mucho tiempo y las niñas comenzaron a platicar y dar vueltas lejos de sus lugares. Desobedeciendo seriamente las normas de la clase, claro.

—Claro.

—Una de las niñas, creo que se llamaba Agata, caminó hacia mí. Me pregunté qué quería. No era mi amiga; ninguna de las niñas era mi amiga, para el caso. Pensé que tal vez quería reírse de mí, ¿sabes?

—Entiendo totalmente.

—Pero en vez de eso se inclinó sobre mi escritorio y me pidió que le explicara las multiplicaciones. Así que usando mi propia metodología, comencé a explicarle la clase de la señorita Stanojević. Mientras hablaba, más y más niñas se acercaban, hasta que casi toda la clase estuvo a mi alrededor. Finalmente, aunque era algo riesgoso, fui hacia el pizarrón. Lo hice tanto para ayudarlas a ellas como a mí misma. Si hacía la lección más fácil para ellas, tal vez la maestra cambiaría el tema a alguno más interesante, como divisiones. En vez de revisar las tablas que la señorita Stanojević había escrito en el pizarrón, tomé una sola ecuación: seis por tres. Le dije a las niñas que no memorizaran la ecuación sino que pensaran en ella como en una suma, una operación que casi todas comprendían. Expliqué que seis por tres en realidad significaba esto: sumar el número seis tres veces. Cuando escuché a varias decir «dieciocho», supe que había ayudado al menos a un par de mis compañeras.

—Así que ese fue el momento.

—En realidad el momento llegó justo después de eso. Cuando me di la vuelta del pizarrón y vi que la maestra había regresado. Estaba en la puerta junto con otra maestra, la señorita Kleine, a su lado. Ambas con la boca abierta al ver a una estudiante al frente.

Nos reímos pensando en la pequeña Mileva y su maestra escandalizada.

—Me congelé pensando en que me golpearían los nudillos por mi imprudencia. Pero, increíblemente, después del minuto más largo de mi corta vida, la señorita Stanojević sonrió. Se volvió para hablar con la señorita Kleine y después de un minuto dijo: «Bien hecho, señorita Marić. ¿Podría por favor enseñarnos esa lección de nuevo?» —hice una pausa—: Fue entonces cuando supe.

—¿Qué eras diferente? ¿Más inteligente?

—Que mi vida no sería como la de las otras niñas —mi voz se volvió un susurro—. Las niñas también se aseguraron de explicármelo, que nunca sería una de ellas.

Le conté a Helene mi historia secreta. Aquel mismo día, cuando caminaba de regreso a casa con cuidado de evitar el campo lleno de maleza donde los estudiantes jugaban siempre, Radmila, una de mis compañeras, se acercó y me invitó a jugar con ella por primera vez. A pesar de que sospechaba de ella y quería mirar sus ojos cafés para decirle que no, una parte de mí quería una amiga. Así que acepté. Las niñas, que ya formaban un círculo tomadas de las manos, hicieron un lugar para que Radmila y yo nos uniéramos al juego. Me hice parte de los juegos rítmicos y cantos bobos en el vaivén de las olas que hacían las manos de las niñas, con polvo volando a nuestro alrededor. Entonces, repentinamente, las reglas cambiaron. El paso incrementó a una velocidad furiosa y fui azotada salvajemente. Cuando mis piernas me fallaron, las niñas me arrastraron dando vueltas en el círculo, cantando todo el tiempo. Luego soltaron mis manos, me aventaron al centro del círculo donde se rieron de mí, llena de polvo y golpes, mientras intentaba ponerme de pie. Llorando, me obligué a levantarme y me fui cojeando todo el camino hacia casa. No me importó que se rieran mientras me tambaleaba por el camino, ya me habían lastimado tan profundamente como era posible. Humillarme por mi intrepidez al dar la clase y por ser diferente había sido su objetivo todo el tiempo.

—Mi historia es prácticamente la misma —susurró Helene.

Se levantó para abrazarme y siguió diciendo:

—Mitza, desearía haberte conocido desde toda la vida.

—También yo, Helene.

—Te pido una disculpa por haber sido tan dura contigo hoy, y por mi obvia desconfianza hacia el señor Einstein. Sé que yo te alenté a formar una alianza con él, pero no me di cuenta de que él sería tan presuntuoso y poco ortodoxo. Me ha tomado mucho tiempo encontrar a gente parecida a mí. Me resulta muy difícil y reacciono de más cuando parece que se están alejando, particularmente con alguien que no sé si merece su compañía.

Abrazándola con fuerza le respondí:

—Lo siento, Helene, no estaba alejándome de ti. Al pasar tiempo con el señor Einstein y sus amigos, en realidad pensé que estaba acercándome más a las metas profesionales de las que tanto hablamos. En el café ellos no hablan de nada sino de los últimos desarrollos científicos, avances que yo no conocería de no ser por ellos.

Guardó silencio un momento.

—No lo sabía. Pensaba que te sentías atraída por las formas bohemias de las que siempre está hablando. Que te sentías atraída por él, no por la ciencia.

Me apresuré a corregirla.

—No, Helene. El tiempo que paso con él es como colegas. Aprendo mucho de él profesionalmente en la escuela y en el Café Metropole, sin importar lo frívolas que parezcan sus acciones aquí —pero mientras decía estas palabras, me daba cuenta de que no eran totalmente ciertas. Mis sentimientos eran más complejos; me sentía viva en la compañía del señor Einstein, comprendida y aceptada. La sensación era única, inquietante.

Tranquilizándome a mí misma tanto como a ella, dije:

—Pero no tendrá mayor consecuencia. Tu opinión significa todo para mí. Por encima de lo demás.

Capítulo 7

Julio 30 y 31 de 1897
Zúrich, Suiza, y el Valle Sihl

Aunque Helene nunca terminó de aceptar realmente al señor Einstein durante esas últimas semanas del semestre, nuestra plática sí logró ablandarla al respecto. Ya fuera porque reafirmamos nuestro pacto o las burlas a su forma de vestir, sus preocupaciones parecieron hacerse difusas. Ya no lo veía como una amenaza a nuestros rituales, aunque él estaba persistentemente, abundantemente, presente.

Esto me beneficiaba también, ya que mi seguridad y las pequeñas burlas al señor Einstein me ayudaban a mantenerlo en perspectiva. Me recordaba que era un simple colega amante de la física y un compañero de clase, uno que además tenía un aspecto tonto, ridículo. Pensaba que podría reprimir mis sentimientos hacia él. Me sentía bien armada para cortar cualquier sugerencia que pudiera surgir de su parte. Aunque hasta ahora no había ocurrido nada que no fuesen bromas frívolas y sugerentes.

La tarde después del último día de exámenes del primer año la Sección Seis —para los cuales había estudiado más duro que nunca—, el señor Einstein apareció en la puerta de la pensión Engelbrecht con su violín en la mano, como ya era su hábito. No fue una sorpresa. No había sido invitado, pero nunca lo era. Su forma de tocar el violín estaba tan llena de sentimiento y virtuosismo que las chicas se animaban a recibirlo, aunque nunca terminaron de acostumbrarse a que llegara sin invitación explícita.

Habíamos planeado una noche con *Las cuatro estaciones* de Antonio Vivaldi, una celebración porque cambiábamos de estación. El señor Einstein tocaba con especial sentimiento aquella noche. Hicimos una pausa, satisfechas, luego de que sonó la última nota, y en aquel momento de alegría silenciosa, él saltó:

—Señorita Kaufler, me han hablado mucho del bosque mágico de Sihlwald desde hace meses.

—Sí, lo hemos hecho, señor Einstein —respondió Helene.

—Recuerdo especialmente que mencionó la vista desde lo alto de las colinas Albis, señorita Kaufler.

—Así es —ella asintió en dirección nuestra, continuando con un agradable intercambio de la descripción de Albishorn. Para ella parecía ser una plática inofensiva, pero yo podía ver hacia dónde se encaminaba el señor Einstein.

—Si no es demasiado atrevido, me gustaría mucho ser incluido en la salida a Sihlwald que tienen planeado hacer por la mañana.

Las cuatro planeamos hacer una última salida al final del semestre. Habíamos hecho viajes más y más largos desde nuestra excursión a Sihlwald, y luego de mucha discusión, decidimos que el semestre debía terminar del mismo modo en que había iniciado: con un viaje al Sihlwald.

A pesar de que las intenciones del señor Einstein me parecían obvias, Helene se mostró sorprendida. En respuesta, balbuceó:

—Bueno, señor Einstein, verá… esta salida… creo que fue planeada para ser una excursión de despedida para nosotras cuatro.

Sin inmutarse, el señor Einstein presionó de un modo determinado.

—¿Seré privado tanto de la belleza natural del bosque Sihlwald como del placer de su compañía este último sábado antes de las vacaciones, señorita Kaufler? Pasarán meses antes de que nos volvamos a ver.

Su atrevimiento, descarado incluso para él, la incomodó más.

—Verá, ehm… yo no puedo… Esta decisión no es sólo mía.

Me miró directamente, sus ojos castaños suplicaban. Mi estómago se estremeció cuando sus ojos se movieron hacia Ružica y Milana.

—¿Ustedes qué piensan, chicas?

No tenía vergüenza. ¿Cómo podríamos nosotras, chicas educadas, enseñadas para la cortesía, decir otra cosa que no fuera *sí*?

Esperamos en la plataforma del tren con las mochilas en nuestros hombros llenas de equipo de excursionismo, un lunch impuesto por la ansiedad de la señora Englebrecht y mapas del bosque. Yo checaba constantemente el reloj de la estación. El señor Einstein llegaba muy tarde.

—¿Dónde está? —Ružica movía nerviosamente el pie. Había hecho esta pregunta no menos de ocho veces.

—Yo digo que subamos al tren —Milana sugirió—, parte en dos minutos.

Mirando de nuevo hacia el reloj de la estación, sentí crecer un conflicto en mí. Quería que el señor Einstein nos acompañara pero no que mi insistencia en esperarlo provocara un retraso en nuestro viaje. Queriendo no aparentar estar ansiosa, dije:

—Milana tiene razón. No podemos esperar más. De cualquier manera, el señor Einstein viene exageradamente tarde, ¿quién sabe cuándo aparecerá?

Helene asintió y subimos al tren. Nos acomodamos en un compartimento vacío —pudimos elegir, ya que el tren no iba nunca muy lleno tan temprano los sábados— y subimos las mochilas al portaequipaje. Justo cuando nos sentamos en los gastados asientos, sonó el silbato del tren y comenzamos a movernos.

Suspiré. Tal vez lo mejor era que no viera al señor Einstein hasta el siguiente curso, en tres meses. Su presencia constante últimamente sólo agravaba mi desconcierto. «Sí, esto es justo lo que necesito», pensaba. El inicio de las vacaciones de verano sin él era un buen presagio.

—Oh, Dios —dijo Milana mirando por la ventana del compartimento.

—¿Qué es? —pregunto Ružica.

Milana no respondió, sólo señaló hacia la ventana, como si lo que miraba no pudiera ser descrito.

Estirando el cuello para ver sobre la cabeza de Helene, aparecieron dos hombres corriendo por la estación hacia nuestro tren. Incluso a través del espesor del cristal pude escucharlos gritando: «¡Detengan el tren!».

Agucé la vista para ver si era el señor Einstein. Un mechudo de cabello rizado. Camisa desfajada. Todas sus marcas propias, ciertamente lejanas al esmerado cuidado de los hombres suizos. Pero debía de venir solo y sin embargo había otro hombre con él. Quizá no era él. Mi estómago se retorcía con emociones mezcladas.

El motor del tren disminuyó un poco y los dos hombres saltaron a bordo. Un momento después, la puerta del compartimento se abrió de golpe. Ahí estaba el señor Einstein radiante. «¡Lo hice!». Haciendo una reverencia, señaló a su acompañante.

—Señoritas, permítanme presentarles a Michele Besso, a quien las señoritas Marić y Dražić conocieron en el Café Metropole. Él es ingeniero graduado del Politécnico.

Asentí en reconocimiento; había tenido muchas conversaciones con el señor Besso sobre Ernst Mach, un físico que él admiraba. En el Café Metropole disfrutaba con el señor Besso y su suave voz, pero me preguntaba cómo lo recibirían las chicas. Ciertamente, Ružica no había conectado mucho con él en aquella primera tarde en el café.

—Bienvenidos, caballeros —dije.

Sin esperar a que se lo ofreciera, y sin ofrecer una excusa por la cual había traído a un invitado extra, el señor Einstein se dejó caer a mi lado. Su pierna tocó el borde de mi falda y me di cuenta de que nunca antes nos habíamos sentado juntos. Las sillas de madera del salón de clase, las sillas de metal de los cafés, las sillas de ornato de la sala de los Engelbrecht habían sido nuestras perchas. En esta banca me sentía demasiado cercana a él, especialmente cuando acababa de decidir que mi viaje estaba mejor sin su presencia.

El señor Besso era más circunspecto. «¿Puedo?», le preguntó a Ružica antes de sentarse.

Mientras nuestro invitado inesperado intercambiaba saludos con Ružica, Milana y Helene, yo volteé a ver al señor Einstein. Su cara estaba demasiado cerca de la mía y pude oler café, chocolate y tabaco en su aliento.

—Hicieron una entrada triunfal —dije apenas riendo mientras me separaba un poco de él.

—Un día tan importante merece gestos grandiosos —respondió, haciendo un ademán de abarcar el vívido azul del cielo que se veía por la ventana.

—Ah, ¿así que esa fue la razón de la carrera por la estación y las llamadas a gritos al conductor? —pregunté con una sonrisa maliciosa. Podía adivinar las razones de su impuntualidad: se había quedado dormido, como constantemente contaban sus amigos en el Café Metropole. En realidad no tenía nada que ver con la grandeza del día. No era precisamente un comentario de dama, pero no quería que él me conociera como a una simple dama. Quería que pensara en mí como una igual y el comentario era el mismo que haría uno de sus compañeros del café.

Rio y bajó su voz a un susurro: «Cómo amo esa sonrisa».

Con una muestra de educación, el señor Besso nos interrumpió con una pregunta y pronto todos discutíamos sobre nuestra excursión. Ninguno de los dos se había aventurado antes al Sihlwald y cada una de nosotras tenía distintos aspectos favoritos que compartir. En su compañía, el viaje transcurrió rápido.

Las primeras horas de la excursión pasaron de manera similar, el grueso techo del bosque nos mantenía frescos mientras ascendíamos. Árboles enormes de hoja caduca, de los cuales sólo Helene sabía el nombre correcto, se alzaban sobre nosotros, y sus anchos troncos a veces bloqueaban nuestro paso. Abundaba el follaje verde y las flores, y por sus exclamaciones sobre el crecimiento del bosque, los señores Einstein y Besso parecían impresionados con la vista. Las chicas estaban complacidas con sus reacciones y se animaron aún más a señalar las hayas y los brotes morados del jazmín de roca alpina. Queríamos que todos amaran el Sihlwald tanto como nosotras lo hacíamos.

Logré ir al paso de las chicas y de ellos mientras caminábamos hacia colinas más inclinadas. Nadie le prestó ninguna atención a mi cojera, y tampoco era necesario hacerlo. Los epítetos de mis días más jóvenes en Serbia se sentían como un mal sueño, uno que la brillante luz del Sihwald logró llevarse.

Era como si todos nos sintiéramos más libres. Escuché a Ružica contarle uno de sus chistes al señor Besso, el tipo de chistes que usualmente reservaba para nuestros juegos de *whist* y que nos hacía quejarnos y reírnos nerviosas. Helene también rio con sinceridad con una de las bromas del señor Einstein. Y cuando Milana insistió para que hiciera una de mis imitaciones de la señora Engebrecht, la complací. Para cuando llegamos al Albishorn, todos estábamos de buen humor.

Pero luego la majestuosidad de la vista se apoderó de nosotros. Los picos de las montañas que nos rodeaban estaban cubiertos de nubes y el color celeste del cielo, y competían contra la amplia franja azul marino del lago y el río. Éramos pequeños al lado de la vastedad de la naturaleza. Incluso el señor Einstein, siempre hablador, se quedó sin palabras.

Rompiendo el silencio, el señor Besso sacó de su mochila una botella de vino.

—Por cierto, muchas gracias por su hospitalidad hoy, señoritas.

El señor Einstein le tocó el hombro con alegría.

—Buen espectáculo, Michele.

Nos sentamos para disfrutar de la generosidad del señor Besso. Uno tras otro tomamos tragos de la botella; había sido imposible traer copas en su mochila, explicó con una disculpa. A nadie le importó.

—Odio decirlo, pero si queremos tomar el último tren a Zúrich, debemos empezar a volver ahora —dijo Helene.

—Es difícil irnos, ¿no? —preguntó Milana, tomando el brazo de Helene. Comprendí que hablaba de algo más que el Albishorn. Era difícil renunciar a este momento brillante y dichoso.

Mientras comencé a ponerme de pie con el resto del grupo, sentí una mano en mi brazo. Alzando la visa, me di cuenta de que se trataba del señor Einstein.

—Por favor espera un minuto —susurró.

Me detuve. ¿Qué quería el señor Einstein? Definitivamente no estaría buscando un momento de silencio para discutir sobre nuestro examen de física. En lo profundo de mí misma, en lo secreto de mis pensamientos, sentía que —con todas sus pistas y bromas y aliento— había estado construyendo este momento, pero aún no podía creer que albergara pensamientos románticos respecto a mí. Debía declinar, insistir en que siguiéramos al grupo. ¿No me había estado preparando mentalmente para evitar este instante preciso? Pero necesitaba saber qué era lo que tenía que decirme.

El señor Einstein esperaba. Una vez que asentí, dijo a los otros:

—Necesito un momento más. ¿Por qué no se adelantan y nosotros los alcanzamos?

Los otros se encauzaron hacia el camino de la montaña pero Helene dudó. Sus cejas se alzaron en una expresión familiar de precaución.

—¿Estás segura, Mitza?

Asentí con la cabeza. No confiaba en poder hablar.

—Está bien entonces, pero que no sea más de un minuto, señor Einstein. Tenemos que alcanzar el tren.

—Por supuesto, señorita Kaufler.

Mirándome fijamente, Helene dijo:

—Tú le mostrarás el camino de vuelta, ¿verdad Mitza?

Asentí de nuevo.

Una vez que los otros desaparecieron de nuestra vista, el señor Einstein me jaló suavemente a su lado para sentarme con él en un tronco. La vista se extendía a nuestros pies, y aunque yo sabía que debía de estar disfrutándola, satinada con el suave color rosa del sol al ponerse, me sentía incómoda y nerviosa.

—Es impresionante, ¿no cree? —preguntó.

—Lo es —mi voz temblaba. Esperé que no lo notara.

Volvió su cara hacia mí.

—Señorita Marić, desde hace algún tiempo ya, he tenido sentimientos hacia usted. La clase de sentimientos que uno no tiene hacia cualquier compañero de clase...

Lo escuchaba hablar como si fuese un sueño. Mientras que yo sospechaba esto, incluso lo deseaba, si era honesta conmigo misma, a pesar de todo lo que hablaba con las chicas, ahora que en verdad estaba frente a mí diciendo estas palabras, me sentía abrumada.

Sosteniéndome del tronco intenté ponerme en pie.

—Señor Einstein, creo que deberíamos volver al camino...

Él tocó mi brazo, y con suavidad me hizo sentarme de nuevo en el tronco.

Tomó mi mano y la puso en la suya. Acercándose a mí, colocó sus labios sobre los míos. Eran inesperadamente suaves y pronunciados. Antes de que tuviera tiempo o espacio para pensar, me besó. Por un minuto me rendí a la suavidad de sus labios encima de los míos y me permití besarlo de vuelta. El calor subió hacia mis mejillas mientras sentía sus dedos en mi espalda.

Izgoobio sam sye. Estas eran las únicas palabras que podía pensar para describir cómo me sentí en ese momento. Traducidas del serbio quieren decir, a grandes rasgos, que me sentía perdida. Perdida en el camino, perdida de mí misma, perdida en él.

Separándose un poco, me miró a los ojos. Me costaba respirar.

—Me asombra de nuevo, señorita Marić.

Mientras tocaba mi mejilla, deseé besarlo de nuevo. Me sorprendió la intensidad de mi anhelo. Me calmé, tomé un gran respiro y dije:

—Señor Einstein, no puedo decirle que mis sentimientos no sean recíprocos. Sin embargo, no puedo dejar que ellos me desvíen de mi curso. Se han hecho muchos sacrificios, y he trabajado muy duro para llegar a donde estoy. El romance y la profesión no se deben mezclar. Para una mujer, al menos.

Sus espesas cejas se arquearon, y su boca —esos labios suaves— formó un círculo de sorpresa. Obviamente esperaba que lo aceptara, no que me resistiera.

—No, señorita Marić. Seguramente los bohemios como nosotros, además de otros con nuestra visión y nuestras diferencias culturales y personales, pueden tener ambas —sus palabras me atraían. Cómo deseaba que su visión bohemia fuera en realidad posible.

—Por favor, no lo tome como una ofensa, señor Einstein, pero no puedo ir más lejos con esto. Puede que comparta sus creencias bohemias y que crea que somos diferentes, pero tengo que dejar mis sentimientos de lado por el bien de mis metas profesionales —dije, obligándome a ser fuerte.

Quitándome las ramas y hojas secas que se habían prendido a mi falda, comencé el camino de vuelta.

—¿Viene?

Se levantó y caminó hacia mí. Atrapando mi mano en la suya, dijo:

—Nunca en mi vida había estado tan seguro de algo o de alguien como lo estoy de usted. Esperaré, señorita Marić. Hasta que esté lista.

Capítulo 8

29 de agosto de 1897 y 21 de octubre de 1897
Kać, Serbia y Heidelberg, Alemania

El papel, gastado y con arrugas, voló hacia el suelo. Lo miré mientras caía en espirales empujado por la brisa tibia que corría por las ventanas del campanario. El libro del profesor Philipp Lenard había estado abierto en la misma página durante más de una hora y yo no había leído ni una sola palabra.

Me agaché para recoger el papel que se hallaba en el suelo de madera rayado. Estaba sentada en el campanario del Chapitel, nuestra casa de verano en Kać, a donde nos íbamos en los meses cálidos. Se llamaba así por las dos torres que adornaban cada extremo de la villa de estilo tirolés con una torre principal en el centro, y había sido mi lugar de respiro de verano desde que era una niña. Sin importar a dónde tuviéramos que mudarnos por el trabajo de gobierno de papá o por mis estudios —las ciudades de Ruma, Novi Sad, Sremska Mitrovica y al final Zagreb—, el Chapitel era el lugar al que siempre podía llamar hogar.

Había pasado todos los veranos de mi infancia en el campanario del Chapitel, mirando los cambios en el paisaje rural de girasoles y maíz y leyendo pilas de libros. Era mi escondite, mi lugar de ensueño, el sitio en que leía cuentos de hadas de niña y donde comencé a fantasear con una vida de científica. Actualmente era el lugar donde me escondía de todos.

Contemplé el papel que tenía en la mano. En la superficie estaba escrita la dirección del señor Einstein con su letra descuidada, tan resuelta como su propia personalidad. Lo había puesto en mi mano mientras nos despedíamos la tarde del viaje al Sihlwald con la seria petición de que le escribiera durante las vacaciones. Usaba el desgastado papel como un separador de libros para tener la excusa de llevarlo conmigo a todos lados. Aunque me rehusaba a separarme de la dirección, me prometí que no la usaría para escribirle. Me apegué a mi juramento a pesar de que cientos de conversaciones sobre física aparecían en mi mente. Sabía que, si le escribía, continuaría con la nueva relación que había surgido en el Sihlwald, y esto me haría casi imposible continuar con la carrera por la que había trabajado tanto tiempo con el apoyo inquebrantable de papá. No conocía a ninguna mujer profesional que además estuviera casada, así que ¿por qué empezar con el señor Einstein algo que después no podría terminar? Para consolarme me aferré al cuadro que Helene y yo nos habíamos hecho de una carrera como solteras, llena de cultura y de amistad.

Me asomé por la ventana y estudié las llanuras fértiles, llenas de girasoles de Kać. Esta parte de la región vojvodina que se extendía al norte con el Danubio había sido históricamente un lugar de batallas entre el Imperio austrohúngaro al ocste y el Imperio otomano al este, y ahora enfrentaba tensiones con las fronteras austrohúngaras creadas artificialmente por la lucha entre los mandatarios alemanes y la población eslava nativa. Esperaba que el paisaje familiar, los aromas dulces y el calor de mi familia me ayudaran a olvidar aquel momento en el Sihlwald con el señor Einstein. En lugar de esto me sentía tan rota como el campo en que habitaba ahora, dividida por mis emociones y mis promesas.

El sonido de pasos reverberó en las paredes de la torre. Nadie sino papá, con su amplio torso y pesado cuerpo, tenía una pisada tan dura.

Fingí no escucharlo. No porque no quisiera ver a papá sino porque quería que creyera que aún tenía la capacidad de abstraerme en un libro, cosa que no había sido capaz de hacer durante semanas. Recostada en el raído diván que mamá había relegado a esta pequeña sección del Chapitel y acurrucándome en torno al libro, fingí compromiso total con mi lectura.

Sus pasos se hicieron más sonoros y cercanos, pero no alcé la vista. Había sido famosa por mi habilidad de bloquear cualquier molestia en los años pasados, pero ignorar los dedos de papá haciéndome cosquillas era otro asunto. En segundos, papá se acercó a todos mis sitios vulnerables y yo chillé mientras reía.

—¡Papá! —grité empujando sus manos— ¡Tengo casi veintiún años! ¡Soy muy grande para las cosquillas! Además, estoy leyendo.

Tomó mi libro, marcando cuidadosamente mi página.

—Uhmm, Lenard. Parece que has estado leyendo la misma página de este mismo libro que leías ayer en la noche.

Mis mejillas se sonrojaron. Se sentó a mi lado.

—Mitza, no pareces tú misma. Estás callada, incluso conmigo. No pasas ningún tiempo abajo con mamá o Zorka o el pequeño Miloš. Sé que tus hermanos son más pequeños que tú, pero te gustaba llevarlos al menos a hacer picnics.

Las palabras de papá me hicieron sentir culpable. Cada verano solía empacar almuerzos de picnic para Zorka, Miloš y para mí, y nos íbamos a caminar a los campos. Ahí, entre los girasoles y bajo el cielo cálido de verano, les leía mis cuentos favoritos. Incluso el de *La pequeña rana cantarina*. Este verano no había organizado ni una sola de esas salidas. Pensé en decirle a papá que había parado porque al tener doce y catorce años, mis hermanos eran demasiado grandes para esas excursiones, pero lo pensé mejor. Papá olería la mentira en un instante.

Bajó la mirada hacia mi libro y luego estudió mis ojos.

—Ni siquiera estás estudiando o leyendo. ¿Todo está bien?

—Sí, papá —dije, intentando hacer que mis ojos no se llenaran de lágrimas.

—No sé, Mitza. Ni siquiera parecías emocionada con tus calificaciones cuando llegaron la semana pasada. Sacaste cuatro de cinco punto cinco en tus calificaciones. De seis puntos posibles, por Dios. Esa es razón de celebración, pero tú apenas y alzaste una copa con nosotros.

El secreto sobre el señor Einstein había estado quemándome por dentro desde que volví a casa. En muchas ocasiones había querido confesarle todo a papá. Él había sido mi confidente desde que puedo recordar. Pero algo me detenía. Mi miedo a decepcionarlo, tal vez, después de todo el camino que había recorrido para asegurar mi educación. Mis preocupaciones de que dejara de percibirme como una brillante y solitaria científica, tal vez. ¿Cómo podría decirle sobre el señor Einstein?

—Estoy bien, papá —incluso cuando las palabras apenas comenzaban a salir de mi boca, yo sabía que sonaban falsas.

Me jaló de las manos para levantarme y sentarme a su lado, sostuvo mis hombros con sus dos manos y suavemente me forzó a mirarlo de frente. Sabía que no podía mentirle o siquiera omitir una parte de la verdad si lo miraba directo a los ojos.

—¿Qué está pasando, Mitza?

Las lágrimas que había reprimido durante cuatro semanas, rompieron su barrera. Lloraba tan fuerte que me dolía el pecho; papá esperó a que le contara todo.

Cuando mi respiración finalmente se acompasó y paró el llanto, papá aún seguía sin hablar. Lo miré aterrorizada de que estuviera enojado conmigo. De que hubiera fallado este examen, el más importante de todos.

Había lágrimas corriendo por su cara.

—Mi pobre Mitza, ¿por qué tu camino debe ser tan duro?

¿Cómo podía estar llorando mi invencible papá? ¿Cómo podía este enigma llevarlo a las lágrimas? Él era a quien acudíamos —incluso los oficiales de gobierno de todas las estaciones iban a él— cuando nos enfrentábamos a un problema insalvable. Tomé de mi bolsillo el pañuelo que siempre guardaba ahí, y limpié sus ojos y sus mejillas.

—¿No estás enojado, papá? —estaba agradecida de que al menos no estuviera enojado conmigo.

—Claro que no, mi niña. Desearía más que nada en el mundo que tu camino fuera más fácil, que pudieras tener todo lo que tu corazón desea. Pero la genialidad trae consigo cargas, ¿no es así?

—Supongo —dije, decepcionada de que este fuese el consejo de papá. Toda mi vida había escuchado sus advertencias y recordatorios de que yo era la responsable de nutrir mi intelecto. A pesar de que sabía que era poco razonable, incluso imposible, esperaba que pudiera solucionar este problema con el señor Einstein como lo había hecho con tantos otros.

—¿Quieres continuar con tus estudios? ¿Aún quieres ser profesora de física?

«¿Pero qué pasa con el señor Einstein?» pensé para mis adentros. En lugar de esto, me obligué a decir lo que se esperaba de mí.

—Sí, papá. Eso es lo que siempre he querido. Lo que siempre hemos planeado.

—¿Crees que es prudente volver al Politécnico el siguiente curso donde el señor Einstein ejerce una presencia tan fuerte? Quizás un curso lejos, en otra universidad te ayudará a cambiar de perspectiva. Podrías volver al siguiente, cuando hayas logrado tener cierta objetividad respecto al señor Einstein.

Un curso lejos. Sentí mi corazón apretarse con la idea de separarme más de tres meses del señor Einstein, pero entre más consideraba la propuesta de papá, más alivio sentía. No tendría que enfrentarme en los próximos meses al rostro del señor Einstein con su expresión anhelante y sus ojos que me hacen perder el equilibrio. Ese tiempo aparte podría ser la magia que necesitaba.

Mi mirada se enfocó en el libro de Lenard que había llevado conmigo durante los últimos días.

—Papá, creo que sé el lugar preciso.

A inicios de octubre, justo antes de mi llegada a la Universidad de Heidelberg, una neblina impenetrable descendió sobre el valle Neckar River al sur de Alemania, y era el lugar al que la universidad llamaba hogar. La neblina no mostraba signos de desaparecer en los días posteriores a mi llegada al Hotel Ritter, donde permanecería durante todo el curso. Mientras que las clases de física a las que se me permitía asistir eran de nivel mundial, dirigidas por profesores de renombre como el mismo Lenard, yo no encontraba nada del encanto tan hablado de los edificios y patios de la Universidad de Heidelberg cubierta por su pesado velo. En realidad, con su bruma densa, el bosque y el río que rodeaban la universidad sólo me servían para recordar, por una comparación desesperada, la brillante belleza del Sihlwald. Me sentía tan melancólica que muchas veces era como si la niebla se hubiese fijado a mi humor.

La soledad superaba la incandescencia de pensamiento que aparecía con la teoría cinética de los gases y los experimentos de la velocidad a la que viajan las partículas de oxígeno que hacía Lenard. Extrañaba la compañía, risa y compasión de Ružica, Milana y Helene, aunque escondía mis pensamientos en las cartas alegres que les escribía, simulando emoción sobre mis clases. Y en las solitarias horas de oscuridad en mi habitación de hotel, me permitía ser honesta: extrañaba también al señor Einstein. Pero mi malestar era tan profundo que me preguntaba si el extrañar a mis amigos y al señor Einstein era la única fuente de mi desesperación.

Una tarde a finales de octubre, volví de clases para encontrarme con una carta de Helene, esperándome en la recepción del hotel. Apretándola en mis manos, subí los escalones de dos en dos sin importarme el daño que pudiera hacer a mi pierna, para poder leer más rápidamente la carta de Helene. Rasgando el sobre con mi filoso abrecartas, devoré sus palabras. Ahí, entre la charla sobre sus estudios y los chismes de la pensión, leí: «Pensaba que Heidelberg no permitía que las mujeres se matricularan. Una amiga de mi familia de Viena intentó estudiar psicología allí, y tuvo que obtener un permiso del profesor en curso ¡sólo para asistir a clases! No le permitieron tener créditos por haber estudiado. ¿Esta decisión no te hará atrasarte todo un curso?».

Lentamente deslicé su carta sobre mi escritorio del hotel, más apto para la escritura de correspondencia de una señorita que para el pesado trabajo de una estudiante. En su manera perspicaz, Helene había puesto el dedo en la razón de mis inquietudes. Mi humor enfermizo no provenía sólo de la neblina o incluso de mi soledad, sino en el peso que este curso lejos podría poner sobre el camino de mi carrera. ¿Qué si este descanso de mi trabajo en el Politécnico me atrasaba en mis estudios? ¿Y si alejarme de mis sentimientos por el señor Einstein para asegurar mi carrera sólo dañaba mi carrera misma en el proceso? ¿Y si volvía, impedida por este curso en Heidelberg, y sucumbía al señor Einstein de todos modos?

La carta de Helene me incendió con determinación para hacer que este curso en Heidelberg cumpliera su propósito. Haría simultáneamente mis cursos del Politécnico y de Heidelberg para no quedarme atrás. Y le dejaría perfectamente claras mis intenciones al señor Einstein.

Decidí que finalmente le respondería al señor Einstein la carta que me había enviado a las tres semanas de mi llegada a Heidelberg. Había preguntado a las chicas sobre mi ubicación ya que no le había escrito nunca durante el verano. En páginas garabateadas había escrito los detalles de las clases de Weber que me había perdido, descripciones de las pláticas de los profesores Hurwitz, Herzog y Fiedler, y algunas notas sobre los requisitos del curso de teoría. A pesar de que leí minuciosamente cada línea, no había ningún comentario, referencia, obvia o enmascarada, a nuestro momento en el Sihlwald. Nada. Y aun así, en cada línea sentí las palabras no dichas.

Los dedos me picaban con el deseo de escribirle una respuesta durante todas las semanas después de que él me escribió, pero ahora me alegraba haberme resistido. Ya estaba lista para ser perfectamente clara. Escribí: «Usted me ha dicho que no le escribiera a menos que no tuviese absolutamente nada que hacer, y mis días en Heidelberg han sido una locura hasta ahora».

Después de hablar de las magníficas clases que había escuchado, haciendo eco de la verborrea que envié a Helene, terminé la misiva con lo que esperaba era un mensaje claro. Hice referencia a un poco del chisme que me había contado en su carta —que un compañero de matemáticas se había convertido en guardabosques porque un amor de Zúrich lo había rechazado— y dije: «¡Qué curioso! En estos días bohemios en los que hay tantos caminos posibles además del burgués, la idea misma del amor parece un sinsentido».

Rogué que mi carta no fuese ambigua. A mi regreso el romance entre nosotros no sería parte de la ecuación.

No llegó ninguna respuesta del señor Einstein. No en noviembre. Ni en diciembre. O enero. Su silencio me decía que había recibido mi mensaje. Que era seguro volver a Zúrich.

SEGUNDA PARTE

El cambio de movimiento es directamente
proporcional a la fuerza motriz impresa
sobre el movimiento y ocurre en dirección
de la línea recta a lo largo de la cual dicha
fuerza se imprime.

Sir Isaac Newton

Capítulo 9

12 de abril de 1898
Zúrich, Suiza

Zúrich me recibió de regreso rociada con nieve de inicios de primavera y con las agujas congeladas de los relojes de sus torres, asemejándose a los picos de mazapán que había visto en Conditorei Schober. Las chicas y yo volvimos rápidamente a nuestras rutinas. Comidas, *whist*, té, música. Pero conforme pasaban los días y se acercaba la fecha por la cual volví —matricularme de vuelta en el Politécnico—, no sentía nada sino temor.

La falta de respuesta del señor Einstein originalmente me había llenado de alivio; me dio libertad de reiniciar mis estudios en el Politécnico sin miedo a su interés romántico. Mientras se acercaba nuestra reunión, sin embargo, la realidad de su silencio me golpeó. Durante los próximos dos años y medio estaría sentada al lado del señor Einstein en los salones de clase, durante el transcurso de nuestro programa. ¿Pero qué recibiría de él? ¿Desdén por mi rechazo? ¿Rumores entre nuestros compañeros por nuestro único beso? ¿Nuestra amistad previa sería mi ruina? Mi reputación como una estudiante seria lo era todo. Las mujeres científicas no tienen segundas oportunidades.

Los días se acumulaban igual que mi aprehensión al pensar que haber vuelto a Zúrich era todo menos inteligente.

El primer día del curso retrasé mi entrada al salón hasta el último segundo posible. Cuando escuché las sillas arrastrándose hacia los escritorios supe que no podía esperar más. Finalmente, empujé la puerta y me di cuenta de que mi asiento, el mismo que había tomado antes, estaba vacío. Las otras sillas y escritorios eran ocupados por los cinco estudiantes que ya había conocido en la Sección Seis durante mi primer año; ningún estudiante se había incorporado al curso mientras no estaba, y nadie más había desertado. ¿Mi asiento había estado esperándome todo este tiempo? Se veía tan abandonado como me sentía yo misma. Mientras me acerqué cojeando hasta él, cuidando de fijar mi vista en el asiento y en nada más, sentí los ojos oscuros del señor Einstein sobre mí.

Después de tomar mi lugar, fijé mis ojos solamente en el profesor Weber. Al inicio, él habló como si yo fuese invisible, y repentinamente dijo:

—Veo que la señorita Marić ha decidido unirse a nosotros desde la retaguardia de Heidelberg. Mientras ella seguramente presenció algunos experimentos intrigantes durante su tiempo sabático, me pregunto si podrá seguirnos el paso con los conceptos críticos que todos ustedes han dominado durante este primer año, el año que le concierne a mi clase de física, el fundamento de sus títulos en la materia.

Y comenzó su clase.

Mis mejillas estaban rojas de vergüenza por los comentarios de Weber, escribía notas de sus palabras a la misma velocidad que él hablaba. El mensaje de Weber era claro. Mi periodo como estudiante en Heidelberg había sido recibido con desagrado por Weber y Dios sabe por quién más, y Weber no sería indulgente conmigo. Me recordé a mí misma que estaba tomando la decisión correcta al regresar a la Sección Seis, reclamar mi lugar de profesora de física a pesar del señor Einstein. No podía dejar que Weber ni nadie más en el Politécnico me viera como alguien débil. Había trabajado duro —más duro que cualquiera de mis compañeros, y definitivamente más duro que el señor Einstein— para llegar hasta donde estaba, para estudiar las preguntas que los filósofos se han hecho desde tiempos inmemoriales, las preguntas que las grandes mentes científicas de nuestros días estaban listas para responder: la naturaleza de la realidad, el espacio, el tiempo y sus contenidos. Quería leer con escrutinio los principios de Newton —las leyes de acción y reacción, de fuerza, aceleración y gravitación— y estudiarlas a la luz de las últimas investigaciones en átomos y mecánica, para ver si existía una sola teoría que pudiera explicar la aparentemente interminable variedad de caos y fenómenos. Anhelaba examinar las nuevas ideas sobre calor, termodinámica, gases y electricidad tanto como los apuntalamientos matemáticos; los números son la arquitectura de un inmenso sistema físico integral de todo. Este era el lenguaje secreto de Dios, estaba segura. Esta era mi religión, me hallaba en una cruzada y los cruzados no podían permitirse ser frágiles. Mientras sentía el peso de los ojos del señor Einstein sobre mí, recordé que los cruzados tampoco podían permitirse el romance.

—Caballeros, esto es suficiente por hoy. Esta noche quiero que revisen a Helmholtz. Usaré sus teorías para entrelazarlas con las que hemos visto hoy —Weber pronunció estas palabras con un tono amargo mientras salía del salón, arrastrando su túnica. Además de su obvio desagrado hacia mí, ¿qué más habríamos hecho para provocar su ira? Había miles de formas en las que, otra vez, habíamos probado ser indignos de él, que había estudiado con grandes maestros de la física como Gustav Kirchhoff y Hermann von Helmholtz.

La plática empezó sólo cuando Weber se había ido definitivamente. Los señores Ehrat y Kollros me ofrecieron una bienvenida calurosa, y el señor Grossman hizo una reverencia hacia mí. Les devolví las palabras amables y los gestos con cortesía, pero luego sentí al señor Einstein acercarse. Me apresuré para guardar mis cosas y ponerme el saco. No podría soportar pasar este momento embarazoso frente a mis compañeros. Ni mi reputación ni mi tenue amistad con ellos sobrevivirían.

Golpe, arrastre. El sonido de mis pasos desiguales hizo eco a través del pasillo vacío del salón de Weber. Pensaba haber escapado pero entonces escuché pasos atrás de mí. Sabía que era él.

—Veo que está enojada conmigo —dijo.

No respondí. Ni siquiera paré de caminar. Mis emociones fluctuaban de tal manera que tenía miedo de hablar.

—Su enojo es comprensible. Nunca le escribí de nuevo. Esa falla es grosera e inexcusable —dijo.

Aminoré el paso pero aún sin responder.

—No estoy seguro de qué hacer además de disculparme y pedir su perdón —hizo una pausa.

Me detuve y consideré mi respuesta. No parecía enojado por mi reacción. ¿Estaba yo enojada con él? ¿Estaba en verdad ofreciendo una simple disculpa sin pedir nada más? Al verlo otra vez me sentí caer de nuevo en los viejos sentimientos de ternura, calor e incluso entrega. ¿Era una simple disculpa —y nada más— lo que yo quería? No estaba segura, pero no podía dar un paso atrás; había sacrificado un curso entero para asegurar un camino independiente y le había hecho promesas a papá. Debía pretender todo aquello que no sentía.

—Claro que lo perdono por no responder mi carta. —Soné plana y formal. *Vamos*, me dije, *sé la antigua Mitza burlona con él. Quieres que su relación vuelva a su estado normal, ¿no es así? Actúa como si ya lo hubiera hecho.* Con una voz burlona, dije luego—: Después de todo, usted me ha perdonado por irme, ¿no es así?

Su rostro mostró una enorme sonrisa, los costados de sus ojos se arrugaron.

—Qué alivio, señorita Marić. Su partida fue tan repentina que tuve miedo… —se detuvo a sí mismo. Sabía que estaba a punto de hablar de nuestro beso. Pensándolo mejor, dijo— Estoy seguro de que no se arrepentirá de su decisión de volver, incluso cuando no tengamos en nuestra facultad profesores tan estimados como los que tuvo en Heidelberg. No hay Lenards aquí.

Preguntó si podía acompañarme a la biblioteca y yo accedí. Mientras caminamos por la plaza, me llenó con historias de los acalorados debates en el Café Metropole, las excursiones que había hecho por las montañas de Zúrich, y las veces que había navegado por el lago. Las historias eran tan ensayadas y fluidas que parecían hechas sólo para que me las contara a mí.

—Tiene que venir a navegar conmigo y el señor Besso cuando mejore el clima. Tal vez sus amigas de la pensión Englebrecht quieran unirse. Son un grupo aventurero —dijo mientras entrábamos a la biblioteca.

—Ha dibujado un cuadro tan peligroso que no creo que sea seguro —bromeé.

Un bibliotecario pasó a nuestro lado y nos vio con reproche, y otros dos estudiantes miraron molestos nuestra plática, así que rápidamente nos sentamos en los rincones que compartíamos. Alcanzó su desordenada mochila y sacó un montón de libretas. Usualmente sólo llevaba una a clase. Debía de haber planeado entregarme toda esa pila este día.

Al dármelas, dijo:

—Todo lo que necesita para ponerse al corriente con sus estudios está en estas libretas. Hay notas de las clases de Hurwitz sobre distintas ecuaciones y cálculos. Creo que capté cada detalle de la lectura de Weber sobre las cualidades del calor. Ah, y no olvidé las clases de Fiedler sobre geometría proyectiva y teoría de los números.

Me sentí enferma mientras hojeaba las libretas. Había intentado mantenerme al corriente en Heidelberg, pero ¿en verdad me había perdido de todo esto? ¿Cómo podría ponerme al corriente? No sólo me había perdido la mitad de la clase primordial de física de Weber, sino todas estas otras clases fundamentales. Necesitaba volverme competente en estos materiales antes de siquiera empezar a comprender mis cursos actuales y futuros. Por primera vez entendí lo estúpido que había sido irme a Heidelberg. Cómo, al intentar ser fuerte para no dejar que un hombre me desviara de mi camino, había permitido que un hombre dictara mi curso.

Le dediqué una sonrisa débil al señor Einstein, pero mi angustia debió ser evidente. Dejó de taladrarme con las teorías que necesitaba aprender y los cálculos que debía dominar y estudió mi expresión, viendo algo que no fuese a sí mismo por un extraño momento. Puso su mano sobre mi brazo en un gesto precavido para darme tranquilidad.

—Señorita Marić, va a estar bien. Yo la ayudaré.

Tomando un profundo respiro, dije:

—Gracias, señor Einstein. Ha sido extremadamente generoso y amable en preparar todas estas notas para mí. Especialmente luego de la manera en que me fui y nuestro...

Sacudió gentilmente la cabeza. Con un tono solemne que nunca antes había escuchado, dijo:

—No tenemos que hablar de ello. Usted sabe cómo me siento y ha dejado en claro su posición al respecto. Yo acataré con gusto sus deseos para asegurar nuestra amistad. Por nada en el mundo pondría eso en juego.

—Gracias —susurré, más ambivalente que nunca.

Su mano se movió de arriba abajo sobre mi brazo en una caricia amable.

—Por favor, no olvide que yo estaré esperando. Si es que cambia de parecer.

Mientras intentaba procesar estas palabras, retiró su mano y apareció de nuevo su sonrisa vivaz.

—Ahora volvamos al trabajo, pequeña escapista.

Capítulo 10

8 de junio de 1898
Zúrich, Suiza

—¿Cómo puede ignorar a los últimos teóricos? Es absurdo para un hombre de ciencias —exclamó el señor Einstein. Estábamos con los señores Grossman, Ehrat y Kollros en el Café Metropole. Mientras lo escuchaba, pensaba cómo, de muchas formas, mis días pasaban exactamente igual que antes de que me fuera a Heidelberg. O mejor. Tal y como el señor Einstein había prometido.

Miré alrededor de la mesa a mis compañeros de la Sección Seis mientras el señor Einstein seguía despotricando. Ahora teníamos la costumbre de ir a nuestro café favorito cada viernes después de la última clase, y mis compañeros habían resultado ser mucho más accesibles y amigables de lo que había asumido. Y más humanos también. Supe que el señor Ehrat estaba siempre preocupado y que mantenía su lugar en la universidad sólo por medio del trabajo duro. El señor Kollros, quien provenía de una villa francesa, estaba cortado con el mismo patrón que el señor Ehrat, pero con un fuerte acento francés. Sólo el señor Grossman venía de una antigua familia aristócrata suiza y era naturalmente dotado, especialmente en el área de matemáticas.

Entre tragos de café o caladas a sus pipas y cigarros, todos expresaban su frustración hacia la adherencia necia de Weber a los físicos clásicos y su rechazo a aprehender las últimas ideas. El rostro del señor Einstein mostraba enojo real. Una vez que el señor Einstein supo que Weber no pensaba cubrir ningún material reciente más allá del creado por su amado profesor Helmholtz, incluyendo tópicos contemporáneos como mecánica estadística u ondas electromagnéticas, había enfurecido.

Mientras el señor Einstein enumeraba las fallas de Weber, miré el reloj. Teníamos que irnos en ese mismo momento o nos perderíamos el concierto con las chicas y yo arruinaría mis compromisos con ellas, como bien sabía el señor Einstein. Le lancé una mirada y dirigí su atención hacia la hora. Él saltó.

Los charcos salpicaban mientras intentábamos apurarnos por las calles. Nuestro camino a la pensión fue entorpecido por una lluvia ligera, sombrillas empujándose entre sí y risas. A pesar de todo, logramos llegar sólo con dos minutos de atraso; sin embargo, al entrar a la sala, respirando con dificultad, la encontramos vacía.

—¿Helene, Milana? ¿Dónde están? —llamé. ¿Estarían en sus habitaciones esperándonos? No podía creer que nuestro pequeño retraso las hubiese disuadido del concierto— ¿Ružica?

—¿Qué es todo ese ruido, señorita Marić? —preguntó la señora Engelbrecht, saliendo de la cocina con una toalla de té blanca con verde en las manos. Odiaba el exceso de ruido en la pensión.

Agaché la cabeza y el señor Einstein hizo una reverencia.

—Lo siento, señora Engelbrecht. Estaba buscando a las señoritas Kaufler, Dražić y Bota. Teníamos una cita para tocar música y el señor Einstein iba a acompañarnos. ¿Están en sus habitaciones?

Resopló en señal de desaprobación.

—No, señorita Marić. Las señoritas Dražić y Bota salieron a dar un pequeño paseo y la señorita Kaufler está en la sala del fondo con —otro resoplido— una cita.

¿Una cita? Casi reí de la elección ridícula de palabras que había hecho la señora Engelbrecht. Quizá Helene tenía un visitante masculino, tal vez un compañero de clase o un familiar, pero ciertamente no podía tener una cita. Era parte de nuestro pacto.

Escuché un crujido desde la sala de juegos y Helene llamó:

—¿Eres tú, Mitza?

—Soy yo —respondí con el tono de voz más bajo que pude mientras la señora Engelbrecht me miraba.

Helene salió hacia el recibidor, con una gran sonrisa en el rostro.

—Me alegra mucho que hayas vuelto, hay alguien que quiero presentarte.

Mientras me llevaba a la sala de juegos, se percató de la presencia del señor Einstein que permanecía detrás de mí e hizo una pausa.

—Ah, señor Einstein, también usted está aquí.

—Creo que necesitaban mi violín para Beethoven.

—¡Oh, el *concerto*! —puso una mano sobre la boca— Lo había olvidado completamente. Tengo que disculparme también con Milana y Dražić. ¿Están con ustedes?

—Salieron a caminar —dije.

—Oh, no. ¿A esta hora? Deben estar furiosas conmigo.

—Por favor, no te preocupes, Helene. Yo me he perdido nuestras reuniones musicales muchas veces. Y he sido perdonada —dije recordándole su propia misericordia. Para aminorar su preocupación, cambié el asunto—. Mencionaste que querías presentarnos a alguien.

—Ah, sí —su sonrisa volvió. Tal vez era alguno de los primos de los que había hablado con tanto cariño.

Me llevó a la sala de juegos y me mostró a un caballero de cabello oscuro, abrumado en una de las sillas que rodeaban a la mesa de juegos. El corpulento hombre se levantó para saludarnos.

Hizo una reverencia al señor Einstein, que me había seguido a la habitación, y luego a mí, y dijo en un perfecto acento alemán:

—Milivoje Savić, encantado de conocerlos.

Después de que el señor Einstein y yo nos presentamos, Helene nos interrumpió. Su voz era una melodía de deleite.

—El señor Savić y yo estábamos hablando de ti, Mitza. Le decía que mi amiga más cercana es de Serbia.

Mi temperamento se ablandó al ser llamada la amiga más cercana de Helene, pero el cumplido no hizo nada para aminorar mi preocupación respecto al señor Savić. ¿Quién era y por qué Helene hacía todo este alboroto alrededor suyo? Nunca antes había escuchado una sola palabra respecto a él, y ella no lo presentó como un familiar o compañero de clase. ¿Era en verdad una cita, como había dicho la señora Engelbrecht? Por la manera en que actuaba Helene, riendo como una colegiala, casi podía creerlo.

—El señor Savić es ingeniero químico, aquí en Zúrich, y trabaja para una fábrica en Užice observando las prácticas de otras fábricas. Él también es de Serbia —lo dijo como si los antecedentes de Serbia lo explicaran todo.

No sabía qué decir. Estaba confundida respecto a este hombre y la reacción que había provocado por mi lealtad a Helene. Incluso el señor Einstein permanecía inusualmente callado mientras intentaba comprender la situación.

En el silencio, Helene tartamudeó para llenar el vacío.

—Pe-pensé que ustedes dos podrían tener algo en común, Mitza.

Encontré mi lengua y le di la bienvenida tradicional serbia

—*Dobrodošao*. Qué gusto conocer a un compañero serbio aquí en Zúrich, señor Savić.

—*Hvala.*

Helene y el señor Savić se miraron y volvieron a su conversación previa que había quedado sin terminar. Quería ser incluida, pero mi presencia parecía innecesaria, incluso indeseada.

—Nosotros nos vamos —dije interrumpiendo su plática—, el señor Einstein y yo tenemos que estudiar.

Helene nos miró como si acabara de recordar que estábamos ahí.

—¡Sí, tu trabajo! La señorita Marić está aquí en Zúrich para estudiar física, señor Savić, al igual que el señor Einstein.

El señor Savić arqueó una ceja.

—¿Física? Eso es muy impresionante, señorita Marić.

Mi antipatía hacia él se calmó un poco con su respuesta. La mayoría de los hombres rechazaban la simple idea de una mujer física. Quería que el señor Savić supiera que Helena era igualmente formidable.

—No tan impresionante como el conocimiento de la señorita Kaufler en historia, señor Savić, se lo aseguro.

El señor Savić miró a los ojos de Helene.

—Espero aprender precisamente cuán profundo es el conocimiento de historia de la señorita Kaufler.

Helene sonrió radiante al señor Savić y el silencio que inundó la habitación parecía arder. El señor Einstein y yo salimos. Mientras caminábamos por el recibidor me susurró:

—Ese tal Savić tiene un acento serbio muy marcado. Casi no podía entender su alemán. El de usted es perfecto. Siempre quise preguntarle cómo lo logra.

—Papá insistía en hablar alemán en casa. Es la lengua del éxito del Imperio austrohúngaro, después de todo. Sólo hablábamos serbio con mamá y los sirvientes —susurré también, pero mi voz estaba plana. ¿Qué acababa de presenciar?

Justo cuando el señor Einstein y yo cruzábamos hacia la sala, Helene reapareció y tomó mi brazo. Hice un gesto al señor Einstein para que entrara sin mí.

—Quería asegurarme de que no estabas enojada conmigo —sus ojos eran suplicantes.

—¿Por olvidarte de nuestro pequeño recital? Eso es absurdo. Ya te lo dije, no estoy enojada de ningún modo.

Exhaló.

—Bien. No podría soportar que estuvieras molesta conmigo —sentía que su preocupación iba mucho más allá del recital.

—¿No deberías regresar con... —¿me atrevía a llamarlo «tu cita»? Quería saber quién era este hombre exactamente, pero mi valentía se disolvió cuando vi la mirada angustiada en sus ojos— el señor Savić?

—¿El señor Savić? —la duda brilló en sus ojos— Creo que debería regresar, ¿verdad?

—¿Cómo lo conociste?

—El señor Savić pasó por la pensión ayer. Resulta que su familia es muy cercana a mi tía y ella sugirió que me visitara. Nuestra conversación fue tan sencilla y llena de cosas en común que cuando me preguntó si podía visitarme de nuevo esta tarde, accedí —la sonrisa no abandonó sus labios mientras hablaba.

—No lo mencionaste ayer.

—Supongo que no supe hasta hoy si valía la pena mencionarlo —hizo una pausa y su sonrisa desapareció. Se percató en ese momento de lo que estaba admitiendo.

—¿Es una cita, Helene? —necesitaba saber. ¿Qué pasaría con nuestro pacto si se enamoraba del señor Savić?

—No lo sé, Mitza. No-no quiero romper nuestro pacto pero... —tartamudeó, y de pronto se detuvo.

—¿Pero qué?

—¿Me permitirás encontrar qué es lo que el señor Savić significa para mí? —su tono y sus ojos imploraban.

Se me revolvió el estómago. Había esperado una risa burlona. Parecía que sólo podía esperar que su tiempo con el señor Savić fuese breve. O que dejara pronto la ciudad.

Quería gritarle que no. Quería agitarla y recordarle sobre nuestra visión de una vida profesional y completa sin la necesidad de un marido. Pero ¿qué podía realmente decir que no fuese «sí»?

—Claro, Helene.

—Gracias por entender. Creo que ahora debo regresar.

Su falda se arrastró tras ella mientras volvía a la sala de juegos. La miré hasta que desapareció, como si acabáramos de despedirnos. Porque, de algún modo, lo habíamos hecho.

Entré a la sala. Se veía exactamente igual que siempre. Las sillas de damasco sobre las que nos sentamos mi padre y yo la primera vez que llegué a la pensión seguían ahí; ahí estaba el piano donde

Milana trabajaba diligentemente en sus melodías, estaban las sillas donde nos sentábamos Helene y yo con los instrumentos en la mano. Casi podía escuchar las dulces cuerdas de Mozart, Bach, Beethoven y Vivaldi alzándose en el aire. Y de algún modo, en algún nivel, la sala había cambiado por completo, como si un enorme borrador hubiese limpiado todos los momentos queridos y los planes que esta habitación contenía.

El futuro se había abierto.

Capítulo 11

8 de diciembre de 1899
Zúrich, Suiza

El señor Einstein pasó el arco por las cuerdas del violín. El movimiento era lento, casi lánguido, pero la música era grande y llenaba la habitación. Cerrando los ojos casi podía ver ricas e imperceptibles ondas reverberando en la sala, casi como los invisibles rayos X que acababan de ser descubiertos. Y también podía imaginar las notas mojándome como una caricia.

Mis mejillas se sonrojaron. ¿Era la música lo que imaginaba acariciándome, o eran las manos del señor Einstein?

Apartando la vista del señor Einstein y su violín, me senté más cómodamente en el banco del piano y miré las teclas. Aunque ya no podía verlo con su violín, su música me conmovía. No porque su manera de tocar fuera virtuosa sino porque estaba llena de emoción.

Agité mi cabeza para aclararla. Mi señal para comenzar a tocar se acercaba y no quería perderla por estar soñando con los ojos abiertos con el señor Einstein. Durante meses, por más de un año, había pasado demasiados minutos de cada día luchando contra los impulsos de rendirme ante unas pocas líneas de música lujosa.

Aunque los había suprimido durante todo el año, mis sentimientos por el señor Einstein no habían desaparecido. En todo caso, habían crecido. Algunas veces me preguntaba si era una locura mantener mi amistad con él, si en vez de encender mis emociones debía estar ahogándolas. Pero había elegido mi camino en física, y este se sentaba firmemente sobre él. Tenía que recordármelo por centésima vez sólo en aquél día. No podía ignorarlo por completo, después de todo, era mi compañero de laboratorio.

Mis dedos se alistaron sobre las teclas del piano, listos para el momento, cuando voces estridentes hicieron eco por la casa. El ruido nos sorprendió a ambos, y el señor Einstein dejó de tocar.

—Tonta. ¡Esa es mi sombrilla! —una voz de mujer gritó, juguetona.

—¿En serio? ¡Se ve exactamente igual a la mía! —respondió otra.

Las voces pertenecían a Ružica y Milana.

Me levanté del piano. Las chicas finalmente habían vuelto, cuarenta minutos después de la hora en que tocábamos antes de la cena. Cada vez con más frecuencia, Ružica y Milana decían que no podían seguir cumpliendo con estas sacrosantas citas. Sus excusas iban desde sesiones de clases vespertinas en la escuela hasta simples olvidos, pero un patrón claro había surgido. Si no era que Helene no podía llegar, cosa frecuente en esos días en que su relación con el señor Savić se hacía más seria, era que el señor Einstein estaba ocupado, o que Ružica y Milana no estaban disponibles.

Alisando mi falda y tomando un respiro —no quería alejar a las chicas aún más con decepción— asomé mi cabeza hacia el recibidor.

—¡Hola, chicas! El señor Einstein y yo estábamos empezando a tocar y esperábamos que llegaran pronto. ¿Quieren acompañarnos?

Milana lanzó a Ružica una mirada misteriosa. ¿Qué quería decir? Alguna vez había podido leer esas miradas tan fácilmente como podía leer a papá, pero ahora eran tan incomprensibles como jeroglíficos. ¿Había sido Helene el pegamento que mantenía junto a nuestro grupo? Si así era, poco a poco el adhesivo entre Ružica, Milana y yo se estaba disolviendo, dejándonos como amigas lejanas y compañeras de cena. Incluso cuando estaba sentada al otro lado de la mesa en las cenas, las extrañaba.

Milana habló por ambas.

—Es una oferta muy amable, Mileva, pero Ružica y yo justo veníamos lamentándonos de todo el trabajo que tenemos pendiente. Creo que iremos a nuestros cuartos antes de que suene la campana de la cena.

—Sí, Mileva. Ninguna de nosotras puede funcionar con tan pocas horas de sueño como tú —Ružica dijo esto con un guiño amistoso. Yo era conocida por estudiar toda la noche con la ventana abierta para mantenerme despierta. De las dos, Ružica fue la más amable.

Dedicándome una sonrisa educada, el tipo de sonrisa que usualmente se reserva para las tías recatadas, sin algún indicio de amistad, se apresuraron a las escaleras hacia sus habitaciones. Regresé a la sala, dolida y enojada. El señor Einstein y yo habíamos vuelto a la pensión de nuestra reunión semanal con nuestros compañeros en el Café Metropole, en vez de dar un paseo, explícitamente para encontrarnos con las chicas. ¿Y esta era la forma en que me trataban? ¿Qué había hecho para merecer este rechazo, aunque fuese con amabilidad?

Volví a la sala y me dejé caer en el banco del piano. Mis dedos encontraron el teclado, y con el señor Einstein observándome, me sumergí en la música que debía haber estado tocando antes de la ruidosa interrupción. Toda mi furia se vertía en esas notas, hasta que, lentamente, la furia se agotó y mis dedos golpearon desilusionados las últimas notas.

—Las chicas están muy ocupadas para tocar con nosotros —dijo el señor Einstein. Había estado escuchándonos. A las chicas. A mí.

—Sí —dije distraídamente— eso dicen.

¿Por qué Ružica y Milana habían decidido excluirme de todas sus interacciones menos las estrictamente necesarias? No podía pensar en qué había hecho para provocar ese comportamiento.

Después de todo, mi relación con Helene seguía siendo fuerte a pesar del tiempo que pasaba con el señor Savić. Su amorío había sido un golpe para mí, pero no podía objetar cuando veía tanta felicidad brillando en la cara de Helene.

Tal vez la razón por la que Ružica y Milana estaban distantes no era yo. Tal vez era el señor Einstein. Con Helene ausente, nos habíamos convertido en una presencia más fuerte. ¿Milana y Ružica tenían objeciones contra él? ¿Contra su apariencia descuidada, su familiaridad, sus bromas, su presencia constante en la pensión, su extrañeza? Estas eran algunas de las características irreverentes que me gustaban de él, las diferencias que nos unían. ¿Estaba yo pagando por sus pecados?

—¿Qué pasa? —me preguntó.

—Nada —respondí distraídamente.

—Señorita Marić, hemos sido amigos por suficiente tiempo para que me mienta.

Estaba equivocado respecto a eso. En cada interacción que tenía con él, cada día, le mentía con palabras y con mi cuerpo. Había fabricado a una falsa Mileva Marić, una compañera y amiga. Y me mentía a mí misma, asegurándome de que, si pretendía durante suficiente tiempo que no me importaba, se haría verdad.

Estaba cansada de mentir.

Lo miré. Se hallaba sentado en el sofá cerca del fuego, el lugar que siempre ocupaba, afinando su violín. Lo vi mientras tomaba el violín con delicadeza girando las clavijas para afinarlo y fumando su pipa. En tanto el humo se alzaba y él tensaba las cuerdas, caí en la cuenta de que mis sentimientos por él se habían vuelto mucho más profundos desde Heidelberg. ¿Por qué me aferraba a falsedades? ¿Por papá? ¿Por las promesas con Helene que ella misma rompió? Además de papá, Helene era la persona que más había influido en mi decisión para alejarme del señor Einstein, y al final la había perdido ante el señor Savić. ¿Había sacrificado al señor Einstein —y la posibilidad de un amor que nunca creí poder tener—

115

por nada? ¿Por una vida solitaria donde mi trabajo sería mi única compañía? En definitiva, Milana y Ružica no iban a ser mi premio de consolación por Helene o por el señor Einstein. Solía pensar en la vida de científica solitaria como algo romántico, pero había dejado de hacerlo.

Esta vez no sería como el bosque Sihwald. No estaría desprevenida. No me alejaría. Tomaría la oportunidad con las dos manos y diseñaría la vida de *mis* sueños.

El señor Einstein dejó de trabajar en su violín y me miró. Caminé y me senté en la silla que estaba a su lado. Me incliné hacia él, acercando mi cara a la suya, tan cerca que podía sentir su aliento en mis mejillas y su bigote en mis labios. No se movió. Mi estómago se revolvió. ¿Era demasiado tarde?

—¿Está segura, señorita Marić? —susurró. Podía sentir su aliento en mi piel.

—Eso creo —balbuceé. Estaba aterrorizada.

Tomó mis antebrazos con sus manos.

—Señorita Marić, estoy locamente enamorado de usted. Le prometo que mi amor nunca será un obstáculo para su profesión. De hecho, mi amor sólo impulsará su trabajo. Juntos, nos convertiremos en la pareja bohemia ideal: seremos iguales en el amor y en el trabajo.

—¿En serio? —pregunté. Mi voz temblaba. ¿Podríamos el señor Einstein y yo tener la vida que yo nunca me había atrevido a soñar siquiera? ¿Quizás incluso mejor?

—En serio.

—Entonces estoy segura —dije sin aliento.

Puso sus labios sobre los míos con la misma delicadeza con que había tomado a su amado violín. Estaban tan suaves y llenos como yo recordaba. Acerqué más mis labios hacia los suyos, y nos besamos.

Izgoobio sam sye. Estaba perdida.

Capítulo 12

12 de febrero de 1900
Zúrich, Suiza

—Le prometo que estará en clase mañana, profesor Weber —le imploré a Weber que perdonara a Albert su ausencia, la tercera de esta semana.

—Sería más fácil ignorar su falta, señorita Marić, si en verdad creyera que está enfermo. Pero si lo recuerda, faltó a clases la semana pasada alegando un caso de gota y, sin embargo, lo vi en un café en Rämistrasse cuando iba hacia mi casa esa misma tarde. Estaba suficientemente sano para cafés pero no para mi clase —me di cuenta de que mis súplicas tenían pocas probabilidades de éxito.

—Le doy mi palabra, profesor Weber. Y no tiene motivos para dudar de mi palabra, ¿verdad?

Weber exhaló, más como el resoplido de una mula que un suspiro.

—¿Por qué insiste en defenderlo, señorita Marić? Es su compañero de laboratorio, no su guardián. El señor Einstein es inteligente, pero cree que nadie puede enseñarle nada. El profesor Pernet está mucho más indignado que yo con el comportamiento del señor Einstein.

Incluso si mis súplicas no tenían éxito, ahora sabía que nuestra treta estaba funcionando; Weber en verdad creía que Albert y yo éramos sólo compañeros de clase. Habíamos intentando man-

117

tener nuestra relación secreta ante nuestros compañeros y amigos, y limitábamos nuestras muestras de afecto a miradas y roces de manos debajo de la mesa del Café Metropole. No quería que cambiara el trato de mis compañeros como solía pasar cuando alguien deja de ser colega para ser pareja. Como si el intelecto desapareciera en la transición. Sospechaba que el señor Grossman sabía —accidentalmente había acariciado mi mano contra la suya en vez de la de Albert— pero su actitud hacia mí no había cambiado.

Por su pregunta, sentí abrirse una pequeña grieta en el exterior usualmente impenetrable de Weber. Decidí tomar la oportunidad de hacerlo enojar y continué:

—Por favor, profesor Weber.

—Está bien, señorita Marić. Pero esto es solamente por su buena reputación. Usted es una estudiante que promete mucho; su intelecto y trabajo duro la llevarán lejos. Logró incluso sobreponerse a la extraña decisión de cursar un semestre en Heidelberg. Tengo esperanzas para su futuro.

Sintiendo esperanza con la decisión de Weber sobre Albert y sorpresa por su extraño cumplido, especialmente dado que, detrás del escenario del salón de clases, un año y medio antes aún luchaba para sobreponerme a mi decisión de haberme ido a Heidelberg, comencé a agradecerle. Pero luego me di cuenta de que aún no terminaba.

—Adviértale al señor Einstein que si falta a clase mañana, no arriesga su propia estadía en mi curso, sino la de usted también.

—Mi pequeña Dollie —Albert arrastró las palabras mientras yo entraba a la sala de la pensión Engelbrecht; le gustaba llamarme Dollie, el diminutivo de *Doxerl* o muñequita. Se veía cómodo, hundido en el sillón, con un libro en la rodilla y la pipa en la orilla de la boca. Esperándome.

No le respondí con el nombre de cariño que solía darle, Johnnie, diminutivo de Jonzerl. De hecho, no tenía ganas de responderle en absoluto.

Estaba frustrada de tener que poner en peligro mi propia reputación, porque él había decidido saltarse las clases de Weber para estudiar de manera independiente. Albert pensaba que juntos podríamos resolver los acertijos científicos más complicados… pero sólo si yo iba a clases y tomaba notas copiosas de los temas tradicionales de Weber, mientras él se quedaba en casa y aprendía a físicos más nuevos como Boltzmann o Helmholtz. Los planes de Albert involucraban que colaboráramos y compartiéramos viejas y nuevas teorías, y actualmente explorábamos la naturaleza de la luz y el electromagnetismo. Había sido una participante entusiasta de este experimento como una pareja moderna y bohemia, incluso cuando significaba que tenía que quedarme toda la noche trabajando en ello cuando ya tenía trabajo extra debido a mi tiempo en Heidelberg. Hasta ahora.

Bajando la copia que compartíamos del libro del físico Paul Drude, Albert tomó mi mano, la puso contra su mejilla y dijo:

—Qué fría esta manita. Déjame calentarla.

Seguí sin decir una palabra. Cuando intentó acercarme para que me sentara en el sillón a su lado, me mantuve de pie.

—¿Cómo te fue con Weber, Dollie?

Usualmente amaba cómo sonaba mi apodo con su acento. Hoy la sola palabra «Dollie» me molestaba. Me sentía más como una marioneta que como una muñeca amada.

—No tan bien, Albert. Weber sólo accedió a admitirte en su clase mañana si apostaba mi reputación a que irías. Y lo hice.

Soltó mi mano y se levantó para mirarme a la cara.

—Te he pedido que hagas demasiado por mí, Dollie. Lo siento.

—En serio, Albert. Alguno de nosotros tiene que recibir un grado académico si queremos que se cumplan tus planes bohemios para los dos. ¿Cómo vamos a mantenernos si no es así? Ninguno estará en forma de enseñar física si repruebas porque abandonas la clase, y yo repruebo porque prometí que irías —lo reprimí, pero era difícil mantenerme firme cuando me pedía disculpas y me suplicaba con los ojos. Era débil. Y él lo sabía.

—Ven aquí, Dollie.

Di un minúsculo paso en dirección suya, reusándome a mirar sus ojos persuasivos de nuevo.

—Más cerca, por favor —dijo.

Estiré el cuello para ver si alguien estaba en la entrada. Sería mi fin en la pensión si alguien nos veía estando tan cerca. El contacto físico era la peor violación de las reglas de la señora Engelbrecht.

Di otro paso y me acercó firmemente hacia él. Susurrando en mi oído, dijo:

—Eres demasiado buena con tu Johnnie. Te prometo que nunca pediré tanto de ti otra vez.

Un escalofrío me recorrió la espalda. Me incliné hacia él. Justo cuando nuestros labios se rozaron para besarnos, la puerta se abrió de golpe y nos separamos de un salto. Ružica y Milana asomaron sus cabezas en la sala para ver si estaba vacía. Una vez que vieron que estaba ocupada, cortés pero fríamente, se fueron hacia la sala de juegos. Sólo Helene lograba juntarnos en esos días, y estaba en Serbia conociendo a la familia del señor Savić. Acababan de comprometerse.

Albert sabía cuánto me molestaba la manera de tratarme que tenían Milana y Ružica. Tomó mi mano.

—No te preocupes, Dollie. Sólo están celosas. Helene tiene al señor Savić y tú me tienes a mí. Ellas únicamente se tienen la una a la otra.

Apreté su mano de vuelta.

—Sí, seguramente eso es todo, Johnnie —no me atreví a decirle que tenía mucho tiempo sospechando que él era el problema.

—Más tiempo para nuestros estudios, Dollie. Piensa en el lado positivo.

Nos sentamos juntos en el sillón, con las piernas cerca pero sin tocarnos, e intercambiamos apuntes. Él gruñó con las notas de la clase de Weber y yo me maravillé con las descripciones de Drude sobre las distintas teorías sobre la luz. Drude explicaba que, en medio del debate sobre la naturaleza de la luz estaba un debate sobre la naturaleza del vacío invisible del universo; esto jugaba con mi visión privada de que los secretos de Dios se escondían en las esquinas de la ciencia, una creencia de la que Albert se reiría, pero de la que yo estaba segura. ¿La luz estaba hecha de pequeñas partículas o de éter, como pensaba Newton, o era una especie de cambio en el espacio, un fluido invisible envolviéndonos, como pensaba René Descartes? O, siguiendo la idea de James Clerk Maxwell que nos dejaba tan impresionados, ¿la luz era realmente una danza de campos eléctricos y magnéticos entrelazados? ¿Y podría esta noción —que los rayos de luz eran oscilaciones electromagnéticas— ser probada con ecuaciones matemáticas? Le dimos vueltas y vueltas a esta teoría, y por iniciativa mía, decidimos taladrarla con la duda y los análisis matemáticos. Nuestro credo era confiar en la simpleza por sobre cualquier otra cosa, evitar ideas complicadas y anticuadas que no fuesen necesarias. Algo que constantemente tenía que recordarle a Albert, con su tendencia a tomar tangentes.

Sonó la campana de la cena. La escuché pero quería un momento más con Drude. Di vuelta a la última página del libro, queriendo revisar una referencia, cuando un pedazo de papel cayó al suelo. Cuando me agaché para levantarlo, distinguí una esencia floral. Mirando de cerca me encontré no con la escritura desordenada de Albert sino con una desconocida.

¿Quién le había escrito esta carta de aroma dulce, cuidadosamente doblada y guardada entre las páginas de Drude? Con el estómago revuelto, le di la vuelta. Distinguí caligrafía femenina. Recé porque fuera de su hermana adolescente, Maja, la única de su familia inmediata que apoyaba nuestra relación. No como su madre.

El otoño anterior, los padres de Albert, Pauline y Hermann, habían visitado Zúrich como parte de su viaje para llevar a Maja a Aarau, donde ahora estudiaba y vivía con los Winterler, amigos de la familia. De inmediato creé una conexión con Maja, que era dulce y brillante. Me recordó a mi propia hermana, Zorka, y encontramos muchas cosas en común sobre las cuales conversar.

Estos modales tranquilos no eran los mismos en el padre callado e imponente, ni en la madre de carácter firme, dogmático y perfectamente burgués. Cuando Albert me los presentó, tomando el té de la tarde en un café local, me dedicó un gesto majestuoso y una sonrisa atrevida que hizo que me sonrojara, su madre me midió de pies a cabeza con sus ojos gris piedra que combinaban con su porte, sin mencionar su vestido de rayas grises. Bajo su mirada inquebrantable me sentía pequeña, oscura y fea.

Al inicio mantuvo silencio, y miré hacia el padre de Albert, asumiendo que ella esperaba a que él me hablara primero como solía dictar el protocolo. Pero pronto me di cuenta de que, a pesar de que él parecía amenazante con su bigote encerado y sus lentes *pince-nez*, la señora Einstein era la que estaba en control. Tal vez la cadena de negocios fallidos del señor Einstein menguó su posición frente a su esposa, o tal vez así era el orden natural de su relación.

—Así que esta es la famosa señorita Marić —dijo finalmente la señora Einstein. A Albert, no a mí. Era como si yo no estuviera en la misma habitación.

—En efecto, así es —dijo Albert.

Podía escuchar la sonrisa en la voz de Einstein, y me relajó suficiente para decir:

—Es un placer conocerla al fin, señora Einstein. Su hijo habla con cariño de usted, constantemente.

Aceptando el cumplido con un asentimiento de cabeza hacia Albert, volvió a mí sus ojos de acero y me habló por primera vez.

—Tu gente proviene de —hizo una pausa dramática como si le doliera incluso mencionar mi lugar de origen— Novi Sad, ¿verdad?

—Sí, ahí es donde crecí... al menos por un tiempo. Y donde mis padres viven ahora durante una parte del año —respondí forzando una sonrisa.

Una larga pausa la precedió antes de que volviera a hablar.

—Entiendo que eres una intelectual, como mi Albert.

Esto no era un cumplido, y yo no sabía cómo responder. Albert me había llevado a creer que su madre, aunque irritantemente burguesa en sus ideales y preocupaciones, era perfectamente inofensiva. Por su último comentario supe que esto era falso. Ejercía un poder insidioso sobre su familia, y planeaba utilizarlo con Albert sobre mí. Esto no era un buen presagio, su insatisfacción respecto a mí no estaba oculta.

¿Qué había hecho para no gustarle? ¿Acaso porque yo no era judía? Albert había descrito su crianza como secular, así que dudaba que esa fuese la única razón. ¿Porque yo era más una estudiante universitaria que una joven tradicional, alistándose para el matrimonio? Pero eso no podía ser; sus planes eran que Maja recibiera educación universitaria también. Tal vez simplemente me odiaba por ser de Europa del este.

Formulé un par de respuestas para sus comentarios, pero pensé que no había nada que pudiera decir para tranquilizarla. Estaba predeterminada a tenerme antipatía.

—Si se refiere a que soy scria con mis estudios, señora Einstein, eso es verdad.

Albert, dándose cuenta de que nuestro intercambio estaba llegando al desastre, intervino.

—La señorita Marić me mantiene en el camino, mamá.

Cuando su madre falló para recoger el anzuelo, Albert cambió el tema de conversación hacia Aarau y los Winterler. Mientras Albert, su madre y su hermana platicaban, el señor Einstein me hizo un gesto para que me sentara y me sirvió té. Bebimos de nuestras tazas mientras pretendíamos escuchar a los otros, su alegría se deslizó a través de la barricada de su esposa y compartimos una agradable conversación. Pero la señora Einstein no tardó en reprimirlo por su amabilidad con una mirada mordaz.

Intenté no pensar en este incómodo intercambio con la madre de Albert mientras daba vuelta a la carta para buscar el nombre del autor. Al inicio sentí alivio. El nombre no era de su madre. Pero después me di cuenta de que tampoco era Maja. Era alguien llamada Julia Niggli.

Tu invitación para ayudarme a pasar el tiempo es de lo más tentadora. Me gustaría visitarte en Mettmenstetten si planeas venir con tu familia a finales de agosto.

Por favor envíame una respuesta si lo haces.

Saludos afectuosos
Julia Niggli

Di vuelta a la página para leer el frente cuando Albert preguntó:

—¿Qué brillante teoría de Drude te tiene tan cautivada?

—No es Drude quien me tiene cautivada, Albert.

—¿No?

—No. Es Julia Niggli.

No dijo nada pero sus mejillas enrojecieron.

Le puse la carta en la mano.

—Soy bastante familiar con la manera en que pasas el tiempo y me estremezco al pensar en que lo compartas con Julia Niggli, quien quiera que sea. ¿Cómo explicas esto?

Mirando a la primera página, me devolvió la carta.

—Mira el frente, Dollie. ¿Qué fecha ves ahí?

—3 de agosto de 1899 —agité la cabeza asqueada por la fecha—, más o menos al mismo tiempo que me escribías cartas a *mí* desde Aarau, mientras estaba en el Chapitel en Kać —recordaba perfectamente bien aquellas notas de Albert. De hecho, había memorizado algunas de ellas. El último verano había estado atrapada en el Chapitel mientras la epidemia de escarlatina se extendía por el campo, y las cartas de Albert habían sido mi consuelo.

—Exacto. Ese verano yo estaba en Aarau y Mettmenstetten con mi familia quienes, como ya sabes, están al tanto de mi relación contigo. Mi mamá y mi hermana Maja incluso te escribieron notas en las posdatas de mis cartas, por Dios. La señorita Niggli es una amiga de la familia con la que toqué el violín unas cuantas veces. Nada más.

Su explicación era creíble pero mis sospechas no se calmaban del todo.

—¿Por qué seguiste respondiéndole?

—Porque estaba buscando trabajo como institutriz y mi tía buscaba una. Yo las puse en contacto.

Repentinamente me sentí ridícula. ¿Por qué dudaba de mi Johnnie? Nunca me había demostrado otra cosa que devoción, incluso cuando yo lo rechacé durante tanto tiempo. Mis preocupaciones sobre él no tenían nada que ver con su amor por mí, eran más bien sobre su obstinación con Weber y sus planes de empleo a futuro. Comencé a disculparme cuando me interrumpió.

—No, Dollie. No tienes nada por lo que disculparte. Yo actuaría igual que tú si encontrara la carta de un caballero en tu libro. Los celos son difíciles, un asunto impredecible, incluso si confías en tu amado. También quiero que sepas que el último verano que pasé en compañía del mundo filisteo y vacío de mi familia y sus amigos insípidos, como la señorita Niggli, mi aprecio por ti no hizo más que crecer.

—¿Lo juras?

—Sí, Dollie.

—¿Incluso cuando tus padres te presionan para dejar a tu novia extranjera y encontrar a una chica más adecuada? —Una vez que la madre de Albert se había dado cuenta de que nuestra relación no era fugaz y me conoció, los amables, pero distantes saludos que había recibido en sus cartas aquel verano se habían convertido en consejos estridentes sobre Albert sentando cabeza durante el invierno con una compañera más apropiada. Sus esfuerzos habían creado un nudo en mi estómago que no se había deshecho aún. Sólo Maja escribía saludos en las cartas que Albert me enviaba cuando estábamos lejos— ¿Tal vez una como Julia Niggli?

—Dollie, mis padres nunca me han impuesto a la señorita Niggli ni ninguna otra chica, sin importar los recelos que tengan a tus costumbres estudiosas. Saben que no tendría sentido. Saben que te amo sólo a ti.

Le sonreí por un largo momento. Para el instante en que rompí el contacto con su mirada, me encontré con el rostro indignado de la señora Engelbrecht.

—Ah, señorita Marić. Debí haber sabido que estaría escondida en la sala con el señor Einstein. Eso explica por qué no atendió a la campana de la cena —rara vez la había visto tan enojada. Pero yo había ignorado sus órdenes—. Las señoritas Dražić y Bota esperan.

—Una disculpa, señora Engelbrecht. Iré directamente al comedor —incliné la cabeza para despedirme de Albert y me apresuré a salir—. Buenas noches, señor Einstein.

Mientras los dejaba solos en la sala, escuché a la señora Engelbrecht hablarle a Albert.

—Se ha vuelto un accesorio aquí, señor Einstein. Tendré que empezar a cobrarle por todas las horas que pasa en mi sala.

La señora Engelbrecht no sonaba como si estuviera haciendo una plática cortés. Me detuve para escuchar su intercambio de palabras.

A Albert le tomó un minuto responder.

—Discúlpeme si la he molestado, señora Engelbrecht. Siempre me aseguro de irme antes de que la cena empiece o de visitar cuando ha terminado, como dictan sus normas.

—Siempre está pendiente de seguir la ley al pie de la letra, señor Einstein, pero me temo que no tiene la intención de obedecer el espíritu de la misma —su voz se hizo más alta y fría, casi furiosa—. Preste atención en obedecer la ley en su totalidad en lo que respecta a la señorita Marić. Yo estoy a su cargo y soy un cuervo vigilante.

Capítulo 13

27 de junio y 10 de agosto de 1900
Zúrich, Suiza y Kać, Serbia

El vapor del tren se extendía por la estación. Durante un breve segundo, ocupó el espacio entre Albert y yo, y lo perdí de vista. Sentí su mano tomando la mía y reímos ante la imposibilidad de ser invisibles mientras estábamos a tan sólo unos centímetros de distancia.

El denso humó se desvaneció del aire mostrándomelo por secciones. Los gruesos rizos color chocolate primero. El bigote que escondía a sus gruesos labios después. Y finalmente sus profundos ojos cafés, suplicándome ideas, besos, promesas, todo y nada. Iba a extrañar esas miradas en los días siguientes.

—Serán sólo dos meses cortos, mi amada hechicera —dijo.

Amada hechicera, pequeña escapista, granuja. Me había convertido en mucho más que sólo Dollie. Albert tenía toda una selección de nombres para la intelectual bohemia que creía que yo era. Adoraba que fuese diferente a todas las mujeres que conocía, especialmente aquellas con las que iba a pasar los dos meses siguientes: su hermana, su madre, tía y sus amigas insípidas. Intenté lo mejor que pude convertirme en su ideal, sin importar cuánto daño causara a mis estudios.

—Lo sé, Johnnie. Estaré muy ocupada, ojalá pasen rápido. Pero aun así…

Albert podía permitirse descansar durante estos meses. Gracias a que había estudiado las notas que yo tomaba de las clases

127

en las que él se escapaba, había logrado pasar el último examen final para obtener su diploma; sólo faltaba su disertación, si es que decidía terminarla. Pero yo no podía descansar. El curso en Heidelberg —aunque ahora parecía tonto haber corrido de lo inevitable— combinado con todos nuestros proyectos de investigación extracurricular me hacían quedar un paso detrás de él. Él podía ir hacia adelante, buscar trabajo, investigar a profundidad los asuntos en los que trabajábamos juntos mientras yo intentaba tomar mis exámenes el julio próximo, cuando volvían a ofertarse. Para hacer que el tiempo valiera la pena, decidí que el siguiente año no estaría sólo estudiando para mis exámenes sino también trabajando en mi disertación con el profesor Weber. De ese modo, al terminar tendría tanto mi grado de física como mi doctorado.

—Pero aun así… —hizo un eco de mi lamento pero no necesitó decir nada más. Esa mañana había enlistado todas las cosas que extrañaría mientras estábamos lejos. Las largas tardes en nuestra búsqueda para entender las reglas del universo. Los besos robados y abrazos cuando estábamos seguros de que la omnipresente señora Engelbrecht se hallaba distraída.

Los meses de verano serían ocupados y cansados para mí. Mientras, él estaría haciendo excursiones con su familia en las ciudades pintorescas de Sarnen y Obwalden, y yo estaría estudiando en el Chapitel en Kać, sólo con papá, mamá, Zorka y Miloš como compañía esporádica. Era gracioso cómo el lugar que más solía amar se había convertido en un exilio solitario. Mi futuro estaba de pie frente a mí y odiaba dejarlo aunque fuese sólo un instante.

El tren liberó otra pila de humo y nos perdimos de vista por última vez. Sentí los brazos de Albert alrededor de mi cintura, y en el velo momentáneo de neblina, me besó. Experimenté un intenso deseo y pensé en todas las noches que nos reprimimos.

—¿Cómo tuve la suerte de encontrarte? Un ser tan atrevido e inteligente y de mente única como yo —susurró en mi oído.

Sentí su mano en mi espalda, guiándome a los escalones del tren. Me apresuré a encontrar asiento para poder verlo una vez más desde la ventana. Ahí estaba, triste y abandonado con una montaña de maletas a su lado. Su tren no partía en otras tres horas pero había insistido en ir temprano a la estación conmigo y esperar. Zúrich, había dicho, no tenía nada para él si yo no estaba.

—Señorita Marić, la cena está servida —nuestra nueva cocinera, Ana, llamó por las escaleras del ático donde había pasado gran parte de las últimas tres semanas. Sabía que para los sirvientes era extraño que yo estuviera leyendo en vez de socializando o paseando como las otras señoritas. Veía sus miradas cuando miraban los tomos que leía mientras pasaba las horas sola.

—Ahora bajo —respondí.

Quería otros pocos minutos con la carta que acababa de recibir de Albert. Sabía que mis padres preguntarían sobre él y que Zorka y Miloš se burlarían. Necesitaba más calma para soportar los asaltos de mis hermanos; para distraer a Zorka con preguntas sobre la escuela y a Miloš con dudas sobre sus juegos favoritos. No podía arriesgarme a estallar en lágrimas cuando me preguntaran respecto a ello.

¿En verdad había Albert escrito estas líneas? ¿No sabía que para mí iba a ser una tortura leer cada detalle de la reacción dramática de su madre al saber que planeábamos casarnos? La imagen de su madre tirándose a la cama, llorando histéricamente con las noticias, y luego lanzando insultos sobre mí —que destruiría su vida, que era totalmente inadecuada para él— era casi intolerable. Yo sabía que sus padres querían a una mujer judía para él, o al menos, una alemana que lo mimaría como si fuera su propia madre, pero creo que ninguno de los dos esperábamos un berrinche de esa magnitud. Sus prejuicios sobre mí eran muchos: mi crianza como cristiana ortodoxa, mi intelecto, mi herencia eslava, mi edad, mi cojera. Todo lo que sospeché la tarde en que la conocí, y más.

La acusación más dolorosa, sin embargo, era su alegato de que yo podría estar embarazada. ¿Qué tipo de chica pensaba que era, y de qué clase de familia pensaba que provenía? Incluso si hubiésemos querido consumar nuestros sentimientos, la señora Engelbrecht nos vigilaba como un halcón; la intimidad era imposible. Albert y yo habíamos pensado ingenuamente que el mayor obstáculo para nuestra unión sería encontrar trabajos.

¿Cómo podríamos sobreponernos a este tipo de objeciones ilógicas e histéricas?

Mis ojos se llenaron de lágrimas. ¿Los prejuicios e histeria de su madre terminarían por separarnos? Seguramente Albert no dejaría que eso pasara. Me consolé con su afirmación de que él seguía firme sobre nuestros planes frente a los ataques de su madre. Y de que me amaba y me extrañaba. Aún era mi Johnnie. Encontraría una forma.

Tomando un gran respiro, bajé las escaleras del ático. Me senté en mi lugar a la mesa, junto a papá y di gracias junto con todos. Mientras nos enderezábamos para que Ana pudiera llenar nuestros platos con ćevapi, esperé la batería de preguntas y bromas, justo como la última vez que había recibido una carta de Albert. Pero por alguna extraña razón, nadie dijo una sola palabra. ¿No se habían dado cuenta de la llegada de la carta?

Pasamos la hora de la cena en un silencio inusual e incómodo. ¿Había sucedido algo? No podía soportar el sonido de los tenedores sobre los platos y el tintineo de las cucharas, así que me distraje hablando con Zorka acerca de sus planes para el siguiente curso. Era una buena estudiante, si bien no una brillante, y tenía aspiraciones de continuar estudiando. Papá la había alentado a quedarse conmigo en Zúrich y tomar un semestre en la Higher Daughter School para que pudiera prepararse para el examen Matura. Me preguntaba si esta era la forma de papá de observarme y protegerme desde lejos. Su preocupación por Albert y mis estudios permeaba todas nuestras conversaciones de los últimos días.

En el momento exacto en que papá terminó su último bocado de postre, mamá se llevó de la habitación a Zorka y Miloš. Papá y yo nos quedamos solos.

Me levanté para irme también, pero papá dijo:

—Por favor quédate, Mitza. Siéntate conmigo un rato.

Volví a sentarme en mi silla, esperando mientras encendía su pipa y hacía aparecer aros de humo que se alzaron hacia el techo.

—Vi que recibiste una carta del señor Einstein hoy —dijo.

Se había dado cuenta. Si él sabía, seguro los demás también lo hacían. ¿Por qué nadie había dicho nada?

—Sí, papá —respondí tranquilamente, esperando ver hacia dónde se dirigiría.

—Está ocupado buscando trabajo, me imagino.

—Su búsqueda empezará en el otoño, cuando regrese a Zúrich. Por ahora está de vacaciones en Suiza con su familia.

—¿Vacaciones? ¿Por qué la espera, Mileva? Un hombre que quiere casarse, busca un empleo.

Ah, así que este era el rumbo de la conversación. Mis padres no habían conocido a Albert; nunca iban a Zúrich y Albert nunca había visitado Kać, aunque lo había invitado este verano y el anterior. Albert siempre rechazaba la invitación alegando que necesitaba calmar a sus padres pasando las vacaciones de verano en su compañía mientras aún dependía de ellos. Y yo nunca lo había presionado. Mis padres desconfiaban de Albert; mantener distancia no era lo esperado de un pretendiente serbio.

Aunque podía comprender la preocupación de papá —me hubiese sorprendido si hubiera sido de otra manera—, eludí su pregunta. Albert y yo hablábamos de matrimonio frecuentemente, pero yo sabía que él debía pedir permiso a papá para que lo tomara seriamente.

—El señor Einstein cree que habrá más oportunidades laborales en otoño. La mayoría de los académicos están de vacaciones ahora.

—¿Entonces te mantendrá esperando? —papá fingió estar preguntando pero hacía un juicio. Nunca se había repuesto de que yo hubiese sucumbido ante Albert luego de haber hecho el sacrificio de un curso entero en Heidelberg, y claro, en general era sobreprotector conmigo. Sin mencionar que, como judío extranjero, Albert era un misterio para papá.

¿Tenía razón papá? ¿Albert estaba manteniéndome a raya mientras seguía con su vida a su propio ritmo? Siempre había puesto toda mi fe en que Albert nos guiaría a través de este salvajismo bohemio. Sabía que me quería fuerte e independiente, y siempre parecía débil y dependiente rogar por un compromiso. Hacía lo mejor para interpretar el papel que Albert escribía para mí.

—No estaré esperando, papá. Tengo que estudiar para mis exámenes finales, y también tengo que trabajar en mi disertación.

—¿Entonces han discutido sus planes a futuro?

—Sí, papá —dije, esperando sonar convincente. Albert hablaba constantemente sobre nuestros días después de la universidad. En efecto, acababa de decirle a su madre que yo sería su futura esposa. Pero nunca había surgido un solo plan real de los labios de Albert. A pesar de ello, necesitaba el apoyo de papá, especialmente a la luz de la reciente oposición de la madre de Albert.

Los ojos de papá se ablandaron. Se inclinó hacia mí y tomó mis manos. Se veían diminutas comparadas con sus puños fuertes.

—Quiero estar seguro de que sus intenciones son honorables. Es mi trabajo protegerte.

Con aquellas palabras papá me llevó de vuelta al momento en que escuché la conversación entre él y mamá sobre mi cojera y mi condición «incasable». Repentinamente sentí rabia.

—¿Es tan difícil para ti creer que alguien me ama, papá? ¿Qué alguien quiera casarse conmigo incluso con mi deformidad?

Con la boca y los ojos abiertos, papá estaba atónito por mis palabras y el volumen de mi voz.

—Oh, Mitza, eso no es lo que estoy…

—¿En serio? Sé que mamá y tú creen que estoy *deforme*. Que soy indigna de ser amada. Por eso alentaste mis estudios. Asumiste que viviría mi vida sola.

Al enfatizar esa palabra que tanto odiaba —deforme— quería que supiera que sabía que lo había escuchado hablando con mamá hacía todos esos años. Quería que comprendiera que, sin importar cuánto intentara enterrar sus creencias y abrazar las formas modernas de vida que prevalecían en suiza, la etiqueta que me habían puesto nunca me había abandonado.

Rodaron lágrimas por sus mejillas y supe que entendía.

—Mitza, lo siento tanto. Te amo, mi pequeña Mitza, más que a nada en el mundo. Mi orgullo por ti y tus logros llena mis días. Sé que eres capaz de cualquier cosa y que tu cojera nunca se ha interpuesto en tu camino. En el de tu trabajo ni en el del amor. Estuve mal al hacerte un escudo contra el mundo, al pensar que tu cojera de algún modo te hacía débil o más vulnerable. O menos capaz de ser amada.

Estuve a punto de llorar. Ver lágrimas en el rostro de mi estoico papá y escuchar la ternura de sus palabras casi logra quebrarme con el cansancio de actuar siempre tan fuerte, necesitando probar que era valiosa. Quería meterme en sus brazos y ser de nuevo la pequeña Mitza en vez de la persona fuerte e independiente en la que me había convertido.

En vez de eso, enderecé mi espalda y apreté su mano en señal de confianza. Después de profesar toda aquella fortaleza, era difícil mostrar debilidad.

—Está bien, papá. Ahora lo entiendo.

Me atrapó en un abrazo. Entre sus brazos lo escuché preguntar:

—¿Está mal querer lo mejor para ti, Mitza? ¿Querer un esposo que te apreciará y protegerá y amará como yo lo hago? —con un dedo levantó mi barbilla para poder verme a los ojos.

—¿Estás segura? —encontré su mirada fija en mí.

—Sí —y luego sonreí—. Papá, él también me alienta a ser una *mudra glava*.

Capítulo 14

4 de febrero de 1901
Zúrich, Suiza

La visión elegante de la nieve sobre las agujas de Zúrich no logró alegrar el humor de Albert. Incluso cuando especulé que tendríamos suficiente nieve la mañana siguiente para dar un paseo en trineo en el Uetliberg, Albert sólo gruñó. Nada que pudiera ofrecerle, ni siquiera regalos de la misma naturaleza, podían sacarlo de su mal humor.

—Sé que es culpa de Weber —refunfuñó de nuevo, fumando de su pipa y dando sorbos al café aguado que servían en el Café Sprüngli, que era mejor conocido por su panadería. Yo quería un *Milchkaffe* del Café Metropole pero Albert pensaba que sería peligroso visitar nuestro lugar habitual porque podríamos encontrarnos con antiguos compañeros de clase y tendríamos que hablar de nuestros trabajos. Cosa que él aún no tenía—. Debió haber enviado reportes repugnantes sobre mí a las universidades con vacantes. No debí haberle pedido que me recomendara. Accedió sólo para darme bola negra.

—Sé que eso crees —repetí. ¿Qué más podía decir? Albert no toleraría palabras reconfortantes ni de aliento. Ya lo había intentado.

—¿Por qué más tendría un montón de cartas de rechazo frente a mí, cuando todos nuestros compañeros han estado trabajando durante meses? —preguntó Albert. Había estado escuchando variaciones sobre esta diatriba una y otra vez durante semanas, si no meses.

Como si fuera una baraja, esparció las cartas de rechazo por la mesa del café. Pero esto no era un juego, era nuestro futuro extendido frente a nosotros. Con mi título en la balanza hasta que hiciera los exámenes en julio, éramos totalmente dependientes de la habilidad de Albert de asegurar un trabajo para poder empezar a hacer planes de casarnos.

—No puedo pensar en otra explicación que no sea Weber —comenté, aunque en realidad no creía por completo lo que decía. El desagrado que Weber tenía por Albert era suficientemente real, pero no creía que sus malas recomendaciones de Albert fueran la única razón de los rechazos. La mayoría de nuestros compañeros, y de hecho la mayoría de los graduados del politécnico, no sólo aquellos con títulos de física, aseguraba posiciones gracias a la defensa de los profesores por sus alumnos, y ninguno de los otros profesores parecía inclinado a defender a Albert. Su desacato a las normas de asistencia en los salones y su descaro con los profesores cuando se decidía a aparecer en clases lo hacían poco popular entre nuestros instructores.

—¿Quizá si vuelves a hablar con Weber en mi defensa para ver si escribe cartas más halagadoras? —preguntó, tomando mi mano. Weber y yo manteníamos contacto por mi trabajo de disertación.

—Johnnie, sabes que haría lo que fuera por ti. Pero no creo que debamos arriesgarnos —Albert sabía que ya no podía engatusar a Weber a su favor para que diera recomendaciones que no quería dar. Weber estaba en control de mi destino profesional también, por lo que debía mantener civilizada nuestra relación. Recordarle continuamente a Albert era un camino seguro para menoscabar mi posición ganada con arduo trabajo y mi habilidad para pasar los finales en el verano, especialmente dado que Weber era la cabeza del panel que juzgaba los tan subjetivos exámenes orales. Y si Albert no podía asegurar un puesto, yo estaba determinada a conseguir empleo. Necesitaba eliminar al menos una de las tantas objeciones que sus padres tenían para nuestra unión.

Suspirando pesadamente, Albert soltó mi mano y volvió a su pipa. Lo conocía y sabía que no tenía sentido intentar sacarlo de aquel estado. Cuando comenzó a recibir los rechazos, lo tomó como una broma, incluso con cierto orgullo bohemio. Pero cuando la pila se hizo mayor y había sido rechazado como profesor de física de la Universidad de Göttingten, el Istituto Tecnico Superiore di Milano, la Universidad de Leipzig, la Universidad de Boloña, la Universidad de Pisa, y el Colegio Técnico en Stuttgart, entre muchos otros, dejó de parecerle divertido.

—Las escuelas alemanas suelen ser antisemitas. Ese podría ser otro factor —ofreció otra explicación, una que nunca antes había mencionado. Le gustaba pensarse a sí mismo como no religioso, a pesar de su herencia, incluso cuando sabía que otros no compartían esta noción.

Asentí, y de nuevo, esto era acertado. El antisemitismo estaba extendido por todas las instituciones educativas alemanas. Esto no explicaba los rechazos de las universidades italianas pero no me atreví a mencionar esta inconsistencia.

Las arrugas usuales de sus ojos habían desaparecido. Un silencio incómodo pesaba sobre la mesa. Incómodo para mí, al menos. Nunca sabía qué hacer cuando se ponía así el humor de Albert.

Miré la habitación en la que estábamos, intentando distraerme con su decoración extravagante, sus sillas ornamentadas y sus mesas con mármol. Era una hora extraña, algo entre el almuerzo y la cena, y el café estaba vacío. Los meseros, con sus camisas blancas, formaban una línea ordenada, relajados contra la pared; se veían aliviados de que el café no estuviera repleto de gente.

—Tal vez si fuera libre de ir a donde yo quiera —murmuró Albert casi para sí mismo. Casi.

Lo miré aturdida. Demasiado aturdida como para hablar, de hecho. ¿Estaba hablando de mí? ¿En verdad estaba sugiriendo que yo ponía algún tipo de limitación geográfica en su búsqueda? ¿O que le exigía alguna otra cosa que lo comprometía? ¿Cómo se atrevía? Le había dado mi apoyo incondicional y la libertad de buscar un trabajo donde quisiera; le había dicho que yo lo seguiría. Incluso había rechazado una oferta de trabajo, que yo no había solicitado, para ser maestra en una preparatoria en Zagreb porque Albert no quería vivir en Europa del este. Pensaba que estaba demasiado lejos del corazón de los desarrollos científicos. Accedí porque sabía que le parecería humillante la idea de seguirme por un trabajo, especialmente cuando él mismo no podía encontrar uno. Y además de todo había estado sufriendo la peor parte de su frustración en silencio.

Nunca le había gritado a Albert y ahora, cuando las palabras finalmente llegaron, emergieron como un susurro. No como el rugido que sentía dentro. «Nunca me he puesto en el camino de tu carrera...»

—¿Albert? ¿Señorita Marić? —una voz me interrumpió. Dejé de ver el rostro sorprendido de Albert para encontrarme con el señor Grossman. Dado que él había sido el primero de la clase en asegurar un trabajo como asistente de profesor, posiblemente era la última persona a la que Albert querría ver— ¿Qué están haciendo aquí? Esto está lejos de ser el clásico Café Metropole.

Albert no iba a mostrar sus debilidades frente a nadie que no fuera yo, así que asumió una expresión alegre, se levantó y le dio la mano al señor Grossman como si no hubiera nadie más en el mundo a quien quisiera ver.

—Qué gusto verte, Marcel. La señorita Marić y yo venimos aquí después de un paseo, ¿tú qué haces en este extraño lugar?

El señor Grossman sonrió pero no dijo nada sobre encontrarnos aquí, solos, tan lejos de los terrenos de la escuela. Sospechaba que hacía mucho sabía de nuestra relación. Luego explicó que tenía un poco de tiempo libre antes de una reunión en el vecindario y que había decidido parar por una cerveza. Lo invitamos a unirse, y como la convención social dictaba, la plática se centró en su nuevo papel como asistente en el Politécnico del profesor Wilhelm Fiedler, un geómetra. A pesar de que las preguntas de Albert parecían entusiastas, yo podía ver lo forzadas que eran y cuánto le costaban.

La conversación fue cuesta abajo y por educación, el señor Grossman preguntó:

—Señorita Marić, sé que usted ha decidido presentar los exámenes el próximo julio y sin duda estará ocupada estudiando, pero ¿qué haces tú, Albert?

—Mi disertación, obviamente —dijo Albert con hostilidad.

—Por supuesto —respondió el señor Grossman con la misma hostilidad, percibiendo la incomodidad de Albert con la pregunta. Algo lo hizo insistir en el tema. Tal vez sabía de la situación de Albert y lo desesperada que se había vuelto—. Pregunto simplemente porque mi padre me ha mencionado que su amigo Friederich Haller, que es el director de la Oficina Suiza de Patentes en Berna, está buscando un examinador.

—Mmm… —dijo Albert fingiendo calma. Incluso desinterés.

—No sé si ya hayas ocupado un puesto permanente en algún lado…

Albert lo interrumpió.

—Tengo muchas ofertas de trabajo que aún estoy considerando.

Quise gritarle a Albert. ¿Qué estaba haciendo? ¿Por qué no se abalanzaba hacia esta oportunidad? No podía permitirse jugar con esto. Mi futuro estaba en juego también. Maldito sea su orgullo.

—Eso pensaba —dijo el señor Grossman, y continuó cautelosamente—. El trabajo en la oficina de patentes no es alguno en donde uno usaría física teórica, claro, pero ciertamente se tendría que usar la física de una manera práctica ya que se consideran los inventos que buscan patente. Sería un uso muy poco convencional, incluso poco ortodoxo, de un grado académico.

Con esas dos palabras —poco ortodoxo— el señor Grossman acababa de ofrecerle a Albert una manera de conservar su honor. Iluminándose, Albert dijo:

—Tienes razón, Marcel. Ese puesto es muy poco convencional. Pero yo busco lo poco convencional. Tal vez justo esto sea.

—Maravilloso —dijo el señor Grossman—. Será un gran alivio para el amigo de mi padre, el señor Haller, tener una opción sólida. No sé ciertamente cuándo estará disponible este puesto de examinador, pero estoy seguro de que mi padre, a quien ya conoces, estará dispuesto a recomendarte.

Albert buscó mi mirada y sonrió. Y en ese momento de esperanza y posibilidades, lo perdoné.

Capítulo 15

3 de mayo de 1901
Zúrich, Suiza

El trabajo en la oficina de patentes no llegó suficientemente rápido. Como el gobierno suizo procedió con sus maquinaciones metódicas, como de reloj, para considerar a Albert, la necesidad exigía que encontrara un trabajo. Cualquier trabajo, en realidad, ya que sus padres habían dejado de darle el apoyo económico que habían prometido sólo para sus años escolares. Envió solicitudes para ser profesor, y nada surgió hasta que un amigo distante del Politécnico, Jakob Rebstein, escribió preguntando si Albert podría sustituirlo como profesor de matemáticas en una preparatoria en Winterthur mientras él cumplía con el servicio militar.

Aunque el trabajo era temporal, celebramos y pedimos una botella de vino en el café Schwarzenbach, cosa que nunca hacíamos. Borrachos tanto por el vino como por el trabajo, nos reímos del futuro, verdaderamente despreocupados por primera vez desde inicios del otoño. Me permití olvidarme de los meses de comportamiento cambiante y palabras hostiles, donde nunca creí ver a mi amado Johnnie ni al inquietante Albert. Después de todo, sin la tensión de buscar trabajo, al menos por unos meses, estaba segura de que mi Johnnie volvería para siempre.

Ahí, en el calor de la noche y la niebla del alcohol, nació la idea de escaparnos al lago Como.

—Imagínate, Dollie. El agua famosa del lago Como lamiendo nuestros pies y los Alpes nevados alrededor de nosotros —se movió más cerca de mí, pero no tan cerca para hacer que se levantaran las cejas de los dueños del Café Schwarzenbach—. Sólo tú y yo.

—Solos —respiré la idea, escandalizada y atraída a la vez. No podía recordar haber estado sola con Albert, excepto en lugares públicos o en la sala de la pensión. En ninguno de los dos casos estábamos verdaderamente solos.

—Nada de señora Engelbrecht.

Reí.

—No soporto besarte mientras me preocupo de que pueda aparecer inesperadamente en la sala. Esa mujer se desliza como un gato.

Las arrugas en los ojos de Albert se hicieron más profundas. Amaba a este Albert. Este era el hombre del que me había enamorado, al que había extrañado la mayor parte del último año.

—Tal vez es tan silenciosa porque no es un humano del todo. Un espíritu o un fantasma de algún tipo quizá. Después de todo, Engelbrecht quiere decir ángel brillante.

Reí de nuevo y pasé mis dedos por el largo rizo de cabello que caía sobre mi hombro. En honor a la ocasión, me había hecho un nuevo peinado relajado que había visto en las mujeres jóvenes. En vez de mi usual cabello recogido y bien fijo, lo ricé y até a la altura de mi cuello, e intencionalmente dejé un solo mechón fuera del arreglo y lo acomodé sobre mi hombro.

—¿Qué piensas, Dollie? —preguntó Albert apenas tocando el mismo rizo.

Lo evadí.

—¿Quieres decir, si la señora Engelbrecht es un gato o un fantasma?

—Sabes lo que quiero decir, Dollie —dijo, deslizando su mano por mi cintura bajo el mantel blanco y almidonado— ¿Qué piensas del lago Como?

No sabía qué decir. Una parte de mí anhelaba una salida romántica con Albert a donde pudiéramos alejarnos de las restricciones de Zúrich. Pero parte de mí tenía miedo. Sabía lo que ese viaje significaba. Habíamos esperado mucho tiempo para tomar el siguiente paso. Tal vez era mejor si no nos atrevíamos a tomarlo aún.

Por mi silencio, Albert comprendió mi conflicto.

—Sólo piénsalo, Dollie. Podría hacer más fácil nuestra separación, aunque sea temporal. Podría ser el puente a nuestra nueva vida juntos.

Pero la idea del lago Como nunca volvió. No en los apresurados días de empacar antes de que Albert se fuera a Winterthur, cuando olvidó su cepillo de dientes y su peine y una bata. No en la breve despedida en la estación del tren, donde un encuentro inesperado con un amigo de Berlín apagó nuestro fuego. No volvió a mencionar el viaje y yo lo dejé ir, con alivio.

Sin embargo, a los pocos días de su llegada a Winterthur, me escribió sobre el lago Como, rogándome que nos encontráramos ahí, me profesaba su amor, me llamaba por todos mis apodos. Sola en la pensión Engelbrecht era susceptible a sus ruegos. Helene se había mudado a Reutlingen con su nuevo esposo, y Milana y Ružica habían terminado sus estudios y vuelto a casa. Sabía que si Albert hubiera estado frente a mí diciendo esas palabras en persona, la decisión hubiera sido más simple. Una mirada a sus ojos cafés y no hubiera tenido otra opción que decir sí al viaje sin importar cuán insoportable hubiese estado en los meses durante los que no podía encontrar trabajo.

Si Albert hubiera estado aquí, no dudaría en ignorar la nota de advertencia que había recibido de papá el día anterior, cuestionando mi honor y acusándome de traer *stramota* o vergüenza sobre mi familia que prevalecería durante generaciones si iba al lago Como. ¿Por qué le había dicho? Papá, preocupado de que «daría a Albert mi camiseta» —mi inocencia— en Como, me había informado que no seguiría apoyando mis estudios si decidía ir con él. ¿Cómo podían pensar mis padres que me importaba tan poco mi honor y el de ellos mismos? ¿Cómo podría atreverme a ignorar las amenazas de papá?

Pero Albert no estaba aquí para convencerme de ir a Como. Con él se había ido la fuente externa de confianza que proveía. La decisión era sólo mía.

¿Qué decisión debía tomar?

Había escrito dos cartas —con dos respuestas diferentes— y estaban frente a mí. Cada una con todos sus pros y contras. ¿Cuál debía enviar?

Alisé las orillas arrugadas de las cartas; estaban gastadas por mis repetidas lecturas de las últimas horas. ¿En verdad pensaba que leyéndolas una y otra vez podría encontrar alguna señal divina que me dijera cuál enviar? Muchas horas después no había llegado ninguna señal de los cielos y por supuesto, yo aún no estaba más cerca de tomar una decisión.

Leí ambas cartas por centésima vez. En la primera rechazaba la invitación de Albert a Como, dando a entender las objeciones que había desde casa. ¿Debía enviar esta carta y negarme a mí misma el placer de lo que había estado deseando? ¿Qué pasaría con nuestra relación si no iba? Se había referido a este viaje como el puente hacia nuestra nueva vida, después de todo. ¿Interpretaría mi rechazo al viaje como un rechazo hacia él? Nuestra relación había estado pasando por una etapa tan transitiva últimamente que me preocupaba.

Leí la otra. Esmeradamente incluía todos mis planes de viaje y hacía el bosquejo de un itinerario. No podía sino sonreír con todo el amor profesado que había en estas páginas. Las palabras revelaban a mi verdadero yo, no a la persona acorralada por el miedo y la convención.

Dejé las cartas en mi escritorio. ¿Cómo era posible que yo hubiese escrito ambas cartas? Parecía increíble sentir estas dos emociones al mismo tiempo y de forma tan intensa. Deseo y rendición. Deber y renuncia. Pero lo hacía.

Masajeé mis sienes y caminé por mi cuarto. ¿Qué iba a hacer? ¿Me atrevía a volver a leer la carta de papá para decidir? No creo que necesitara leer la carta de verdad para recordar sus palabras llenas de odio: *sramota*. Vergüenza.

¿Qué me aconsejaría Helene? Deseaba que ella estuviera aquí para hablarlo conmigo. Se sentaría a mi lado en la cama y con fuerza y amabilidad me ayudaría a tomar una decisión inteligente. Una decisión moderna, no la dictada por las ideas pasadas de moda de papá, pero aun pensando en protegerme. Casi podía escucharla en mis lamentos diciendo que la separación inminente de Albert podría matarme, o guiándome en mi impaciencia respecto a si él y yo algún día lograríamos profesar nuestro amor frente al mundo entero. Ella tomaría mis manos y me diría: «sopórtalo con coraje».

Pensé en nuestra despedida hacía casi seis meses, a inicios de noviembre, cuando Helene finalmente se fue de Zúrich para casarse con el señor Savić. Yo me había despertado previo al amanecer para despedirme antes de que tomara su tren hacia Reutlingen, donde viviría con el señor Savić. Sus maletas estaban frente a las escaleras y se veía pequeña mientras esperaba en la sala a que llegara el coche. Cuando la señora Engelbrecht salió a ver por qué estaba retrasado el coche, bajé las escaleras en bata y camisón.

Nos abrazamos.

—Voy a extrañarte muchísimo, Helene. Nunca había tenido una amiga como tú y nunca tendré otra.

—Siento lo mismo, Mitza —se soltó de mis brazos para mirarme a los ojos—. Nunca he dejado de sentirme culpable por haber roto nuestro pacto. Incluso en mi felicidad con el señor Savić, la culpabilidad se cierne oscuramente sobre mí.

—Helene, por favor no dejes que ese viejo pacto arruine un solo segundo de tu alegría. Ambas lo hemos roto ahora, ¿no es así?

—Sí —dijo Helene con melancolía—, pero fui yo primero. Y me pregunto qué hubiera pasado si hubiéramos seguido ese camino. Si hubiera decidido perseguir mi carrera en vez de casarme.

—Helene, estoy conforme con nuestras decisiones —la tomé por los hombros en un gesto burlón de seriedad, y dije—: ahora voy a darte el consejo que tú me diste una y otra vez. Por favor, recuerda vivir en el momento. Este es tu momento con el señor Savić. Abrázalo. Yo haré lo mismo con el señor Einstein.

Nos abrazamos una última vez, prometiendo estar siempre en contacto con cartas y visitas, y salió por la puerta.

¿Ella me incitaría a ir vivir el momento e ir a Como? ¿O sugeriría que soportara con coraje nuestra separación un poco más? Al menos hasta que estuviéramos casados. No podía adivinarlo y no tenía el lujo del tiempo para averiguar lo que me hubiera dicho.

Me sentía absolutamente sola. Mi familia estaba furiosa conmigo. Mis amigas se habían ido. Incluso Albert no sabía si estaría dando clases sólo durante unos meses más, y yo sabía qué camino querría su madre que tomara. Uno sin mí. Temblé al pensar en la soledad que hacía tanto tiempo había aceptado para mi vida.

Tal vez al haber sido parte de una unidad completa hacía que sufriera la separación más profundamente. Casi podía escuchar a Albert susurrar palabras de amor en mi oído, que se sentía una persona a medias cuando estábamos separados. Sus palabras se fijaron en mi alma, arruinando para siempre la visión poética que tuve tanto tiempo de mí misma como una intelectual solitaria. Porque yo sentía lo mismo.

Sabía qué camino escoger.

Tomé una de las cartas de mi escritorio y la sellé rápidamente en un sobre. Sin permitirme un segundo más para reconsiderar, bajé las escaleras de la pensión. Ignorando la llamada proveniente la sala de que el desayuno estaba servido, abrí la puerta principal y caminé directo hacia la oficina postal y hacia mi futuro.

Capítulo 16

Del 5 al 8 de mayo de 1901
Lago Como, Italia

Un amanecer teñido de rosa se deslizaba por el telón de fondo de los Alpes mientras mi tren se acercaba a Como. En algunas etapas luminosas, el paisaje comenzaba a revelarse. Las aguas de azul profundo del legendario lago Como estaban rodeadas por colinas de verde esmeralda y villas tan pintorescas que parecían pintadas por el mismo maestro del renacimiento, Titian.

El trayecto nocturno desde Zúrich había durado horas y yo debía de haberme sentido cansada. Pero no era así. Al contrario, me sentía emocionada, como si estuviera parada sobre los restos de migajas de mi vida anterior y cruzara ahora el umbral hacia mi existencia real.

El tren se hizo lento mientras se adentraba a la estación y yo miré a través de la ventana. ¿Estaría Albert realmente ahí, esperándome? Mi carta explicaba la hora de mi llegada, pero dada su propensión a la impuntualidad, no me atrevía a pensar que estuviera esperándome. Ya me había preparado para esperar con una taza de café en la estación hasta que llegara.

Al ver la estación abovedada, amplia y airosa, mis sospechas se volvieron ciertas. Me saludaba sólo una plataforma vacía con un café igualmente vacío. Nadie más parecía estar ahí a esa hora, además de un vendedor sentado en la ventanilla de los boletos.

Pero luego, en el otro extremo de la estación, vi una figura. Aguzando la vista a través del vapor que llenaba la estación, reconocí la distintiva silueta de Albert. Tomé mis bolsas y caminé por el largo pasillo del tren hacia la puerta más cercana a él. Cuando el tren finalmente se detuvo, salté hacia sus brazos, que estaban aguardándome. Me levantó y me dio vueltas en el aire.

Bajándome al suelo, susurró en mi oído:

—Mi corazón está palpitando. He esperado tanto tiempo este momento.

Estabilizándome del mareo, lo vi a los ojos y dije:

—También yo.

Quitando las bolsas de mis hombros, las puso sobre los suyos.

—Vamos, mi pequeña hechicera, tengo mucho que enseñarte.

Serpenteamos por las calles de Como que apenas despertaban. Tomé su brazo y me guio por las calles de piedra y al *duomo* del siglo quince que se alza por encima de la ciudad. Caminando sobre las baldosas en blanco y negro de la nave central, Albert me llevó hacia dos descoloridos e intricados tapices de Flemish y hacia tres hermosas pinturas de Bernardino Luini y Gaudenzio Ferrari.

—Estas pinturas de *la Virgen con Niño* son exquisitas —con las cejas arqueadas hacia su dirección pregunté—. ¿Pero cómo sabías que estaban aquí?

—Llegué ayer en la tarde para poder planear nuestro día de hoy. Quería asegurarme de que tengamos unas vacaciones perfectas —sus ojos se arrugaron en las esquinas mientras sonreía por el éxito de la planeación, nada característica de él—. También sondeé el mejor café en Como, que seguramente necesitarás ahora después de tu noche en un tren, Dollie.

Apreté su brazo.

—Pensaste en todo, Johnnie.

Mientras sumergíamos nuestro pan en tazas de café hirviendo, Albert describía nuestros planes. Caminaríamos por las calles de Como hasta el mediodía, cuando tomaríamos un barco hacia Colico, y haríamos un viaje de tres horas hacia el extremo norte del lago. Pero bajaríamos a medio camino en un pequeño puerto de pesca de Cadenabbia, donde visitaríamos la Villa Carlotta, que era famosa por sus jardines de catorce acres.

No hizo mención de dónde pasaríamos la noche, y yo no pregunté. Estaba tan emocionada como asustada de lo que la tarde podría traer. Su promesa se cernía sobre nosotros como un postre anticipado pero desconocido.

Después de una mañana entera mirando los artículos de lujo en los escaparates de Cosmo —la gente rica de Milán había empezado a inundar las orillas del lago Cosmo—, nos subimos al bote. Las olas golpeando los lados parecían de un azul imposible bajo el brillo del sol, y pronto hizo tanto calor que tuve que quitarme el abrigo. Con el brazo de Albert rodeándome y los rayos de sol en mi rostro mientras veíamos pasar la línea de antiguos castillos a orillas del lago Como, casi me sentí ronronear. Nunca antes habíamos sino tan descuidados o libres para mostrar nuestros sentimientos.

Los jardines de Villa Carlotta no decepcionaron. Después de cruzar lo que parecían interminables escaleras y pasamanos de mármol, llegamos al paisaje caleidoscópico de verde verdoso, rojo y rosa y conmociones de amarillo desenfrenados. Más de quinientas especies de arbustos y cincuenta variedades de azaleas y rododendros competían por nuestra atención. Incluso las copiosas esculturas de Antonio Canova no podían compararse con el esplendor de toda esta naturaleza.

Me incliné hacia una de las flores magnolias para respirar su esencia cuando un guardia se apresuró a llegar a mi lado. «Non toccare!» me advirtió. No tocar.

Di un paso atrás y le dije a Albert:

—Son aún más hermosas porque no podemos arrancar una sola flor.

Con una sonrisa perversa respondió:

—Así es como me he sentido todos estos años respecto a ti. Mi flor intocable.

Reí. Uno de nosotros al fin había hablado del tema intocable.

—Espero que te sientas de la misma manera después de estas vacaciones —bromeé, y luego seguí caminando para examinar una azalea particularmente roja.

Había sido atrevida con Albert por años pero aun así me sorprendí a mí misma con el comentario. ¿Dónde había aprendido a ser tan coqueta?

El sonido de sus pasos se hizo más sonoro tras de mí y sentí sus brazos rodear mi cintura.

—No puedo esperar a esta noche —dijo, respirando en mi oído.

Mis mejillas enrojecieron y sentí una ola de calor esparcirse por todo mi cuerpo.

—Tampoco yo —susurré de vuelta y me eché a sus brazos.

Colico no era nuestro destino final.

Nos escapamos de la lúgubre ciudad costera al final de la ruta del bote, saltando en un tren para un viaje corto a Chiavenna. Aunque estaba oscureciendo sobre la villa y yo no podía verla en detalle, Albert me la describió como un lugar pintoresco y antiguo, establecido en un hermoso valle al pie de los Alpes. Antes la había visitado una vez, hacía muchos años, y quería regresar de la mano de su amada.

Su amada.

Cansados y hambrientos, salimos de la estación del tren y entramos a una pequeña posada que estaba a dos calles, que se encontraba en un edificio grande aunque un poco simple. Albert abrió la pesada puerta de roble y se presentó con la recepcionista, una mujer mayor y demacrada que estaba sentada en un escritorio en la entrada.

—Mi esposa y yo buscamos una habitación para esta noche, si es que tiene alguna disponible.

Casi reí con el sonido de las palabras «mi esposa», pero cuando pensé en las tareas que venían junto con el rol, guardé silencio. De pronto estaba nerviosa.

La recepcionista lo miró. No era la bienvenida que había anticipado.

—¿De dónde son?

—Suiza.

—Tú no pareces suiza. Y tú no suenas como suizo —le respondió.

Albert me dirigió una mirada curiosa; ¿por qué estaba tan interesada esta mujer en nuestra nacionalidad? Esta región estaba repleta de turistas de toda Europa.

—Lo siento, me preguntó de dónde somos. Nosotros venimos de Suiza. Pero yo soy originario de Berlín —Albert no le ofreció que viera sus papeles de nacionalidad porque aún estaba entre dos países. A pesar de la cultura militar que prevalecía en su hogar, Berlín, Albert había renunciado a su nacionalidad y estaba esperando a tener en orden sus papeles suizos.

—Tampoco te ves alemán. Pareces judío.

Los ojos de Albert adquirieron una expresión de enojo que sólo había visto una vez antes, en una discusión con el profesor Weber.

—Soy judío, ¿tiene un problema con eso?

—Sí. Aquí no hay habitaciones para judíos.

Tomamos nuestras maletas y azotamos la puerta detrás de nosotros.

—Albert, lo siento mucho… —intenté suavizar las cosas mientras caminábamos hacia otro establecimiento.

—¿Por qué te disculpas conmigo, mi dulce Dolly? El antisemitismo es una parte fea de mi mundo. Sólo lamento que hayas tenido que experimentarla de primera mano.

—Johnnie, si es parte de tu mundo, entonces es parte del mío. Lo enfrentaremos juntos.

—Soy muy afortunado de tenerte conmigo —dijo sonriéndome.

Llegamos a otra posada. Era blanca y con vigas de madera que servían tanto para soportarla como de ornamento; parecía una posada tradicional de la región. Con precaución, Albert abrió la puerta principal. Adentro predominaba una recepción bien aseada y cálida. Había algunas mesas vacías frente al crepitar del fuego y antes de que pudiéramos pedir que nos atendieran, una mesera se acercó a nosotros.

—*Würden Sie ein Bier?* —preguntó.

Una cerveza nunca antes había sonado tan tentadora. Aceptamos y tomamos asiento en unas sillas. Sin que nos diéramos cuenta, yo había bebido varias jarras de cerveza antes de que nuestra cena de *Wurst und Spätzle* llegara. Nos reímos de las aventuras del día y, de algún modo, las bromas de Albert me parecieron más divertidas y sus reflexiones científicas más profundas que nunca. Se disculpó un momento, y se levantó de la mesa, de pronto me di cuenta de que estaba ligeramente mareada. Y nada nerviosa sobre lo que la noche podría traernos. Tomé otro sorbo de cerveza.

Cuando volvió tenía una llave vieja en la mano y nuestras maletas no estaban.

—¿Terminaste, Dollie? —preguntó mientras me extendía una mano.

Sin una sola palabra, puse mi mano en la suya y me levanté. Juntos subimos las escaleras hacia nuestra habitación. Cuando llegamos a la puerta con el número cuatro, Albert metió la llave y esta sonó al chocar contra la cerradura. La puerta no se movió. Miré hacia abajo y vi que sus manos estaban temblando.

—Dame, Johnnie, déjame intentar —dije. Deslicé la llave dentro de la cerradura y abrí la puerta hacia una habitación inmaculada donde brillaba un fuego crepitante, una pequeña terraza y una cama de cuatro postes. Una cama. Toda la cerveza me había hecho olvidarlo por un momento.

Me congelé. Sintiendo mis nervios, Albert me hizo verlo de frente.

—No tenemos que hacerlo, Dollie. Puedo pedir una habitación para ti.

Durante la pausa, las acusaciones de mi padre pasaron por mi cabeza junto con las de la madre de Albert y estuve a punto de pedirle una habitación separada. Casi.

—No, Johnnie. Quiero hacer esto. Hemos esperado demasiado tiempo.

Una garrafa de vino carmesí nos esperaba en una pequeña mesa junto al fuego. Albert se apresuró a llegar a ella y sirvió una copa de vino para cada uno. Incluso Albert, que rara vez tomaba alcohol, tomó con rapidez una copa del vino dulce. Levantó una segunda copa hacia la mía.

—Mi querida Dollie, esta noche es la primera de nuestras uniones. Pronto celebraremos nuestro matrimonio con el resto del mundo. Pero esta noche es nuestra ceremonia bohemia privada. Sólo para nosotros.

Había tomado la decisión correcta.

Me besó. Un largo, profundo beso sin la preocupación de ser interrumpidos. Me relajé con él, dejé que me envolviera. Sentía su lengua en la mía y su mano en mi cabello. Quitó el broche de mi cabello y los rizos cayeron sobre mis hombros. Lenta, muy lentamente desabotonó los pequeños botones de perla que cerraban mi vestido azul marino. Cuando cayó al suelo, lo escuché jadear.

De pie en ropa interior, me sentí horriblemente expuesta. ¿Estaba retrocediendo ante mis caderas desiguales? ¿De mi cuerpo deforme?

—¿Soy tan horrible? —susurré mientras me apresuraba a cubrirme el pecho con mi largo cabello.

—¡No! Dollie, eres hermosa.

Recorrió con un dedo las curvas de mi cuerpo, empujando mi cabello y deshaciendo lentamente los nudos de mi corsé. Temblé con la delicia de su tacto.

—Tus hombros de marfil, tu cintura minúscula, tu pecho lleno. Yo… yo nunca imaginé…

No estaba decepcionado. Estaba sorprendido. Me acerqué más a él, besándolo con desenfreno. Busqué a tientas los botones de su camisa y de sus pantalones; quería sentir su pecho y su cuerpo contra el mío. Por un largo momento sentimos nuestros cuerpos juntándose, sólo respirando. Y luego me llevó a la cama.

Durante nuestro último día, Albert preparó una sorpresa. Con sus manos sobre mis ojos, me llevó a caminar por las calles de Chiavenna. Me había acostumbrado a las esencias de nuestro pequeño cielo: los granos de café tostándose en nuestra cafetería local, el incienso especiado de la iglesia, los perfumes florales de una pequeña tienda de lujo… tenía una buena idea de por dónde caminábamos. Pero pronto entramos a un espacio cuyos aromas no reconocí de inmediato. Olí de nuevo. Era el aroma distintivo de un caballo.

Albert quitó sus manos de mis ojos. Estábamos en un establo. ¿Esta era mi sorpresa?

—Iremos a Splügen —anunció.

Apreté su mano con emoción. Habíamos hablado muchas veces sobre la idea disparatada de hacer un viaje a través del paso de las montañas entre Italia y Suiza, pero nunca habíamos tenido fondos suficientes para hacerlo.

—Ahora tengo un trabajo, no lo olvides —dijo con orgullo, respondiendo a la pregunta que yo no había pronunciado.

Lo abracé con fuerza, y luego, con la mano del cochero en mi codo, me senté en el pequeño trineo. Albert se acomodó junto a mí y el cochero nos puso encima una gruesa capa de pieles, mantas y chales. Se haría más frío conforme fuéramos ascendiendo.

—Estamos tan maravillosamente cerca… —susurré.

—Perfectamente cerca para un par de amantes —susurró de vuelta, pasando sus manos por mis piernas bajo las mantas. Temblé.

El cochero tomó su posición en un tablón en la parte posterior e hizo sonar el látigo. Los caballos comenzaron a correr, galopando alegres por los caminos de nieve que conducían a Splüga. El cochero parloteó sobre la historia del paso y las maravillas naturales que íbamos encontrando, pero Albert y yo sólo nos prestábamos atención entre nosotros. Durante horas nos abrazamos mientras viajábamos entre las largas galerías de camino abierto, viendo nieve y nada más que nieve.

—Es como una eternidad blanca —dije. Eternidad. ¿Descubriría algún día una verdad científica que tuviera un impacto tan duradero como la teoría de la eternidad?

—Hay suficiente calor bajo estas cobijas —Albert apretó sus brazos que me rodeaban—. Ayer fue maravilloso, Dollie. Cuando me dejaste ponerte en esa posición…

Me sonrojé al pensar en nuestra intimidad y me encogí entre mis brazos. Cada noche nos sentíamos más y más cómodos, y más atrevidos. Chiavenna se había convertido en el lugar de nuestra luna de miel bohemia.

—Creo que le daré al nuevo profesor Weber nuestro artículo —dijo Albert distraídamente. Estaba acostumbrada a sus cambios repentinos de conversación de lo íntimo al trabajo. Irónicamente su nuevo superior en la escuela de Winterthur también se llamaba profesor Weber.

—¿Cuál? —pregunté desde el hueco de su cuello donde me escondía. Habíamos hecho muchos artículos y teorías durante los últimos años, y el trabajo no era lo primero que pasaba por mi mente en aquel momento.

—El de la atracción molecular entre los átomos —respondió. El sonido lejano de su voz y la escasa fuerza con la que me abrazaba ahora me decían que su mente estaba en otro lugar.

—¿Conclusiones extraídas del fenómeno de capilaridad? —me enderecé. Habíamos investigado y escrito un artículo donde teorizábamos que cada átomo se relaciona con un campo de atracción molecular que está separado de la temperatura y forma en la que el átomo está químicamente ligado a otros átomos. Dejamos abierta la pregunta de si es que los campos están relacionados con las fuerzas gravitacionales y cómo lo hacen.

—Sí, ese.

Habíamos terminado ese artículo hacía un mes con la intención de enviarlo a una importante publicación de física. Publicar nos ayudaría a encontrar mejores trabajos.

—¿No se preguntará quién es la autora? ¿Señorita Marić?

Albert parecía incómodo.

—¿Te importaría si pongo mi nombre como el único autor? Espero que si el profesor Weber lo lee y queda impresionado, me ofrezca un puesto permanente de trabajo.

No respondí. La idea de ser excluida de mi propio artículo me molestaba; habíamos trabajado en él como iguales. Pero si sólo iba a enseñárselo al profesor Weber para impresionarlo y más tarde lo enviábamos a las revistas con los nombres de ambos, podía acceder. Lo que fuera para acelerar la habilidad de Albert para encontrar un trabajo permanente.

—Supongo que si sólo se lo das a él para que lo lea… —dije con la voz apagada. No creí que fuera necesario insistir en permanecer en la autoría para la publicación. Albert siempre pensaba en lo mejor para mí.

—Por supuesto, Dollie —dijo—. Sólo piensa en lo rápido que podríamos casarnos si consigo este trabajo.

Me acerqué para besarlo pero el cochero nos interrumpió.

—*Signor!* Hemos llegado a la cima del paso Splügen. ¿Les gustaría a usted y a la *signora* bajar para cruzar a pie la frontera? Muchos de mis pasajeros lo hacen.

—Sí —respondió Albert—. A mi *signora* y a mí nos encantaría cruzar Splügen a pie.

¿Splügen? No me importaba cruzar el Splügen en ese momento ni cómo lo cruzáramos. Era la *signora* de Albert.

Capítulo 17

31 de mayo de 1901
Zúrich, Suiza

—Señorita Marić, por favor preste atención a estos números. Esperaba mucha más atención a los detalles de parte suya —dijo molesto el profesor Weber. Estábamos revisando la investigación para mi disertación sobre la conductividad del calor, y nunca antes me había sentado tan cerca de él. Podía ver la precisión con la que había peinado su barba oscura y la rapidez con que enrojecía cuando estaba irritado o decepcionado. Era aún más intimidante en esta proximidad.

—Sí, profesor Weber —mientras murmuré lo que parecía ser mi centésimo «sí, profesor Weber» de la tarde, no pude dejar de pensar en que mi regreso a Zúrich desde Como se había sentido igual al descenso de los ángeles a la Tierra. Incluso Albert reiría ante aquella superstición sin sentido; el pasaje bíblico de Judas que mamá citaba constantemente se repetía en mi cabeza: «Los ángeles que no se aferraron a su propio dominio sino que desertaron de su propia morada, Dios los ha mantenido en las sombras…» Como ellos, yo había caído de las alturas de la felicidad a la oscura rutina de mis últimos días como estudiante en Zúrich, sólo con Weber como compañía. ¿Cómo podría estará satisfecha con el penoso trabajo de las cosas terrenales, y la indecencia de Weber, una vez que ya había probado el cielo?

—Y no piense ni por un segundo que por citar mi trabajo teórico sobre el movimiento del calor en cilindros metálicos puede adularme para tener un pase rápido —dijo su voz con un estruendo aún mayor.

—Por supuesto que no, señor —mi relación con Weber había cambiado desde que sus sospechas de mi relación con Albert fueron confirmadas una vez que Albert y yo, caminando de la mano, nos encontramos inesperadamente a Weber en el parque Universitätsspital, dos meses atrás. Dado que mi futuro profesional dependía casi enteramente de él, estaba intentando todo lo que se encontraba en mi poder para complacerlo. Obviamente, usar la información de Weber había sido un error. No ayudaba el hecho de que pasaba el día soñando con el viaje a Como, y que Weber tuviera que llamarme la atención.

—La investigación para su disertación es impresionante, pero si no puede realizar los cálculos con precisión, todo será para nada.

—Sí, profesor Weber —respondí con docilidad, casi a punto de llorar. ¿Por qué me ponía tan emotiva en su presencia? Pensaba que me había vuelto más fuerte hacia su figura después de tanto tiempo con él. Por alguna razón, me sentía más delicada que de costumbre.

¿Podía atribuirle esto a que Albert no podría visitarme el sábado? Tenía que quedarse para ayudar a algunos alumnos con dificultades durante sus horas libres del trabajo en el salón de clase, así que no podría salir de Winterthur. Tal vez sin el refuerzo que me proveía su compañía, me sentía más frágil al enfrentar a Weber y su lengua lasciva.

Aun así, mi vulnerabilidad me sorprendía. ¿Podría haber otra causa? Tal vez estar separada de Albert —y la inestabilidad de nuestro futuro juntos— me estaba golpeando más fuerte de lo que había anticipado.

Albert había sido libre de visitarme todos los sábados anteriores, y yo había sido toda nervios antes de su llegada el primer sábado después de que estuvimos en Como. Aunque sus cartas estaban llenas de afecto «Te amo, mi Dollie, y no puedo esperar para verte otra vez el sábado… Pensar en ti y el tiempo que pasamos juntos en el lago Como es la única cosa que anima mis días», me preocupaba que nos sintiéramos extraños después de nuestra intimidad. Aún con las restricciones a nuestro comportamiento en la pensión Engelbrecht y los cafés suizos, logramos volver a nuestras simples formas de afecto de antes. Y los siguientes sábados habían sido iguales.

Pero ahora estaba de vuelta a mis disertaciones y exámenes finales. Si prepararme para mi examen final estaba despojándome de mi emoción natural por la física, la investigación para mi disertación con Weber estaba matando cualquier esperanza de placer. ¿A dónde había ido mi exuberancia natural para la física? Alguna vez me había llevado a gravitar hacia los patrones con el fin de encontrar la llave que me abriría los planes de Dios para su gente y su mundo, una suerte de religiosidad mía. Ahora mismo, se sentía como un penoso trabajo sin Dios. No podía ver ningún grandioso diseño divino.

—Ahora, fijemos nuestra atención hacia la página dieciséis, donde he notado algunos cálculos descuidados. Basándome en este trabajo, asumo que está a muchos meses de completar la disertación, señorita Marić —me espetó Weber.

De repente me sentí violentamente enferma. Sin siquiera disculparme, corrí hacia el único baño de mujeres que había en el edificio, dos pisos arriba. Pensando que no llegaría a tiempo, abrí la puerta. Me arrodillé ante el retrete y vomité. Nunca en mi vida había estado tan enferma.

Cuando las arcadas finalmente pararon, me senté en el suelo. ¿Me habían servido algo echado a perder en el almuerzo? Sólo había comido pan tostado con jamón y una taza de té con leche. Ni siquiera había tocado los huevos hervidos. ¿Qué podía haberme enfermado de este modo? No podía ser sólo por las críticas de Weber.

Entonces algo se me ocurrió, algo que no sabía siquiera si podía ser posible. Hice algunos cálculos y jadeé.

Eran pocos días pero estaba segura. Después de todo, era una matemática y una física, incluso si Weber difamaba mis habilidades. Estaba embarazada.

Capítulo 18

2 de junio de 1901
Zúrich, Suiza

Caminé por la sala. La alfombra turca roja con azul ya no tenía un patrón definido y no pude dejar de pensar que mis paseos nerviosos de la última semana habían contribuido en gran medida a su deterioro. ¿Por qué tantos eventos de mi vida debían ocurrir en la sala de los Engelbrecht?

A diferencia del último sábado en que había visto a Albert, la ansiedad que ahora experimentaba no era de emoción anticipada. Era precursora de terror. ¿Qué iba a hacer Albert cuando le contara las noticias?

Cuando finalmente escuché sus pasos y vi sus ojos en la puerta, mi ansiedad se desvaneció por un momento. Quería correr a sus brazos. Por la forma en que abrió los brazos instintivamente, supe que él quería lo mismo. Sólo la señora Engelbrecht y su manera juiciosa de mirarnos nos detuvo.

En vez de eso, intercambiamos una reverencia política mientras ella seguía en la sala, asegurándose de la decencia de nuestra reunión. Bajo la sombra del bigote de Albert pude ver un gesto de hartazgo y tuve que reprimir una sonrisa.

La señora Engelbrecht usualmente permanecía sin decir una sola palabra pero debía verme penosamente enferma porque preguntó:

—¿Está usted bien, señorita Marić? ¿Debería pedirle a la sirvienta que traiga algo de té para devolverle el color a su cara?

—Eso sería perfecto, señora Engelbrecht. Muchas gracias por su amabilidad.

Abandonó la habitación y escuché a Albert exhalar. No muchas personas lo asustaban, pero había algo en la firmeza teutónica de la señora Engelbrecht que lo ponía ansioso.

Tomó mi mano; no se atrevería a abrazarme hasta que la sirvienta hubiese traído el té y la señora Engelbrecht se hubiera ido definitivamente.

—Oh, Dollie, dos semanas es demasiado tiempo.

—Lo sé, Johhnie. Han sido días terribles.

—Mi pobre gatita. Prepararte para tus exámenes y lidiar con Weber son tareas terribles, lo recuerdo perfectamente —dijo con empatía.

—Ha sido más que eso, Albert.

Él acarició mis dedos.

—Lo sé, Dollie. Después de Como es extraño estar lejos. Sin ti no tengo vida —estiró el cuello para asegurarse de que no había nadie en el pasillo fuera de la sala y me besó.

La sirvienta, cuyo nombre nunca me molesté en recordar, ya que parecía que había una nueva cada semana, entró con una bandeja de té. Albert y yo nos sentamos en el sillón y esperamos expectantes a que terminara de acomodar la tetera azul cerúleo, las tazas y el azúcar, y a que sirviera el té. Mi corazón latía más fuerte conforme pasaban los minutos pero la sirvienta no se iba. Me pregunté si la señora Engelbrecht le había ordenado que nos vigilara.

Finalmente, Albert cansado de la presencia de la sirvienta e invitándome a levantarme, susurró:

—Vamos, he tenido suficiente de esta prístina prisión. Necesitamos la naturaleza con toda su libertad.

Tomados de los brazos, caminamos hasta el parque Universitätsspital. El aire estaba limpio y fresco, el sol brillaba de forma agradable y por primera vez en días, me sentí bien. Pasamos por las puertas del parque y me solté de Albert para admirar una aquilegia alpina especialmente morada.

Me agaché para olerla y sentí las manos de Albert en mi cintura. Susurró en mi oído:

—Ya no es intocable, mi pequeña granuja.

Me sonrojé.

Volvimos a tomarnos de los brazos mientras Albert me hablaba sobre su semana enseñando. Después de enumerar los retos de dar clase a chicos de preparatoria, su plática se enfocó en su investigación privada —experimentos del pensamiento, los llamaba— en termoelectricidad. Usualmente desarrollábamos proyectos juntos, pero mis disertaciones y los exámenes me demandaban demasiado y lo hacían imposible en ese momento.

—No estoy satisfecho con mi teoría, Dollie.

—¿Por qué, Johnnie?

—Como ya sabes, partes de ella recaen en Drude. Pero he encontrado errores en el texto de Drude. ¿Cómo puedo publicar un artículo si la investigación sobre la que se basa está llena de errores?

Describió los problemas que identificaba en el trabajo de Drude y me pidió mi consejo. Pensé por un momento.

—Bueno, tal vez si le escribes a Drude y le señalas sus errores, podrías sentirte más cómodo compartiendo tus teorías. Podrías incluso forjar una alianza muy útil con él si le escribes con suficiente tacto. De un admirador de la física a otro, ese tipo de cosas.

—Es una idea maravillosa, Dollie. Es un movimiento arriesgado, pero somos bohemios arriesgados, ¿no es así?

Sonreí; amaba hacer feliz a Albert. Especialmente cuando estaba a punto de compartirle noticias inquietantes.

—Sí, lo somos.

Caminamos en silencio durante un momento. ¿Era este el momento preciso para hablar de mi embarazo? Tartamudeé y perdí el coraje. En su lugar le pregunté sobre algo que me había estado molestando desde Como.

162

—¿Compartiste nuestro artículo con el profesor Weber de Winterthur? —enfaticé *nuestro* artículo; quería que Albert recordara que le había dado permiso de quitar mi nombre de la autoría, pero sólo para ese propósito.

—Sí, sí —respondió distraídamente.

—¿Qué dijo sobre nuestras teorías del fenómeno de la capilaridad?

—Estaba muy interesado —dijo, y luego volvió a sus reflexiones sobre termoelectricidad. No insistí en el tema. Albert era un tren imparable una vez que se había embarcado en una idea específica, y no había manera de sacarlo de la termoelectricidad. Constantemente decía que dado a que el poco dinero de su familia provenía del negocio eléctrico que su padre había fundado y que había durado muy poco, sería apropiado si él era quien descubría los secretos científicos sobre cómo funcionaba la electricidad en realidad. Era alentador verlo feliz y comprometido después de sus largos meses de preocupación y mal humor.

Odiaba arruinarlo. Pero no tenía opción.

Nos detuvimos en el Café Metropole, asegurando una mesa en la calle, suficientemente apartada del resto. Albert estaba encantado de volver a nuestro lugar favorito ahora que tenía el trabajo que era la armadura necesaria contra cualquier conocido con el que nos pudiéramos cruzar. Antes de que pudiera decir nada, Albert llamó a un mesero que conocíamos: «Dos *Milchkaffe* por favor, Heinrich».

En el momento preciso en que el mesero puso las tazas en la mesa, Albert pagó ambos con orgullo. Las cejas de Heinrich se arquearon con sorpresa —Albert nunca antes había tenido suficiente dinero para pagar mi café también— pero no dijo nada. Chocamos nuestras tazas para brindar.

—Desearía que pudiéramos perseguir una maravillosa vida juntos de inmediato, pero entre mis padres y el hecho de que sólo pude conseguir un trabajo temporal, el destino parece tener algo contra nosotros, Dolly.

—Lo sé, Johnnie. Es injusto.

Albert bajó su taza y acarició mi mejilla.

—Mi amor, esta espera sólo hará las cosas mejores cuando los obstáculos y las preocupaciones hayan sido superados. Nuestra suerte cambiará pronto.

—Nuestra suerte no puede cambiar tan pronto como es necesario —Albert, por supuesto, no tenía idea de cuán rápido yo necesitaba que cambiara nuestra suerte.

Sonrió.

—Tengo algunas buenas noticias para ti. Es un secreto que te he estado ocultando.

Su sonrisa presumida me indicaba que no lo decía en serio, y pretendí hacer pucheros.

—Prometimos nunca tener secretos entre nosotros —a pesar de que durante toda una semana yo había tenido mi propio secreto.

—Este es un secreto que te gustará, mi hechicera —hizo una pausa antes de continuar—. Además del prospecto en Berna que sugirió Marcel, Michele Besso tiene otro posible trabajo para mí.

Al demonio las etiquetas de propiedad. Me incliné sobre la mesa para besarlo en la mejilla. La posibilidad de un puesto proviniendo de un buen amigo como Michele Besso prometía mucho más que cualquier otra solicitud de empleo que Albert pudiese haber mandado a las universidades de toda Europa. Tal vez nuestra suerte en verdad estaba cambiando.

Este era el momento.

—También yo tengo noticias. Aunque quizá no te gusten tanto como a mí me gustan las tuyas —dije con la voz temblorosa.

—No es otra oferta de trabajo, espero. Confieso que sería un poco humillante que tú consiguieras una oferta de trabajo tan fácilmente cuando yo he luchado tanto. No significa que no estaría orgulloso de mi Dollie, por supuesto —esta referencia al trabajo que había rechazado en Zagreb me hizo recordar de nuevo mi sacrificio. Esperaba no tener que hacer más, pero con mi condición actual las cosas se complicaban. El sacrificio podría estar a la orden del día.

—No, no es eso —¿Cómo debía decirlo? ¿Qué palabras suavizarían el golpe?

—¿Entonces qué es, gatita? —preguntó acercándose.

Me acerqué también para poder susurrar en su oído «estoy embarazada».

Como una serpiente amenazada, se alejó de mí, echándose hacia atrás en su silla.

—¿Estás segura?

—Lo estoy. Es resultado de Como.

Se pasó los dedos entre el cabello. Entonces, en vez de tomar mi mano como había esperado, sacó su pipa del interior de su saco.

—¿Qué debemos hacer, querida? —dijo finalmente.

Debemos. Nosotros. La mención del «nosotros» no era una oferta inmediata de matrimonio, este embarazo iba a ser nuestro problema, no sólo mío. Era un alivio inmenso.

—¿Tú qué piensas que debemos hacer, amor? —pregunté de vuelta, cuestionándome qué diría.

Caló su pipa por una cantidad interminable de tiempo. Luego de soplar un gran aro de humo, finalmente tomó mi mano y me miró.

—Dollie, no estoy seguro de cómo vamos a manejar esto exactamente, pero quiero que seas feliz y no te preocupes mientras busco una solución. Sólo tienes que esperar.

¿Esperar? Había esperado durante tanto tiempo que no podía recordar cuándo había sido la última vez que había tenido el lujo de la impetuosidad. Había esperado cerca de un año para que Albert asegurara un trabajo y que pudiésemos casarnos, y eso era *antes* de quedar embarazada.

—No estoy segura de tener abundancia de tiempo, Johnnie —dije en el tono más calmado que pude. Sabía lo mal que Albert reaccionaba a las presiones.

Pasó su mano discretamente por mi abdomen y preguntó:

—¿Cuándo llegará el niño?

—¿El niño? —reí con su suposición.

—Sí —sonrió—. Nuestro pequeño Jonzerl —pequeño Johnnie, en efecto—. ¿O Hanzerl? —reí con su manera de pronunciar el diminutivo de Hans.

—¿Y no una pequeña niña? ¿Una Lieserl? —bromeé, sugiriendo un diminutivo para Elizabeth. Había estado pensando en una niña. Se sentía bien estar riendo con él.

—Ya veremos, supongo.

—Estimo que él o ella llegará en enero.

—Enero —sonrió—. En enero seré papá. Eso está a muchos meses de distancia, Dollie. Para entonces te prometo que tendrás una boda y una casa propia. ¿Puedes ver cuán maravilloso será estar en nuestra propia casa, sin interrupciones en nuestro trabajo y sin la señora Engelbrecht sobre nosotros? Podremos hacer todo lo que queramos —dijo con una sonrisa ligeramente distinta. Una atrevida.

¿No entendía que yo no podía esperar hasta enero? Si había alguna esperanza de que yo trabajara cuando pasara mi examen en julio, necesitaba estar casada *ahora*, antes de mis exámenes y antes de que mi embarazo se volviera visible. Ningún embarazo ilegítimo podía opacar mi nombre. Mi reputación personal no podría sobrevivir y entonces no tendría esperanza de forjar una reputación profesional. Todos estos años de trabajo duro —y el apoyo de papá— para crear una vida de ciencia desaparecerían en un instante. Incluso si nos casábamos inmediatamente y el bebé nacía en lo que podría parecer el tiempo normal, aún tendría que enfrentar las críticas y reticencia si decidía perseguir mi carrera siendo madre. ¿Y qué era todo eso de trabajar sin interrupciones en nuestra «propia casa»? ¿Qué paz creía que tendríamos con un bebé? Recordaba perfectamente el ruido y trabajo que había seguido a los nacimientos de Zorka y Miloš. Un bebé no traería nada sino alboroto.

166

Quería gritar. ¿No podía ver Albert que mi mundo se estaba haciendo pedazos? Sentía náuseas y no eran por el bebé.

Pero no le dije ninguna de todas las cosas que pensaba. Albert me valoraba como una pareja fuerte e independiente. No era momento de reducirme a una filistea débil como las mujeres de su familia. No podía arriesgarme a alienarlo de ninguna manera. ¿Y si decidía dejarme? Todo estaría perdido.

En lugar dije:

—¿Un hogar propio? ¿Donde nadie nos moleste? Johnnie, eso casi hace que mis preocupaciones sobre la reacción de nuestros padres y mi miedo sobre mi profesión se evaporen.

—Dollie, todas las cosas que queremos, trabajos, matrimonio, un hogar, las tendremos en el futuro. Te lo prometo —dio un sorbo a su café y siguió hablando—. Tengo que contarte un desarrollo emocionante que logré esta semana.

—¿Sí? —quizá serían más ofertas de trabajo.

—Sí, tuve una mañana libre esta semana para leer el *Annalen der Physik* de Wiedemann con detalle. ¿Puedes creer que, en su texto, encontré la validación para la teoría de los electrones? —dijo con los ojos brillando.

¿Cómo podía pensar que en un momento como este quería escuchar sobre sus estudios efímeros en vez de sus prospectos de carrera? ¿Esperaba que me comprometiera con él a pesar del discurso sobre la vida que me estaba mostrando ahora?

Me escuché decir, como si estuviera mirándome desde afuera «qué emocionante». Mi tono debió de ser muy distinto a mis palabras porque Albert detuvo su monólogo. Se llamó a sí mismo desde las profundidades de su mente y me miró. Realmente me miró. Y por un segundo se vio a sí mismo.

—Oh, Dollie, lo siento mucho. Quiero que estés libre de presión respecto a esto. Te prometo que seguiré buscando cualquier tipo de trabajo permanente y aceptaré lo que sea. Sin importar qué tan inferior sea. Tan pronto como haya asegurado un trabajo, nos casaremos sin molestarnos siquiera en decirles a nuestros padres hasta que ya esté hecho. Cuando tus padres y los míos tengan esta certeza, tendrán que aceparlo.

—¿En verdad? —Finalmente estaba diciendo las palabras que estaba desesperada por escuchar, aunque se encontraba demasiado enfocado en la reacción de nuestros padres. En este punto yo necesitaba las armas del matrimonio más que cualquier aprobación paternal. Ya sabía cuánto odiarían sus padres estas noticias; su madre me odiaba.

—De verdad. Viviremos la vida bohemia que siempre hemos soñado, trabajando juntos sobre nuestras investigaciones en nuestra propia casa —sus ojos mostraron profundas arrugas en las esquinas cuando me sonrió ampliamente—. Sólo que con un pequeño niño en el regazo.

Cerré los ojos y dejé caer mi cabeza sobre su hombro. Y por un indulgente momento me dejé envolver por el maravilloso sueño de Albert.

Capítulo 19

20 de agosto de 1901 y del 7 al 18 de noviembre de 1901
Kać, Serbia, y Stein am Rhein, Suiza

Albert falló una y otra vez para conseguir un trabajo permanente luego de que su tiempo en Winterthur terminó, y no tuvimos otra opción que decirles a nuestros padres sobre nuestra situación. Después de todo, estaríamos viviendo bajo sus techos durante los meses siguientes. Yo tendría que regresar a Kać con mis padres; había terminado los exámenes y mientras esperaba los resultados, que sabía serían terribles, no podía permanecer en Zúrich para trabajar en mi disertación mientras mi embarazo se hacía más evidente. Albert, que no tenía sustento económico, tuvo que volver con sus padres, que estaban de vacaciones en Mettmenstetten en el Hotel Paradise. El hecho de que él estaría en el paraíso mientras yo enfrentaba el infierno en el Chapitel me amargaba la vida.

La angustia de papá en cuanto al bebé era mucho peor que cualquier furia que pudiera haber descargado sobre mí. Cuando le expliqué todo, sus hombros se hundieron y lloró por tercera vez en mi vida. «Mitza, ¿cómo pudiste?». No necesitaba decir en voz alta lo que estaba pensando: que había labrado para mí un camino a través del salvaje mundo masculino de la ciencia y las matemáticas y yo lo había tirado a la basura. Había decepcionado a toda mi familia.

La decepción de papá cuando llegaron los resultados de mis exámenes no era nada en comparación. Inmediatamente después de compartir las noticias de mi embarazo, lo había preparado para que recibiéramos la calificación reprobatoria de mis exámenes finales. Le dije lo duro que había estudiado pero lo enferma que me había sentido en los días y semanas previos a los exámenes orales: las náuseas a todas horas, el vómito, los mareos que llenaban mis días y mis noches, que empeoraban por la dificultad de apretar mi corsé. Le expliqué cómo tuve que salir corriendo a media pregunta para no vomitar enfrente de mis examinadores, entre los que estaba el profesor Weber. Las descripciones que le hice a papá no importaron, y tampoco las calificaciones una vez que llegaron. Él sabía que todos mis sueños profesionales se habían perdido para siempre en el momento mismo en que me embaracé; reprobar los exámenes era una derrota secundaria. Incluso poner al bebé en adopción, como reiteradamente sugería papá, no podría restaurar mi honor ni mi carrera.

Mamá sólo estaba preocupada por el perdón de mi alma. Todos los días había una hora de ruegos a la Virgen María pidiéndole que perdonase mi pecado, aunque detecté un atisbo de vulnerabilidad cuando mamá me preguntó cómo me sentía. Mencionó que era extraño para una mujer con mi condición de cadera quedar embarazada e incluso mucho más raro dar a luz sin riesgos. Se agregaron nuevas plegarias por mi salud y la salud del bebé, pero su cabeza miraba siempre hacia abajo con el peso de la vergüenza.

Sólo la carta de los padres de Albert suavizó la forma en que me trataban mis propios padres. «Puta», escribían en su carta. Aunque las firmas de ambos aparecían al final de la carta, yo sabía que la autora era ella. El señor Einstein era demasiado suave para tales injurias.

Me llamaban de todas las formas. Hacían todo tipo de acusaciones llenas de odio. Palabras que yo no me atrevería a decir en voz alta y mucho menos a escribir para la madre de mi nieto.

—Esta carta no es sólo ofensiva sino insensible —dijo papá después de un momento de furia en el que golpeó sillones y pateó las paredes. Una sonrisa torcida apareció en su rostro aún rojo de furia—. ¿Quién querría «amarrar» a un estudiante de física desempleado?

No pude más que reír. Tenía razón. En efecto, Albert no valía un céntimo. Este fue el único momento de risa en mis días de miseria.

—Si la madre de Albert cree que permitiremos que nuestra hermosa hija serbia se case con el canalla de su hijo, está perdidamente equivocada —anunció papá, y se sentó a escribir una respuesta. Papá prefería que diera en adopción o que criara sola a este hijo ilegítimo, sin importar cuánto daño pudiera hacerle a mi posición o a la reputación de la familia, que seguir relacionándonos con la familia de Albert.

Pensaba que yo estaría mejor sin él.

A Helene le confesé todo: el embarazo, mis dudas sobre el compromiso de Albert, los conflictos con nuestros padres. Le escribí acerca de la madre de Albert: «¿Cómo este mundo puede contener personas tan abominables? ¡Parece que su único propósito es arruinar tres vidas: la mía, la de su hijo y la de su nieto!». Únicamente Helene mostró compasión por mi situación en vez de ira o preocupación o miedo por mi alma.

Conforme pasaban las semanas y Albert no viajaba hacia Kać, todo se volvió lástima para mí. Escuchaba las conversaciones de mis padres «pobre Mitza» y suspiros de tristeza; sabía que mis padres habían esperado este tipo de rechazo hacia mí desde que nací. Su lástima se abrazó a mí como los tentáculos de un calamar gigante que me hacía imposible respirar. A veces sentía que no podía soportar un minuto más.

Después de tres meses de alternar decepción, angustia y lástima, necesitaba salir de Kać. En noviembre planeé un viaje a Zúrich alegando que había una oportunidad de salvar mi disertación con Weber. Dudé que papá me creyera —incluso con el corsé muy apretado era difícil esconder el bulto en mi vientre y resultaba absurdo que pudiera obtener mi doctorado habiendo fallado en mi trabajo como estudiante de pregrado—, pero me dejó ir e incluso me dio dinero para el viaje. Iba, por supuesto, hacia Albert. Él era la luz que buscaba, el bálsamo para mis heridas.

El letrero rojo que anunciaba Schaffhausen pasó tan rápido por la ventana del tren que casi me lo pierdo. Estiré el cuello para ver la ciudad fortaleza del siglo once que Albert había descrito tanto en sus cartas. No pude ver las calles de piedra ni el reloj en la torre astronómica, sólo el espeso bosque que la rodeaba. Me pregunté si aquellos bosques de Schaffhausen era donde Albert vivía y preparaba a los jóvenes para los exámenes Matura. Se trataba de un trabajo temporal, el único que había conseguido después de que su trabajo en Winterthur terminara en agosto.

No podía arriesgarme a bajar del tren para averiguarlo. No en mi condición. Si alguien de su trabajo nos veía juntos, la marca en su reputación podía afectar su trabajo. No podíamos permitirnos que eso sucediera.

No, esperaría en el tren hasta la siguiente parada. Había decidido bajar en Stein am Rhein, la ciudad más cercana a Schaffhausen, al norte. Planeaba escribirle a Albert sobre mi visita sorpresa desde ahí. No había ido a verme a Kać para explicar nuestra situación a mis padres como le había pedido —su paga era de ciento cincuenta francos al mes, y afirmaba que no podía pedirle a sus padres el dinero—, así que yo viajé hacia él.

Desde mi habitación en el Hotel Steinerhof en Stein am Rhein, le envié a Albert unas flores y una nota anunciando mi llegada. Luego me acomodé en una tranquilidad dichosa, con el vientre libre del corsé y leí sin la interrupción ni condena de mis padres. Y esperé.

Durante todo un día esperé sin recibir respuesta de Albert. Me puse frenética. ¿Qué podía estar demorando tanto su respuesta?

¿Podía ser que no estuviera en casa? ¿O que estuviera enfermo? Tal vez era culpa del sistema de correo. Envié otra carta.

Esta vez la respuesta no tardó en llegar. Sin mención a mi primera carta, Albert expresó su sorpresa y deleite pero dijo que no podía visitarme en ese momento. Se escudó con dos motivos: el primero era que su primo Robert Koch había ido a visitarlo y que Robert había perdido el boleto de regreso a casa, así que estaba esperando dinero de su madre para comprar otro, y por lo tanto su día de vuelta era incierto; el segundo era que el mismo Albert no tenía un solo franco de los ciento cincuenta que le habían pagado y no podía, por tanto, comprar un boleto hacia Stein am Rhein.

La carta terminaba con muchos «amada» y «dulce hechicera», pero sus apodos no podían calmarme. ¿Pensaba que sería comprada tan fácilmente? ¿Cómo se atrevía a no llegar de inmediato? ¿Su madre lo había convencido al fin? Entendía el problema con su primo —no quería que ninguna de nuestras familias supieran de mi visita—, pero ¿el dinero? Su amada había viajado embarazada por dos días enteros para visitarlo ¿y él no podía permitirse treinta francos para hacer un viaje corto en tren? Ciento cincuenta francos al mes no era mucho, pero administrados con cuidado, debía de tener ya una cantidad considerable para empezar un hogar en Zúrich. Un boleto de tren no debía de ser problema.

Con la nota venían varios libros de Albert, según él para mantenerme ocupada hasta que llegara su visita. Intenté centrar mi atención en un texto de psicología de Auguste Forel, director de la famosa clínica Burghölzli en Zúrich, pero no lo logré. Especialmente cuando el día designado para la visita llegó otra carta, rogándome que esperara de nuevo. Culpó al trabajo, a su primo, a las finanzas, a todo menos a él mismo.

Esta vez no controlé mi enojo. Si él no podía juntar dinero ni tiempo para visitarme a una sola parada de tren de distancia cuando yo había atravesado países enteros por él, ¿qué tipo de compromiso podía en verdad esperar de su parte? Le envié una nota dándole tres días para visitarme. Tenía tres días para que se me terminara el dinero.

Pero Albert nunca llegó. Esperé en vano hasta que ya no pude permitirme pagar el Hotel Steinerhof. Diez días después de mi llegada, volví sola a Kać.

El viaje no había ayudado a curar mis heridas sino a hacerlas más grandes. Parecía que iba a enfrentar sola el embarazo, justo como mis padres temían.

Capítulo 20

27 de enero de 1902
Kać, Serbia

Grité. Mientras mamá secaba mi frente escuché gritos guturales en la habitación. ¿Había alguna criatura en el cuarto de parto con nosotros? Seguramente así era, no podía ser yo la que producía esos sonidos. Los gritos sí, pero no aquellos sonidos desesperados, animales.

— ¿Qué es ese sonido, mamá? —pregunté con la voz ronca de tanto gritar.

Mamá me miró extrañada.

—Mitza, el único sonido aquí viene de ti.

¿Cómo podía esa ser mi voz? ¿Cómo podía este ser mi cuerpo?

Me golpeó otra ola de dolor. Apreté la mano de mamá mientras la partera, la señora Konaček me revisaba de nuevo. Intenté respirar y calmarme como me había dicho, pero mi cuerpo convulsionaba con cada sensación de puñalada. ¿Cuándo iría a terminar?

—Ya falta poco —anunció la señora Konaček.

¿Poco? Había estado en trabajo de parto durante dos días. No podía soportar mucho más tiempo. La señora Konaček me había advertido que con mi condición de cadera el parto sería inusualmente lento. Estaba muy cansada pero el dolor no me dejaba dormir.

Miré a los ojos a la partera; ella nos había recibido a mis hermanos, hermanas y a mí, a los vivos y a los muertos.

—Piensa en algo agradable mientras tu madre y yo salimos para traerte agua fresca —dijo dándome una palmada en la mano.

¿Algo agradable? Alguna vez la distracción agradable habría sido Albert. Sin embargo, después de Schaffhausen, mi desconfianza hacia él era tan profunda que no había lugar para aquel inocente placer. ¿Cómo pude tener fe en un hombre que no era capaz de hacer un viaje corto en tren para verme en Stein am Rhein cuando yo había viajado por tantos países para verlo? No importaba que las cartas que me envió después de aquella vez —cartas que no respondí durante semanas— tuvieran noticias de un trabajo que pronto llegaría como examinador de patentes en Berna, el trabajo que el señor Grossman había mencionado en el café Sprüngli, las noticias que alguna vez había esperado tanto. Entendió mi silencio e intentó tranquilizarme profesando su amor por mí y preguntándose si el cartero habría perdido mis cartas, pero sus palabras vacías no me daban confianza. Alguna vez sus palabras habían sido suficiente, ahora necesitaba acción.

Yo hubiera insistido en que mi silencio continuara gritando sin palabras mi decepción y enojo, de no ser por mamá. En el otoño, cuando todos los demás regresaron a Novi Sad, ella y yo nos quedamos en el Chapitel para el nacimiento del bebé. Era la elección más segura, ya que aún no habíamos decidido su futuro. Dejamos que una sola sirvienta en la que confiábamos nos atendiera, en un esfuerzo por hacer que las lenguas de Kać no hablaran y por lo tanto, mamá y yo estuvimos solas durante un largo tiempo, por primera vez en mi vida.

Para mi sorpresa, encontré tranquilizadoras sus rutinas domésticas, y pronto establecimos un calmado orden a nuestros días. Yo la seguía por la casa mientras ella cambiaba las sábanas, limpiaba los suelos, tendía la ropa y preparaba las comidas. Todo el trabajo doméstico del que papá me había protegido mientras me alentaba a perseguir una vida profesional, una vida de la mente y no de un ama de casa, lo aprendí por primera vez como una mujer de veinticuatro años. A pesar de todo, mamá nunca me avergonzó, en vez de eso, con cariño y respeto me inició en las competencias tradicionales de una mujer.

Fue en una tarde pacífica, mientras estábamos sentadas frente al fuego después de preparar un guisado para la cena, cuando mamá se percató del montón de cartas de Albert y el hecho de que yo no había respondido ninguna.

—¿No vas a responderle, Mitza? —me preguntó.

La miré sorprendida. Mamá nunca había hablado conmigo de Albert ni del futuro. Existíamos en una burbuja del presente, creando un santuario en una casa que no había sido pensada para servir de retiro de invierno.

—No, mamá.

—Entiendo tu enojo, Mitza. Albert es el que te guio hacia el pecado, y sin embargo tú debes llevar sola la carga de eso. Pero por favor, no encasilles a tu hijo en ese pecado si tienes la oportunidad de darle una familia adecuada: una madre y un padre.

Seguí mirándola, con la boca abierta. Su consejo contradecía totalmente el de papá de romper con Albert.

—No sé si puedo hacer eso, mamá. No después de que nos fallara en venir a visitarnos durante todos estos meses.

Papá había expresado su furia ante la ausencia de Albert y yo asumía que mamá compartía sus sentimientos, aunque nunca lo hubiera mencionado. No me atreví a contarle la peor de sus ofensas cuando se negó a verme en Stein am Rhein; podía desatar la ira que mamá controlaba cuidadosamente si le revelaba esa información.

—Perdona a Albert como Dios nos perdona a nosotras, y abraza cualquier oportunidad que Él te ofrezca para darle legitimidad a tu hijo.

Mamá tenía razón. Castigar a Albert con mi silencio sólo estaría castigando a nuestro hijo. En mi enojo, me había olvidado de algo así de obvio. Volví a escribirle a Albert, y con la ayuda y los ánimos de mamá, incluso le envié un regalo de Navidad unos pocos días antes de que el dolor comenzara.

Ahora no había tales momentos de calma. Únicamente estábamos yo y mi dolor. Y el sonido de mis gritos.

—¡Mamá! —grité. Ella y la partera estaban tomándose demasiado tiempo con las cubetas de agua fresca. Podía escuchar una tormenta rugir afuera, el viento golpeaba las ventanas y los truenos sonaban en la distancia. ¿Se habían lastimado yendo por el agua? Recé por su seguridad. Las contracciones llegaban más y más rápido y no pensé que podría hacerlo yo sola. El dolor me abrasaba, no sólo por el canal de nacimiento sino por toda mi espalda y la cadera. Sentía que mi cuerpo estaba partiéndose por la mitad.

Entraron corriendo y se congelaron al verme. Sus expresiones eran mucho peor que el dolor que estaba sufriendo. Algo estaba terriblemente mal. Mamá susurró oraciones mientras ponía las cubetas de agua en el suelo y se arrodillaba a mi lado. La partera se arrodilló a mis pies.

—¡Ay, señora Konaček, la sangre! —dijo mamá llorando.

—¿Qué pasa? —pregunté frenética.

—Reza a la Madre Virgen —escuché que la partera le decía a mi madre. Luego se dirigió a mí—. Señorita Marić, su bebé no está llegando al mundo con la cabeza, como quisiéramos. Viene con los pies. Tendré que intentar voltearlo desde adentro.

Mamá se tapó la boca con una mano. Había escuchado de nacimientos así. Heridas y muerte para la madre y el niño eran el lugar común. ¿Cómo podía estarnos pasando esto a mi bebé y a mí?

El dolor era mucho peor que cualquier experiencia que hubiera tenido antes. Justo cuando pensé que no podría soportar un segundo más, la señora Konaček dijo:

—He volteado al bebé, señorita Marić. Ahora está coronando. Si puja una vez más, el bebé estará afuera.

—¿Está segura de que debe pujar? ¿Y la sangre? —preguntó mamá con voz implorante.

—Sólo hay una forma de hacer esto, señora Marić. Sin importar lo que pase —puso sus manos en mis muslos—, ahora, señorita Marić, puje.

Me hice camino entre el dolor hacia un lugar de calma muy dentro de mí, tomé un respiró, y me abalancé. Y entonces, repentinamente, el dolor y la presión se detuvieron.

No escuché el llanto de un bebé, como esperaba. Escuché el sonido de agua goteando. Más bien regándose. ¿Qué agua podía estar regándose aquí? No había baño, no había lavamanos. ¿Había goteras por la tormenta? Miré hacia mis pies y vi a la partera sosteniendo un tazón, no a un bebé. Incluso en mi delirio, inducido por el dolor, podía escucharlo llenarse de sangre. Mi sangre, no agua, era la fuente del sonido.

«¿Qué pasa?» Quería preguntar. Quería gritar «¿Dónde está mi bebé?» Pero no podía articular palabras. Me aferré al aire y perdí el conocimiento.

No recuerdo cuándo vi su hermosa cara por primera vez. Mis ojos pudieron haberse abierto unos segundos antes de que me sumergiera en el vacío. Podían haber sido días después del nacimiento, u horas. Perdí muchos días y horas durante las semanas después de que nació. La cargaba unos minutos de vez en vez, creo. Incluso recuerdo confusamente haberla amamantado durante un rato, mientras medio escuchaba la carta que papá le había escrito a Albert sobre la bebé. Pero recuerdo vívidamente el momento en que abrió sus brillantes ojos azules y me miró. Aunque sé que es imposible, que los recién nacidos no son capaces de hacer algo semejante, juro que me sonrió.

Tenía una hija. Como secretamente había deseado. Una pequeña Lieserl.

Izgoobio sam sye. Estaba perdida ante ella.

Capítulo 21

4 de junio de 1902
Kać, Serbia

Lieserl me sonrió desde su cuna. Adoraba la forma en que su sonrisa sin dientes enfatizaba la suavidad de sus mejillas. Acariciando su piel sedosa, pensé que ella merecía todos y cada uno de los sacrificios que pudiera hacer por ella. La física no era nada comparada con Lieserl. Los secretos de Dios estaban todos descubiertos en su rostro.

Sus ojos azules seguían abiertos en vez de cerrarse para la siesta como yo esperaba. Estuve a punto de meterme a la cuna de madera con ella, la misma cuna que mamá usaba para mí cuando nací. Lieserl se había quedado dormida en mis brazos en la mecedora y yo había intentado acomodarla lentamente en su cama que estaba repleta de cobijas. Pero en el momento preciso en que su dulce, rubia cabeza tocó la cobija que yo había tejido para ella, se despertó con esa sonrisa en los labios.

Escuché los pasos de mamá por el pasillo fuera de la habitación de Lieserl. Cuando se apagó el sonido no tuve que voltear hacia la puerta para saber que ahí estaba mamá, recargada contra el marco mirándonos con una sonrisa en los labios. Mamá amaba a Lieserl casi tanto como yo, fuese o no ilegítima.

—Llegó una carta para ti, Mitza —por el tono en que lo dijo, supe que era de Albert.

—¿Podrías quedarte con Lieserl hasta que se duerma, mamá? —pregunté, tomando la carta de su mano.

—Claro, Mitza —dijo ella, apretándome el brazo.

En vez de bajar las escaleras hacia la comodidad de la sala principal con sus ventanas abiertas y la brisa de inicios de primavera, caminé rumbo al campanario. Quería soledad mientras leía la carta. Ahí, donde alguna vez había sido mi refugio de la infancia, un tiempo que parecía muy lejano, abrí el sobre con un par de tijeras filosas.

Antes de leer las palabras de Albert, cerré los ojos y susurré una pequeña oración a la Virgen María. Los hábitos de mamá se habían vuelto contagiosos y yo necesitaba ayuda, especialmente cuando la religiosidad que solía encontrar en mi trabajo, se hallaba fuera de mi alcance en estos días. Quería con desesperación que Albert viniera a visitar a nuestra pequeña; le había rogado que acudiera y él seguía poniendo pretextos. Explicó que tenía que seguir en Berna con el fin de esperar la aprobación final del gobierno para su puesto de examinador de patentes y no podía hacer nada que manchara su reputación. Yo entendía que los suizos eran notoriamente respetables y que Albert necesitaba tener cuidado, no veía por qué un viaje a Kać podría poner en juego el trabajo. Nadie en Berna tenía por qué saber a quién estaba visitando.

Bajé mis ojos hacia sus conocidos garabatos. Empezaba la carta con los usuales apodos amorosos y preguntas acerca de la bebé: cómo se veía, a quién se parecía, qué cosas podía hacer a esta edad. Alcé la vista y sonreí pensando en Albert intentando imaginar a Lieserl.

Luego preguntó «¿Podrías hacer que le tomen una fotografía?». Una fotografía era una idea excelente. En Kać no teníamos buenos fotógrafos, pero podía llevar a Lieserl a Beoćin, una ciudad vecina más grande, para que le hicieran un retrato formal. Seguramente si Albert veía a su hermosa hija, toda rizos y sonrisas de querubín, no podría resistirse a verla en persona.

Volví a la carta.

Dollie, no puedo ir a Kać en este momento. No porque no quiera conocer a nuestra Lieserl sino por una buena razón. Una que espero podrás ver. El trabajo como examinador de patentes en Berna ha llegado, tal como Grossman prometió, y empezaré dentro de pocos días. Así que viajar está fuera de la cuestión en estos momentos. Pero hemos estado lejos por demasiado tiempo. Te ruego que vengas conmigo a Suiza, tal vez no a Berna, donde muchas lenguas podrían hablar, quizás a Zúrich para que podamos visitarnos más fácilmente. Y ven sola. Ven sin la pequeña. Al menos por los próximos meses hasta que podamos arreglar nuestro matrimonio en Berna. Sé que debe sonar extraño, así que déjame explicarte. Sabes lo recatados que son los suizos. Pues bien, en mi solicitud para el trabajo, hace seis meses, afirmé que no era casado. Si llego a Berna con una esposa y un bebé, sabrán que el bebé fue ilegítimo, un hecho que sin dudas pondría en juego mi nuevo trabajo. ¿Lo entiendes, verdad? Tal vez podamos encontrar otro modo de que Lieserl venga que nosotros en el futuro. Tal vez tu sabio padre pueda encontrar un modo…

Tiré la carta al suelo. ¿Cómo era posible que fuera incapaz de venir a Kać a conocer a su hija? Aún peor, ¿cómo podía siquiera soñar con pedirme que dejara a Lieserl sólo para que visitarme le resultara más conveniente? ¿Por qué nuestro matrimonio dependía de su trabajo y por qué ese trabajo dependía de que renunciara a mi hija? ¿Estarían sus padres detrás de esto? Sabía que aún se oponían firmemente a nuestra unión, con o sin Lieserl. Me había resignado a renunciar a mi carrera y mi honor, pero mi consuelo había sido Lieserl. No podía soportar la idea de no estar a su lado por un periodo indeterminado de tiempo.

Me recosté en el viejo sofá y abracé mi cuerpo como cuando era una niña. Me rendí ante las lágrimas.

Las escaleras crujieron con los pasos lentos y pesados de mamá. La sentí cuando se sentó en el sofá a mi lado y puso sus brazos a mi alrededor.

—¿Qué te dijo, Mitza?

Intentando hablar entre sollozos, le conté todo. Decir las palabras en voz alta las hacía sonar aún más indignantes. ¿Cómo podía Albert pedirme que abandonara a mi hermosa hija? Por algunos meses, al menos, pero probablemente por un gran periodo de tiempo. Albert nunca la había visto, no podía saber lo que sería extrañar su dulce olor, sus claros ojos azules, sus gorgoteo, y más que cualquier otra cosa, su sonrisa. Y había especulado erróneamente en su última carta que Lieserl no era capaz de reír aún. Su risa era como el tintineo de la campana más dulce.

—Albert no menciona nada sobre matrimonio y no ofrece ningún plan para Lieserl. Sólo quiere que me mude —sola— a una base conveniente para que pueda visitarme cuando le plazca.

Mientras decía las palabras, incluso cuando eran mucho más horribles dichas en voz alta que únicamente en la existencia de los pensamientos en mi cabeza, mi llanto se hizo más débil y mi respiración se acompasó. Necesitaba volverme fuerte para enfrentarlo.

—Nos quedaremos en Kać, mamá. Yo y Lieserl. Este se convertirá en su hogar.

Mientras mamá limpiaba mis últimas lágrimas, dijo:

—Escúchame, Mitza. ¿Recuerdas nuestra conversación sobre hacer una familia decente para Lieserl?

Asentí. Esa conversación había guiado todas mis acciones hacia Albert desde entonces. Incluso había resucitado algunos sentimientos respecto a él. Pero ya no estaba segura de querer continuar por ese camino, no ahora.

—Debes ir a Zúrich; es el único modo de mantener en movimiento tus planes de matrimonio. Sé que no te gusta lo que estás aprendiendo sobre Albert: su rechazo para conocer a Lieserl, su egoísmo al pedirte que estés cerca pero no fijando una fecha para su boda, su falta de coraje frente a su familia… Pero no estás haciendo esto por ti. Irás a Zúrich por Lieserl.

Sabía que ella tenía razón, aunque no quería escucharla ni aceptar sus palabras. Pero también sabía lo cambiante que era Albert.

—Pero mamá, ¿si hago el sacrificio de ir a Zúrich como Albert quiere y aun así él se rehúsa a que Lieserl viva con nosotros? Sabes que ha estado de acuerdo con papá en sus cartas en la idea de darla en adopción. El matrimonio no lo vale. Nunca me daré por vencida con Lieserl.

Los ojos de mamá se hicieron más pequeños y sus fosas nasales se abrieron. De pronto parecía un bulldog sobre el ring.

—No dejaré que eso pase, Mitza. ¿No he desafiado los deseos de tu padre de enviarla a algún lugar remoto para que tenga una adopción secreta? ¿No he insistido en tenerla con nosotros en Kać?

Mamá se había alzado con una ferocidad que yo no sabía que tenía. Había estado mal respecto a ella durante toda mi vida. Su silencio no era debilidad, era una vigilia permanente que sería reemplazada por un rugido cuando fuese necesario. Ella sola había peleado con papá por mi derecho a quedarme con Lieserl en reclusión en el Chapitel, únicamente con mamá y una sirvienta por compañía.

—Sí, mamá.

—Entonces ¿puedes creerme cuando te digo que amaré y protegeré a tu hija hasta que vuelvas por ella como una mujer casada? ¿Y que te prometo que encontraremos una manera de que Lieserl vaya a vivir con ustedes entonces?

—Sí, mamá.

—Bien. Por lo tanto, irás a Zúrich como Albert pidió. El resto encontrará su lugar. Yo me aseguraré de eso.

Capítulo 22

6 de enero de 1903
Berna, Suiza

Con mi mano derecha entrelazada a la mano izquierda de Albert, estábamos frente al oficial del Registro Civil Gauchat. Con la mano izquierda sostenía un ramo de flores alpinas secas, pensadas cuidadosamente por Albert para la ocasión como un guiño a nuestras vacaciones en el lago Como. Algunos capullos incluso hacían juego con mi vestido de azul vívido. Hoy era el día por el que había rezado y esperado durante años, el día de nuestra boda. Lo que alguna vez había querido para mí misma, sin embargo, ahora lo necesitaba desesperadamente para alguien más. Para Lieserl.

El oficial tenía unos lentes y un bigote tan pesados que Albert y yo estuvimos a punto de reír cuando entró a la habitación. Nos dio una mirada tan dura de respetabilidad suiza que en un segundo cambiamos nuestra actitud y tomamos nuestros lugares frente a él. El oficial Gauchat se tomó un largo minuto para acomodarse en el estrado. Cuando estuvo seguro de que se hallaba de pie enmarcado a la perfección por el imponente paisaje de los Alpes, comenzó un discurso laboriosamente cuidado para transmitir la solemnidad del momento.

Nuestros testigos —Maurice Solovine, un estudiante de Berna que había ido para que Albert le diese tutorías pero terminó por convertirse en su amigo, y Conrad Habicht, un amigo de Albert de

185

Schaffhausen que acababa de mudarse a Berna— tomaron sus posiciones cuando se los señaló el oficial. No nos habíamos atrevido a incluir a nuestras familias; las objeciones de la madre de Albert seguían siendo firmes, y mis padres tenían a Lieserl a su cargo.

—Parece que todos sus papeles están en orden, señor Einsten y señorita Marić —dijo el oficial.

—Gracias, señor —respondió Albert.

—¿Están listos para sus votos?

—Sí, señor —respondimos juntos, y sentí al señor Solovine y al señor Habicht acercarse más a nosotros.

—Entonces comencemos —el oficial aclaró su garganta y dijo—: ¿Aceptas, Albert Einstein, a esta mujer, Mileva Marić como tu esposa?

—Sí acepto —dijo Albert mientras buscaba el sencillo anillo de plata en su bolsillo. Con las manos temblando, lo deslizó en mi dedo.

—¿Aceptas, Mileva Marić, a este hombre, Albert Einstein, como tu esposo? —preguntó el oficial girándose en mi dirección.

El tiempo se detuvo y yo miré dentro de los profundos ojos cafés de Albert. Esos ojos en los que alguna vez había confiado y en los que ahora no tenía más opción que recaer completamente. Alguna vez había anhelado este momento con una urgencia casi dolorosa, y aunque en efecto, Helene y mamá me habían asegurado que esto era lo mejor que podía hacer —lo único, por el bien de Lieserl—, me pregunté qué futuro me aguardaba al convertirme en la señora Einstein. Desde que terminaron nuestros días como estudiantes, los problemas reinaron en nuestra relación y Albert me había decepcionado profundamente con su forma de tratarme, con esperas interminables y su rechazo a Lieserl.

—¿Mileva? —preguntó Albert cuando me vio dudar— ¿Estás bien?

—Estoy perfectamente bien, sólo un poco abrumada por la importancia de este día —el oficial asintió aprobando mi reacción seria hacia los votos—. Claro que te acepto, Albert Einstein.

Me sonrió y en las esquinas de sus ojos se marcaron las arrugas que alguna vez adoré. Parte de mí aún lo amaba, a pesar de todo lo que había sufrido. Con manos firmes deslicé un anillo de plata, idéntico al mío, en su dedo.

El oficial nos entregó nuestra acta matrimonial. Aparecíamos como señor y señora Albert Einstein. Sin hijos. Mi corazón se encogió por la ausencia del nombre de Lieserl. Pinté una sonrisa en mi rostro contrariado, tomé con firmeza la mano de Albert, y nos giramos hacia nuestros testigos para sus felicitaciones.

El oficial nos dictó que firmáramos el acta, así que pusimos en pausa nuestra alegría para poder terminar la ceremonia. Albert recibía en el hombro palmadas afectuosas del señor Solovine y el señor Habicht. Yo sabía que debía sentirme, feliz pero sentía que la tristeza me carcomía. ¿A qué precio había asegurado este matrimonio?

Cuando dejamos la oficina del Registro Civil y bajamos las escaleras del imponente edificio de gobierno, nuestros anillos de matrimonio brillaron bajo el débil sol de invierno. La ciudad estaba decorada con techos de teja roja, edificios medievales, calles de piedra y fuentes gorjeantes. Podía ser que fuera aún más encantadora que Zúrich pero le faltaba la energía intelectual y, por usar la palabra favorita de Albert, el espíritu bohemio. La respetabilidad normaba los días en Berna.

Albert tomó mi mano mientras caminábamos por las calles desiguales de Berna y yo intentaba no pensar en el momento en que mamá cargó a Lieserl para que yo pudiera seguir mi camino hacia Zúrich. Intenté borrar este recuerdo de mi mente durante los cuatro meses que siguieron y que pasé sola en Zúrich en la pensión Engelbrecht, caminando sin rumbo durante el día y llorando hasta quedarme dormida durante las noches, mientras esperaba en vano que Albert me visitara o me escribiera porque estaba muy ocupado en caminatas y viajes en bote con sus nuevos amigos durante las pocas horas que tenía libres. Escondí los dolorosos recuerdos de mi mudanza a Berna, hacía un mes, a la pensión Herbst en Thunstrasse, luego a la pensión Suter en Falkenplatz, y finalmente a la pensión Schneider en Bubenbergstrasse, donde mis brazos vacíos me dolían por estar sin mi cálida Lieserl. Intenté enterrar la furia que me provocaba que Albert hubiese tomado su permiso de octubre para visitar el lecho de muerte de su padre y finalmente hacer el primer movimiento hacia nuestros planes de matrimonio. En su lugar, intenté pensar en la unión que Albert y yo acabábamos de formar y en la promesa que guardaba de reunirnos como una familia completa con Lieserl. Mi humor se aligeró un poco.

—¡Brindemos por los recién casados en el Café im Kornhauskeller! —gritó el señor Habicht.

Albert y yo no teníamos ningún plan de celebración después de la ceremonia; no teníamos familia que elogiara la ocasión con nosotros, y yo no conocía muy bien a los señores Solovine y Habicht. Ambos eran muy parecidos, con cabello oscuro, bigote y complexión oscura; la única diferencia eran los lentes del señor Habicht. Eran amigos de Albert, los mismos que lo habían mantenido entretenido en Berna mientras yo me consumía en Zúrich. Aun así, estaba determinada a hacer este día un inicio fresco y feliz para los dos, así que respondí:

—¡Excelente idea, señor Habicht!

El señor Solovine me abrió la puerta para entrar al famoso café de Berna. El establecimiento estaba atestado de gente y ruido, pero Albert y el señor Habicht lograron conseguir la mesa que estaban dejando unos hombres mayores. Mientras los señores Habicht y Solovine se disculpaban para comprar una botella de vino, Albert y yo nos sentamos en dos de las sillas. Se acercó a mí y susurró en mi oído:

—Felicidades, señora Einstein. Ahora somos *Ein Stein*, una piedra. No puedo esperar para cargarte a través del umbral.

Ruborizándome, sonreí ante su forma dulce de usar mi nuevo nombre de casada, aunque la verdad, seguía recordándome a su madre, Pauline, la señora Einstein original. Me estremecí ante su recuerdo. Ella seguía en estricta oposición a nuestro matrimonio a pesar de que el padre de Albert lo había aprobado en su lecho de muerte, y ella había mandado una nota condenatoria para nosotros aquella misma mañana.

Pero cuando los señores Solovine y Habicht volvieron a la mesa con una botella y copas en mano, hice desaparecer la imagen de la madre de Albert de mi cabeza y tomé una copa. Levantándola para que el señor Habicht la llenara, sonreí y dije:

—Gracias por hacerle tan buena compañía a Albert cuando no estaba.

El señor Habicht sirvió el vino tinto en mi copa, algunas gotas se derramaron sobre el mantel blanco. Me detuve por un momento; las gotas me recordaron la sangre.

El señor Habicht tomó su lugar en la mesa y dijo:

—Gracias por prestárnoslo. No tendríamos la Olympia Academy sin él.

—¡Hurra! —los tres hombres chocaron sus copas a la mención de la Olympia Academy. Junto con Albert habían comenzado una búsqueda incansable para entender el mundo, y habían formado la «academia» para perseguir dicha misión. Analizando libros de matemáticos, científicos, filósofos e incluso Charles Dickens, sostenían diversos debates; en el más reciente habían leído *La gramática de la ciencia* de Karl Pearson.

El señor Solovine alzó su copa hacia mí y Albert y dijo:

—A los recién casados.

Dimos un trago y nos besamos ligeramente, ante la insistencia del señor Habicht, que luego se levantó y alzó su copa. Esta vez, brindó sólo por mí.

—A la señora Einstein, una hermosa y brillante mujer. No podemos imaginar lo que Albert hizo para merecerla pero quisiéramos convertirla en un miembro honorario de la Olympia Academy.

Reí. Había estado convencida de que las encendidas discusiones sobre la ciencia y naturaleza de nuestro mundo como las del Café Metropole, a las que estaba acostumbrada, estarían fuera de mi alcance y estaba maravillada por la inclusión. Por un breve segundo, me sentí de nuevo como una estudiante del Politécnico, rebosante de esperanza y maravilla por los misterios del universo. No como la mujer que había reprobado su examen de física y regado su sangre durante el nacimiento de su hija.

—Me sentiría honrada —dije asintiendo con la cabeza—, y quisiera empezar con una vigorosa discusión con los miembros de la Academia respecto a su última lectura, *La gramática de la ciencia* de Pearson. Me pregunto si todos ustedes están de acuerdo con su afirmación de que es imposible separar la ciencia de la filosofía.

Los señores Solovine y Habicht me miraron, tan sorprendidos como impresionados. Era un alivio. Había permanecido en silencio con ellos hasta ahora. Me había desacostumbrado a pensar y hablar durante todos los meses que pasé sola con Lieserl y sus rutinas simples, y después totalmente sola en Berna y en Zúrich, mientras esperaba a que Albert se acercara a mí.

—Brillante idea —coincidió Albert—, ojalá la hubiese pensado yo mismo.

«También yo», imaginé con tristeza. Enterré este sentimiento en lo más profundo de mí misma y dije:

—Insisto en que la Olympia Academy se reúna en nuestro departamento de ahora en adelante. Cena, bebidas, discusión.

Albert sonrió ante mi invitación, orgulloso de la brillante esposa bohemia sentada a su lado. La mujer que siempre había deseado que fuera. Sonreí también y continué con este mismo humor el resto del día. Mantuve la ligereza incluso cuando nos despedimos de los señores Solovine y Habicht, y Albert me guio de la mano por las calles de piedra de Berna hacia nuestro departamento de tejas rojas en Tillierstrasse cerca del enfurecido Río Aare. Porque cada paso nos llevaría más cerca de Lieserl.

Capítulo 23

26 de Agosto de 1903
Berna, Suiza

Sonó la campana. Miré el reloj desde el suelo que estaba fregando y vi que eran casi las cuatro de la tarde. El cartero debió ser quien había llamado. No era común que hiciera notificaciones individuales en cada entrega pero yo le había rogado que me diera una señal cuando tuviese alguna para nosotros, y él había accedido con disgusto. No quería esperar un solo momento para leer las cartas de mamá sobre Lieserl.

Dejé el cepillo de tallar en la cubeta, me limpié las manos en el delantal que usaba sobre mi vestido floreado, y corrí tan rápido como pude para bajar las escaleras. Mis capacidades de movimiento se habían deteriorado desde el nacimiento de Lieserl. El daño que el parto había hecho a mi cadera probablemente nunca se curaría, me había dicho la partera, pero aprendería a ajustarme. Nunca había sido muy rápida, después de todo. Me sentí mareada mientras bajaba; quizá me había levantado demasiado rápido en este calor de agosto.

En los ocho meses que siguieron a nuestra boda, había puesto en práctica todas las habilidades que aprendí de mamá durante mi tiempo en el Chapitel. Cocinar, limpiar, ir de compras y zurcir llenaban mis días. El trabajo del que papá me había alejado mientras me empujaba hacia una vida de la mente. Me había convertido en la personificación de la vieja frase seriba *kuća ne leži na zemlji negó na ženi*: la casa no se sostiene sobre la tierra sino sobre la mujer. Intentaba decirme a mí misma que disfrutaba cuidar de Albert de la misma manera en que mamá cuidaba a papá. Incluso le escribí a Helene que Albert y yo éramos más felices como una pareja casada que como estudiantes. ¿Estaba intentando convencerme a mí misma con esas palabras? Porque en mis momentos de honestidad, encontraba que el trabajo de preocuparme por Albert y nuestra casa me adormilaba la mente.

Por fortuna, las noches mantenían a mi cerebro comprometido. Después de la cena, o a veces durante la misma, llegaban Conrad y Maurice y con ellos se convocaba a la Olympia Academy. Miembro honorario y todo, me sentaba detrás de ellos, tejiendo, escuchando, y ocasionalmente diciendo alguna cosa, cuando mi reticencia natural me lo permitía. Pero una vez que se iban, realmente volvía a la vida. Albert y yo regresábamos a nuestra pasión compartida originalmente y a mi búsqueda secreta —descubrir el lenguaje secreto de Dios que se escondía en las matemáticas y las ciencias—, era entonces cuando investigábamos la naturaleza de la luz, la existencia de los átomos, y sobre todo, la noción de relatividad. En aquellos momentos, a altas horas de la noche, sentados juntos en nuestra mesa de la cocina con tazas de café caliente en las manos, a pesar de mis dudas y mi sufrimiento, me permitía estar enamorada de Albert otra vez. Me había jurado que no me dejaría caer de la ciencia, y había cumplido. Juntos, decía, «desentrañaremos los secretos del universo», y yo le creía.

Ya que siempre estaba pensando en ella, a veces mencionaba a Lieserl. Albert nunca inició una conversación acerca de ella. Escuchaba silenciosamente mientras le hablaba sobre las cartas de mamá. Pero siempre cambiaba el tema cuando llegaba a la pregunta de cuándo traeríamos a Lieserl a vivir con nosotros, murmurando «después» si me atrevía a preguntarle cuándo iríamos a recogerla. Y negaba con la cabeza ante cualquier mentira que yo sugería —que era la hija de una prima, una hija adoptada— para explicar la existencia de Lieserl.

Aun así, no había perdido las esperanzas. En mi última carta le pedía a mamá que mandara a hacer un retrato formal de Lieserl y que nos lo enviara. Estaba segura de que si al fin Albert veía a su hermosa hija, no podría resistirse a mis súplicas de traerla con nosotros. Seguramente encontraríamos alguna excusa que pudiera calmar a las autoridades de Suiza y a los amigos inquisitivos. Rogué porque la entrega que llevaba ahora el cartero contuviera la fotografía.

Un solo sobre esperaba en el buzón, y lo examiné. Por la caligrafía supe de inmediato que era de mamá, pero el delgado sobre no podía guardar una fotografía como había esperado. Subí las escaleras hacia nuestra pequeña habitación. Cuando me senté en el sillón, flotó polvo de los cojines. Sin importar cuánto sacudiera, no podía limpiar el rastro de los dueños anteriores.

Querida Mitza,

Siento mucho escribirte con estas terribles noticias. La escarlatina ha estado invadiendo el campo de nuevo. Aunque hemos tomado todas las precauciones contra ella con Lieserl, la ha contraído. El sarpullido rojo ya ha aparecido en su cara y su cuello y ha comenzado a esparcirse hasta su tronco. Su fiebre está muy alta y los baños con agua fría no logran combatirla. Esto, por supuesto, representa la preocupación más grande. El doctor la ha revisado y nos dijo que no podemos hacer nada sino esperar. Y rezar.

Estamos dándole el mejor de los cuidados posibles, pero ella está muy incómoda y te extraña mucho. Es posible que desees venir.

Con mucho amor,
Mamá

193

¿Escarlatina? No, no, no, no mi Lieserl.

Los niños morían de escarlatina todo el tiempo. Incluso si no morían, sufrían terriblemente durante la enfermedad. Cicatrices, sordera, falla de corazón y riñones, encefalitis y ceguera eran sólo algunas de las cosas con las que lidiaban los supervivientes.

Tenía que ir.

Limpiando mis lágrimas, corrí a empacar mis cosas. Mientras jalaba mi baúl del armario superior, escuché el golpe de la puerta principal. Albert había llegado temprano a casa. Seguí empacando. Había un tren, el tren Arlberg, que esa misma tarde iniciaría el largo trayecto a Novi Sad y de ahí hasta Kać, donde Lieserl estaba con mis padres ahora que papá había ido al Chapitel por los meses de verano. No tenía un solo momento para distraerme con la llegada de Albert a casa.

—¿Dollie? —sonaba perplejo. Estaba acostumbrado a que lo recibiera en la puerta.

—En el cuarto.

El humo de su pipa lo precedió cuando entró.

—Dollie, ¿qué estás haciendo?

Le entregué la nota de mamá y seguí empacando.

—¿Entonces irás a Kać?

Lo miré, sorprendida con su pregunta. ¿Cómo podía quedarme?

—Por supuesto.

—¿Por cuánto tiempo?

—Hasta que Lieserl se recupere.

—¿No puede hacerse cargo tu madre? Estarás fuera por demasiado tiempo. Una buena esposa no debería dejar a su esposo por tanto tiempo. ¿Cómo me las arreglaré?

Lo miré. ¿En verdad acababa de hacerme esas preguntas? Por cada una de sus indagaciones, no había preguntado una sola cosa sobre la escarlatina o la condición de Lieserl. ¿Dónde estaba la compasión y preocupación por su propia hija? Todo lo que parecía importar era lo inconveniente que iba a resultarle mi ausencia. Quería gritarle. Sacudirlo, incluso.

En lugar de eso, dije:

—No Albert, yo soy su madre. Yo lidiaré con su enfermedad.

—Pero yo soy tu esposo.

No podía creer lo que estaba escuchando.

—¿Estás diciéndome que no puedo ir? —dije casi gritándole, con las manos sobre la cadera. Albert estaba en shock. Nunca me había escuchado alzar la voz.

No respondió. Por su silencio, ¿debía conjeturar que se oponía? No tenía tiempo para su egoísmo o cualesquiera que fueran los pensamientos ridículos que rondaban por su cabeza.

Cerré la tapa de mi baúl, tomé mis papeles de ciudadanía y me puse mi abrigo gris de viaje y mi sombrero. Bajé el baúl de latón y piel de la cama, y comencé a arrastrarlo hacia la puerta de nuestro departamento, bajando los empinados escalones, lo cual no fue una pequeña hazaña con mi cojera. Mientras jalaba el baúl hacia la calle, llamé a un coche para que me llevara a la estación. Miré hacia los escalones.

Albert estaba en lo alto, viendo cómo me iba.

Capítulo 24

27 de agosto de 1903 y 19 de septiembre de 1903
Salzburgo, Austria, y Kać, Serbia

Una idea terrible me había invadido durante la primera parte de mi trayecto hacia Kać. ¿Había ido demasiado lejos con Albert?

Parte de mí odiaba que este pensamiento se me hubiera ocurrido siquiera, pero al desafiar y atacar sus deseos, sin importar cuán injustos e indignantes fueran, ¿no estaría arruinando todo el trabajo que había hecho para que aceptara a Lieserl en nuestra vida en Berna? Esto era si sobrevivía a la escarlatina. ¿Debía calmarlo de algún modo? Pensar en ello me irritaba, pero lo necesitaba a mi lado. Especialmente ahora que sospechaba que estaba embarazada de nuevo.

A las 3:20 p.m. el tren llegó a la estación de Salzburgo, en Austria. Tenía exactamente diez minutos mientras el tren esperaba a que abordaran más pasajeros antes de seguir con su trayecto. ¿Sería suficiente tiempo para escribir y enviar una nota a Albert? Decidí arriesgarme.

Moviéndome entre la multitud de nuevos pasajeros que subían al tren, di un salto hacia el pasillo y me encaminé al quiosco más cercano. Tomé una postal sepia de Scholss Leopoldskron, un castillo cerca de Salzburgo, y dos estampillas de cinco héller. Cuatro minutos para que el tren partiera. ¿Qué debía escribir? Pensé distintas maneras de acercarme a él pero no podía decidirme.

Finalmente me conformé con un saludo —un apodo familiar que le dijera que ya no estaba molesta, pero no escribiría una disculpa— cuando sonó el silbato del tren. Alcé la mirada y me di cuenta de que sólo tenía un minuto para abordar. Había gastado demasiado tiempo en la nota. Con mi cojera y toda la distancia frente a mí, entré en pánico. ¿Podría lograrlo? Intenté correr hacia mi tren —hacia mi hija—, pero una ola de pasajeros desembarcando de otro tren bloqueó mi camino. Mientras intentaba serpentear entre ellos, mi pie se enredó con mi falda y caí al suelo. Una amable pareja mayor se acercó para ayudarme, pero era demasiado tarde. Mi tren había dejado la estación.

Llorando histéricamente me solté de las manos de la pareja y corrí a la ventanilla de los boletos. ¿Cuándo saldría el próximo tren para Novi Sad, Serbia, donde me recogería papá para llevarme en coche a Kać? El primero salía en quince minutos y tendría que tomar dos conexiones para llegar lo más cerca posible del horario original que había planeado. Compré el boleto.

Corrí a enviarle a papá un telegrama sobre mi cambio en el horario de llegada y dónde estaba mi equipaje, y luego me apresure a subir al tren. Aunque había calculado que me daría tiempo de enviar la postal, decidí llevarla conmigo a bordo y enviarla en nuestra siguiente parada, Budapest. Esta vez no intentaría mandarla yo misma, sino que le pediría a un agente de tren que lo hiciera por mí. No correría el riesgo de volver a perderlo.

Mientras el tren se agitaba —y mi estómago con él—, escribí una nota para «Johnnie», preguntándole cómo estaba y notificándole sobre mi viaje. Necesitaba saber que estábamos en paz mientras iba a pelear por la vida de Lieserl.

El tren llegó a Novi Sad la tarde siguiente, medio día después de lo que había planeado. Papá, que ya había recogido mi baúl del tren en el que yo debí de haber llegado, me esperaba junto con un coche para llevarme los veinte kilómetros que faltaban para Kać. Me saludó con una sonrisa grave y me dio un cálido abrazo, y me confirmó que, hasta donde él sabía, desde su llegada a la estación del tren hacía casi un día, la condición de Lieserl no había cambiado. Luego nos sumergimos en un silencio incómodo. Los temas controversiales de mi matrimonio y mi fracaso de ir a visitar a mi hija desde que me casé, hizo surgir un espacio entre nosotros que nos alejaba de nuestra intimidad.

Cuando el coche paró en Kać, vi cruces rojas pintadas en casi cada puerta del pueblo. El símbolo de que la escarlatina estaba ahí. Nunca había visto tantas cruces rojas en ninguna de las epidemias de escarlatina que había vivido antes. No era una sorpresa que Lieserl la hubiera contraído. Me sentí enferma sólo de pensarlo e instintivamente puse las manos sobre mi estómago. ¿Cómo podría proteger a este nuevo bebé de la infección si yo la contraía?

—¿Está tan mal? —le pregunté a papá.

—Es el peor brote que he visto —respondió—, con los peores síntomas.

Las torres del Chapitel se hicieron más cercanas pero en vez de sentir emoción de reunirme con mi hija, tuve miedo. ¿Cuál sería el estado de mi pobre Lieserl? ¿Y si llegaba demasiado tarde?

Antes de que papá pudiera incluso dar alto total a los caballos, salté del coche y corrí hacia la casa. Pasé junto al coche del doctor estacionado al frente. ¿Había sucedido lo peor con Lieserl?

—¡Mamá! —grité, dejando mi bolsa a los pies de la escalera.

Subí las escaleras tan rápido como pude y la escuché llamarme:

—Estoy en el cuarto de niños, Mitza.

Empujé la puerta y sentí la falta de aire al ver el estado de mi hija. Su cara y garganta eran carmesí oscuro y, sin duda, su torso estaría igual. Sus ojos entreabiertos eran una señal de fiebre. Mamá estaba metiendo un trapo en una cubeta con agua y hielo y lo pasaba por el cuerpo de Lieserl, con el doctor sentado a su lado. El aire olía a agua de rosas y aceite de gaulteria y vi un par de frascos sobre el tocador. Mamá estaba usando todo su arsenal de remedios caseros: quina, agua de rosas y glicerina mezclados con aceite para la piel; gaulteria para la fiebre, menta para la comezón, acónito, belladona y madreselva con jazmín para calmar el sistema. ¿Podría alguno de estos remedios curar a mi pobre bebé?

Mamá y el doctor me miraron, llenos de preocupación.

—Hoy amaneció mucho peor, Mitza —dijo mamá—, la fiebre no la deja.

Me arrodillé junto a la cama de Lieserl. Había llegado demasiado tarde. Acariciando su cabello, empapado de sudor y los bálsamos de mamá, susurré en su oído: «Mamá está aquí, Lieserl. Mamá te ama». Y sollocé.

Los días pasaban como una neblina confusa mientras mantenía la vigilia al lado de Lieserl. El doctor tenía razón, había poco que pudiéramos hacer por ella además de intentar mantenerla cómoda y rezar, cosa que mamá y yo hacíamos todo el tiempo. Dejé de preocuparme por mi propia salud y el efecto que la escarlatina pudiera tener en mi bebé no nacido y me enfoqué en la hija viva y enferma que tenía frente a mí. Lieserl no había abierto por completo los ojos ni una sola vez desde que volví a casa, así que no tenía idea de si se daba cuenta de que yo estaba ahí. O si se acordaba siquiera de mí. Había crecido tanto en el año que pasé sin verla: había dejado atrás a un bebé de seis meses y ahora estaba viendo a una niña de año y medio.

¿Qué clase de madre era? ¿Cómo podía haber dejado a esta hermosa criatura durante tanto tiempo?

Después de casi tres semanas, en las que Albert envió tres cartas conciliadoras, le escribí sobre el estado de Lieserl. No me limité con la descripción de lo que podía pasar, y no, ya no había necesidad de rogarle que la admitiera en nuestra familia. Que sobreviviera era mi prioridad ahora.

El 19 de septiembre me respondió preguntando sobre Lieserl y los síntomas de la escarlatina. Luego de preguntarme cómo estaba registrada ante el gobierno —una pregunta extraña, dadas las circunstancias— me suplicó que volviera a Berna. Tres semanas eran demasiado para que una esposa decente estuviera separada de su esposo, decía, y debía regresar con él.

¿Cómo se atrevía a aleccionarme sobre mis deberes como esposa? ¿Le preocupaba al menos la condición de Lieserl? Parecía más enfocado en su propio bienestar y hacía más preguntas sobre su certificado de nacimiento que sobre su salud. ¿Por qué preguntaba esas cosas? Si finalmente estaba considerando que la tuviéramos con nosotros —si es que se recuperaba—, sabía a la perfección que un hijo nacido fuera de matrimonio se convertía automáticamente en legítimo una vez que sus padres contrajeran matrimonio bajo las leyes de Suiza. Simplemente tenía que poner el nombre de Lieserl en su pasaporte y presentarla ante la frontera suiza. Su pregunta no tenía ningún sentido, a menos que estuviera pensando de nuevo en la adopción. Seguramente, pensé, no podía considerar semejante cosa en este estado tan grave.

No volvería en ningún momento cercano a Berna para ocuparme de las necesidades de Albert y para limpiar nuestra casa. No sin una Lieserl sana en mis brazos, en todo caso. Ella era mi prioridad y mi vida. Albert no podía pensar que la dejaría otra vez.

Capítulo 25

12 de octubre de 1903
Novi Sad, Serbia

Apreté mi estómago e intenté contenerme de llorar. La última vez que había estado en esta estación de tren, hacía casi dos meses, me había prometido que no volvería a Berna sin mi Lieserl. Pero aquí estaba, con las manos vacías.

La escarlatina rompió mi promesa. La enfermedad saqueó a mi pobre bebé pelando la piel de su cuerpo lleno de llagas, robándole la vista, quemándola con una fiebre implacable y dañando su corazón dulce hasta que ya no pudo soportarlo. Luego de que la vida se le escapó, abracé su cuerpo inerte y lo mecí atrás y adelante hasta que mamá gentilmente me la quitó de los brazos. No dejé de sollozar desde el momento en que murió hasta que la bajamos en su pequeño ataúd al terreno de una iglesia cerca de Kać. En esa terrible tarde, mamá, papá y yo de nuevo nos unimos, por el profundo dolor. Tuvieron que cargarme de regreso al Chapitel una vez que cayó la noche.

Yo no dejé a Lieserl. Ella me dejó a mí.

¿Cómo podría seguir sin ella?

Mientras esperaba a que anunciaran que podía abordar a mi tren hacia Berna, me senté en una banca de la estación, rindiéndome al dolor que me asfixiaba desde que abracé a mamá y papá como despedida en la entrada de la estación. Si no hubiera estado embarazada de nuevo, habría insistido en un futuro muy diferente. Me habría quedado en Kać, sin abandonar el lugar de descanso de Lieserl. Me convertiría en mamá, vestida eternamente en negro de luto y haciendo visitas diarias a la tumba de mi amada difunta. Albert y la física se habían convertido en una memoria distante, una pieza brumosa de un pasado perdido. Serían la penitencia por mi pecado de abandonar a Lieserl primero.

Estaba plagada de preguntas y arrepentimientos. ¿Podría haber evitado que contrajera la escarlatina si nunca la hubiera dejado para ir con Albert? ¿Podría haberla ayudado a salir de la enfermedad si hubiera llegado un poco antes? ¿Si no me hubiera bajado de ese maldito tren en Salzburgo para escribirle a Albert?

Pero *tenía* otro bebé en camino. Acaricié mi creciente vientre, esta vez libre de corsés restrictivos, y me permití dejar de llorar, al menos por un rato. Sin importar mi pena, sería madre de este nuevo bebé y tendría que crear una familia para él, a pesar de cómo me sintiera respecto a su padre. La respuesta de Albert acerca de mi embarazo aún me enfurecía: «Me alegran tus noticias. He pensado por algún tiempo que necesitabas una nueva niñita...»

¿Una nueva niñita? Quería gritar. ¿Cómo podía pensar que un nuevo bebé iba a remplazar a Lieserl, el alma única que acababa de perder? Una niña a la que él nunca se molestó en conocer.

Una niña que yo quería que Dios me devolviera.

Si tan sólo Dios pudiera dejarme regresar en el tiempo, no volvería a cometer de nuevo los mismos errores. Me quedaría en Kać y no abandonaría nunca a Lieserl; seguramente el amor salvaje de una madre podría protegerla de la escarlatina. Si tan sólo las leyes de Dios me permitieran congelar o cambiar el tiempo. Pero en vez de eso, estaba atrapada en el universo con las inflexibles leyes de Newton.

¿O no lo estaba?

Una idea llegó a mi mente. Había pasado la mayor parte de mi vida intentado descubrir las leyes ocultas que Dios tenía en el universo mediante el lenguaje de la física. ¿Pero quién puede decir que no haya una sola ley de la física que aún no se hubiera descubierto? Una que pudiera ayudarme con mi dolor y el sufrimiento por la muerte de Lieserl.

Tal vez Dios tenía una ley que quería que yo encontrara. Tal vez había un propósito en mi devastación. Después de todo, en Romanos 8:18 Él dice: «Pues tengo por cierto que las aflicciones del tiempo presente no son comparables con la gloria venidera que en nosotros ha de manifestarse».

¿Dónde está la gloria entre el sufrimiento?

Miré el reloj de la estación y al tren que esperaba pacientemente detrás de él. Sentí —no, lo sabía de algún modo, de alguna forma— que la respuesta estaba frente a mí. ¿Cuál era?

El reloj.

El tren.

Lieserl.

En un segundo, llegó a mí. ¿Qué pasaría si el tren dejara la estación, no a sesenta kilómetros por hora sino a la velocidad de la luz? ¿Qué pasaría con el tiempo? Repasé los números en mi cabeza, apresurando un resultado.

Si el tren deja la estación a una gran velocidad, próxima a la velocidad de la luz, las agujas del reloj se moverían aún, pero el tren estaría moviéndose tan rápidamente que la luz no podría alcanzarlo. Entre más acelerara el tren, más lento se moverían las manecillas, finalmente deteniéndose cuando el tren llegara a la velocidad de la luz. El tiempo se congelaría. Y si el tren viajara más rápido que la velocidad de la luz —una imposibilidad, pero lo asumí, en aras de mi argumento—, el tiempo podría ir hacia atrás.

Ahí estaba. La nueva ley era tan simple y natural. Las leyes de Newton sobre la física del universo sólo aplican para objetos inertes. Ya no había necesidad de limitarse a las antiguas leyes. El tiempo es relativo al espacio. El tiempo no es absoluto. No cuando hay movimiento.

Esta nueva ley era simple y natural. Elegante, inclusive mientras desafiaba las leyes de Newton que se habían mantenido estables por cientos de años, e incluso las nuevas leyes de sobre las ondas de luz descubiertas por Maxwell. Era el tipo de ley divina que había estado buscando toda mi vida. ¿Por qué Dios me había dejado ver su obra después de vivir tanto dolor?

Pero yo no tenía un tren que viajara más rápido que la luz. No tenía manera de regresar el tiempo, o congelarlo. Mi ley recién descubierta no me devolvería a Lieserl.

Capítulo 26

13 de octubre de 1903
Berna, Suiza

En esta ocasión, Albert fue por mí a la estación en Berna.

—¡Dollie! —gritó con alegría mientras me cargaba del último escalón del tren— ¡Cuánto ha crecido tu barriga en sólo dos meses!

Era verdad que se veía ligeramente más grande que cuando me había ido, pero tampoco era suficientemente grande para que Albert lo hubiera notado en circunstancias normales.

Intenté sonreír mientras salíamos de la estación y subíamos a un coche de alquiler para ir hacia nuestro departamento. Hice un esfuerzo por dejar atrás la tristeza de Kać mientras respiraba los familiares olores antisépticos de Berna: el aire montañoso de Suiza con dejos de hojas perennes, la ropa recién lavada secándose al viento, el olor de la madera quemándose en las chimeneas recientemente encendidas. Luché por enfocarme en nuestra nueva hija, a la que Albert seguía hablándole en mi vientre, dándonos una bienvenida cálida. Hasta me esforcé en escucharlo hablar de su jefe, el director de la Oficina Suiza de Patentes, Friedrich Haller. Incluso asentí alentadoramente cuando dijo:

—Ya verás. Me le adelantaré para que no tengamos que morir de hambre.

Obviamente Albert estaba intentando levantar el humor de la melancólica pérdida de Lieserl con la idea de un futuro más esperanzador. Pero no podría seguir pretendiendo durante mucho tiempo. ¿Cómo podría actuar como si nuestra hermosa hija no hubiera vivido nunca? ¿Cómo podría olvidar su horrible muerte llena de dolor?

Mis lágrimas comenzaron a caer tan pronto entramos a nuestro departamento. Cuando partí hacia Serbia esperaba que la próxima vez que cruzara el umbral del departamento fuera con Lieserl en mis brazos. En vez de eso, mis brazos colgaban a los costados de mi cuerpo, vacíos como un par de extremidades superfluas.

—Oh, Dollie, no está tan mal —dijo Albert mirando la sala polvosa y llena de papeles—, intenté mantenerla limpia pero tu Johnny no tiene esas mañas. De cualquier manera, creo que una casa abarrotada y llena da señales de una mente llena... y, bueno, te dejaré adivinar lo que pienso de una casa limpia, vacía.

Me sonrió con esas arrugas familiares apareciendo en sus ojos. Alcé la mano para acariciar su mejilla, deseando desesperadamente que ese cariño sin enojo ni tristeza pudiese reflejarse en mi interior vacío. En vez de eso, surgieron más lágrimas.

Dejé caer mi mano e ignoré sus ojos. Caminé hacia la habitación y me acurruqué en la cama. No tenía suficiente fuerza para quitarme la capa de viaje ni las botas. Estaba cansada y tenía el alma enferma. Albert me miró durante un largo minuto y luego se acostó en el colchón a mi lado.

—¿Qué pasa, Dollie? —sonaba sinceramente perplejo, como si hubiera esperado que saliera llena de vida de la estación, lista para preparar una cena de cuatro tiempos con una sonrisa radiante.

—¿Cómo es posible que no lo sepas? —respondí sin esconder mi enojo ante su ignorancia. Como no contestó, murmuré—: Eres un genio para todo excepto para el corazón humano.

El Albert elocuente repentinamente había perdido la capacidad del habla. Luego, increíblemente, adivinó:

—Es Lieserl, ¿no es así?

No respondí. No había necesidad. Mi silencio, roto sólo por mi llanto, respondía por mí. Albert me miró impotente.

—La imaginaba aquí con nosotros, Albert —intenté explicar—. Cada día que pasé contigo en este departamento estaba esperando que viniera con nosotros. Cada día que pasaba por un parque o caminaba por el mercando, pensaba «traeré pronto a Lieserl», pero eso nunca pasará.

Nuestro cuarto estuvo en silencio absoluto por un largo tiempo excepto por el tic tac del reloj. Finalmente, Albert habló.

—Siento mucho lo que pasó con Lieserl.

Su boca murmuró las palabras correctas de consuelo y solemnidad, pero no había ningún rastro de emoción en su voz. Sonaba vacío y falso, como un autómata.

Parecía que sólo tenía dos opciones. Podía aferrarme a mi furia por la injusta muerte de Lieserl y a mi enojo por la incomprensión y el egoísmo de Albert. O podía dejar que mi ira se rindiera y abrazar la esperanza de una nueva familia con el bebé que venía en camino. El tipo de vida que deseaba para Lieserl.

¿Qué camino iba a elegir?

Inhalé profundamente, acompasé mi respiración y limpié mis lágrimas. Elegí la vida. Una vida de éxito con Albert significaba elegir la ciencia. Era el lenguaje con el que nos habíamos comunicado por primera vez y él único que Albert comprendía perfectamente.

—Tuve una epifanía científica, Johnnie —dije mientras me sentaba.

—¿Ah, sí? —sus ojos vacíos comenzaron a brillar con los destellos de las luces de la calle que entraban por la ventana.

—Sí, en la estación del tren de Novi Sad. Ya sabes cuánto hemos intentando conciliar las leyes de Newton con las nuevas teorías de Maxwell sobre electromagnetismo y ondas de luz. Y sabes cuánto hemos tratado de construir un puente entre la materia de Newton y las ondas de luz de Maxwell.

—Sí, sí —exclamó—, ha sido muy confuso, no sólo para nosotros sino para físicos de todos lados. ¿Qué descubriste, Dollie?

—Creo que la noción de relatividad, la que hemos leído en Mach y Poincaré, podría tener la respuesta. La relatividad podría conectar el espacio entre las teorías de Maxwell y Newton, lo nuevo y lo viejo. Pero sólo si cambiamos nuestra manera de entender el tiempo y el espacio.

Le expliqué el experimento que había pensado en Novi Sad.

—El resultado lógico es que las medidas de ciertas cantidades, como el tiempo, son *relativas* a la rapidez o velocidad del observador, particularmente si asumimos que la velocidad de la luz es la misma para todos los observadores. El tiempo y el espacio deberían ser considerados juntos y en relación entre ellos mismos. De esta manera, las leyes clásicas de física mecánica permanecen siendo ciertas, pero sólo en situaciones de movimiento uniforme.

Me miró con la boca abierta.

—Eso es brillante, Dollie. Brillante.

¿En verdad acababa de llamarme brillante? Era una palabra que reservaba para los grandes maestros de la física, Galileo, Newton, y muy de vez en cuando algunos pensadores modernos. Y ahora yo.

Se levantó de la cama y empezó a pasear por el cuarto.

—Parece que has sufrido por Lieserl con mucha meditación, tanto que algo extremadamente importante ha salido de ello —sus ojos estaban llenos de orgullo, y yo no pude evitar estar complacida conmigo misma, a pesar de todo el desprecio que me tenía por lo que había pasado con Lieserl.

—¿Deberíamos escribir tu teoría? —me preguntó con ojos brillantes—. Juntos podríamos cambiar el mundo, Dollie. ¿Harás esto conmigo?

Una chispa de emoción se encendió dentro de mí, pero la culpa la apagó de inmediato. ¿Cómo me atrevía a sentirme complacida con la reacción de Albert? ¿Cómo me atrevía a desear investigar y escribir esta teoría? Era la muerte de mi hija la que me había inspirado la visión y que me había permitido ver los patrones de Dios en la ciencia. Sin embargo, otra voz argumentó, ¿no podía escribir esta teoría en su memoria para que su muerte no fuese en vano? Tal vez ésa era la «gloria» que yo debía descubrir.

¿Cuál era el camino correcto?

Dejé que mis labios formaran las palabras que mi corazón añoraba decir.

—Sí, Albert. Lo haré.

Capítulo 27

26 de mayo de 1905
Berna, Suiza

Los papeles y libros hacían torres altas en la mesa rectangular de nuestra sala. Esta mesa, alguna vez pulida, limpia y lista para las comidas, se había convertido en el centro maltrecho de nuestra investigación, el lugar de donde emanaba nuestra creatividad, que no era muy distinta a la chispa de vida entre Dios y Adán que pintó Miguel Ángel en la Capilla Sixtina, bromeábamos. Estos papeles parecían ser nuestros propios milagros.

Espié entre las montañas de libros e hice contacto con la mirada de Albert. Susurré para asegurarme de que siguiera dormido Hans Albert:

—Johnnie, dime qué piensas de esto —acercando el papel a mi lámpara de aceite, leí en voz alta mi artículo sobre la teoría de la relatividad—: Dos eventos que parecen concurrir cuando son observados desde una posición, pueden no ser considerados concurrentes cuando son observados desde otra posición que se mueve con relatividad a ellos.

Albert dejó salir humo de su pipa y me miró a través de la bruma que se había formado. Hubo una larga pausa antes de que me respondiera:

—Está muy bien, Dollie.

Miré hacia mi hoja de papel, complacida con la reacción de Albert ante las palabras que leía en voz alta.

—Captura la noción de la relatividad, ¿no es así? Quería al menos una oración que enganchara, además del experimento concienzudo y los cálculos medidos, una frase que sea comprensible para que una mayor parte de audiencia pueda incluso citarla.

—Eso es sabio, Dollie. Esta noción llegará lejos, creo.

—¿De verdad? ¿Estás seguro de que no es un error, Johnnie? —pregunté. Aunque mis teorías de la relatividad eran simples en esencia, la noción en sí misma era difícil de comprender, pues contradecía todo el aprendizaje anterior, y además las matemáticas tras ella superaban el nivel de la persona promedio. Necesitaba estar segura de que la limitaba a su esencia.

—Necesitamos jugar un poco con las palabras, pero siempre que intentemos algo nuevo habrá algunos errores en el camino —murmuró distraído. En esos días, Albert repetía esa frase con frecuencia. Con mi artículo y los otros dos en los que trabajábamos juntos, estábamos generando *muchas* teorías nuevas. Entre nosotros, bromeábamos con que no sólo los artículos eran un milagro, sino que se necesitaría un milagro para que las personas aceptaran sus nociones revolucionarias.

—Es verdad —deslicé un par de papeles hacia él—. Por favor, revisa una última vez mis cálculos de la velocidad de la luz y el espacio vacío.

—Dollie, hemos revisado una y otra vez tus cálculos. Son magníficos. De cualquier manera, tú eres la matemática de la familia, no yo. ¡Soy yo quien necesita que corrijas mis propios cálculos! —dijo subiendo la voz a un tono burlón de exasperación.

—Shhh —dije con una risa—, vas a despertar al bebé.

Albert tenía razón. Durante los últimos dieciocho meses habíamos trabajando juntos en tres artículos, aunque el de la relatividad era casi completamente mío. Los otros —un artículo sobre el *quantum* de luz y el efecto fotoeléctrico, y otro sobre el movimiento browniano y la teoría atómica— eran de los dos. En ellos, Albert principalmente esbozaba la teoría mientras que yo me encargaba de las matemáticas, aunque estaba familiarizada íntimamente con cada idea y palabra.

—Estamos a pocos días de enviar este trabajo al *Annalen der Physik*. Quiero estar segura de que cada detalle es perfecto.

—Lo sé, mi pequeña hechicera —dijo Albert, y sonreí. Había pasado mucho tiempo desde la última vez que me había llamado su hechicera. Los últimos dos años de nuestro matrimonio habían sido suficientemente felices, pero las pasiones infantiles y las frivolidades se habían desvanecido en la realidad de la vida cotidiana—. De cualquier modo, también lo ha revisado Besso. No es un físico certificado, pero es tan inteligente como cualquiera de los bufones con los que fuimos a la escuela. Y él cree que es impresionante.

Asentí. Albert había revisado nuestros artículos con Michele Besso, que había servido como un excelente jurado. Dado que Michele trabajaba ahora en la Oficina Suiza de Patentes como un técnico experto, un grado arriba de Albert, y que caminaban juntos a casa cada tarde después del trabajo, Michele tenía suficiente tiempo para revisar nuestras teorías. Sabía que Albert tenía razón, pero mi naturaleza tendía hacia la preocupación y la exactitud.

Albert bostezó.

—¿Deberíamos terminar por hoy, Dollie? Estoy exhausto.

Era gracioso que yo no me sintiera cansada en absoluto. Me levantaba antes que Albert para asegurarme de que el desayuno estuviera listo cuando él y Hans se despertaran. Pasaba el día limpiando, cocinando y cuidando a nuestro hijo de un año, un querubín agotador. Una vez que Albert llegaba a casa, me apresuraba a servir la cena mientras él pasaba unos preciosos minutos jugando con el bebé. Después de que lavaba los platos y acostaba a Hans Albert, solía llegar la Olympia Academy, retomando el debate donde lo habían dejado la noche anterior: ya fuese *Antígona* de Sófocles, el *Tratado de la naturaleza humana*, de David Hume o *Ciencia e hipótesis*, de Henri Poincaré. Sólo entonces, cuando ellos se iban y el bebé estaba dormido y la casa limpia, era cuando Albert y yo nos sentábamos frente a nuestro trabajo real.

Era la hora del día en que me sentía viva.

No porque el resto de mi día no tuviera partes de placer. No, el nacimiento de mi dulce Hans con sus ojos marrones me había traído mucha felicidad. Cuidarlo y llevarlo a hacer todas las actividades que me había imaginado con Lieserl —paseos al mercado, caminatas por el parque, incluso el ritual nocturno para bañarlo— habían sido un bálsamo para las cicatrices dejadas por la muerte de Lieserl. Mientras crecían mis sentimientos por Hans Albert, o Hazerl, como a veces lo llamábamos, también disminuía mi ira hacia Albert. Mi alegría con nuestra familia y nuestro pequeño departamento en 49 Kramgasse, una de las más hermosas calles en Berna, se hacía más profunda. Amaba pasear con Hans Lieserl por la larga calle Kramgasse, alguna vez el centro de la ciudad medieval, y enseñarle el Zytglogge, la famosa torre de reloj, así como el obelisco de la fuente de Kreuzgassbrunnen, la fuente Simsonbrunnen con su escultura de Sansón y el león, y la fuente de Zähringerbrunnen que mostraba un oso con armadura. Le había escrito a Helene sobre mi alegría quien, luego de haber leído tanto de mi tristeza en los últimos años, respondió con una confesión de alivio.

—Tú ve a la cama, Johnnie. Yo daré una última lectura a este artículo y luego te alcanzaré —acerqué hacia mí la lámpara de aceite y comencé a releer aquellas palabras familiares, tal vez, por centésima vez.

Sentí la mano de Albert en mi hombro y lo miré. Sus ojos brillaban en la luz suave y sentí su orgullo al verme trabajar. No había visto esa expresión durante un largo tiempo. Por un breve, maravilloso segundo, nos sonreímos.

—Nuestra vida es justo como nos prometimos durante nuestros días de estudiantes, ¿no lo crees? —le pregunté— Solías decir que trabajaríamos como estudiantes de ciencias por siempre, para que no nos convirtiéramos en filisteos. Tu predicción finalmente es cierta.

Guardó silencio por un momento larguísimo y luego dijo:

—Totalmente cierto, mi pequeña granuja —otro apodo que no había usado durante mucho tiempo. Después de acariciar suavemente mi cabello, susurró—: Este año es nuestro año milagroso.

Mientras lo miraba subir hacia nuestra habitación, sonreí. Había hecho bien en orientar nuestra relación hacia el lenguaje de la ciencia; el amor siguió los pasos de la ciencia con Albert.

Mis ojos, estaban borrosos de contemplar los cálculos minúsculos. Alisé la primera página del artículo: «Sobre la electrodinámica de los cuerpos en movimiento». Nuestros nombres —Albert Einstein y Mileva Marić Einstein— aparecían debajo del título. El trabajo era en su mayoría mío, pero entendía que sin mi título y sin doctorado era necesario que apareciera también el nombre de Albert.

Mi nueva teoría de la relatividad había revelado que el tiempo podría no tener las mismas características fijas que Newton, junto con todos los físicos que existieron después de él, habían creído. Pero un filósofo, Séneca, aún más antiguo, había entendido perfectamente un aspecto del tiempo: «El tiempo cura lo que la razón no puede». El tiempo y mi trabajo con Albert, en honor de Lieserl, habían curado mucho.

Capítulo 28

22 de agosto de 1905
Novi Sad, Serbia

Helene apretó mi brazo con entusiasmo. Nuestros hijos corrían alrededor de la cuadra del Café Queen Elizabeth, donde nosotras dábamos tragos a nuestro café ligero. Julka guiaba la diversión, encantada con la persecución, la seguía Zora y finalmente, con sus primeros pasos estaba Hans Albert. Mientras iban y venían por la banqueta, todo lo que yo podía hacer era calmar mis instintos protectores de saltar a cada minuto para prevenir que cayera al suelo, aunque sabía que Albert iba detrás de ellos.

Miré a mi amiga, que achicaba los ojos ante la luz brillante del sol. Profundas arrugas se marcaban en su ceño, haciéndola parecer mucho mayor de lo que era en realidad. A pesar de la preocupación, que se hacía evidente en los movimientos de sus tupidas cejas, sus ojos azul grisáceo eran tan suaves y amables como siempre lo habían sido.

—Estoy de acuerdo, mi querida amiga —dijo Helene con un suspiro satisfecho—, estoy muy feliz de que nos hayas convencido de venir con ustedes a Novi Sad.

Sólo dos días antes estábamos sentadas en una banca del lago Plitvice en la pequeña villa de Kijelvo. Nuestros esposos e hijos nos miraban confundidos, ya que acabábamos de pasar una maravillosa semana de vacaciones juntas. «¿Por qué están llorando?» había preguntado la pequeña Julka. Nosotras le explicamos que nos parecía difícil soportar la idea de despedirnos. Lo que no dijimos fue que los largos días en el lago Plitvice, con el agua acariciándonos los pies, rodeadas de colinas rojas y campos de bígaros verdes y azules, y estar en nuestra sencilla compañía habían sido casi demasiado perfectos. Nuestras vidas de vuelta en Berna y Belgrado, respectivamente, parecían desoladoras en comparación. Una vida de amas de casa y los ojos vacíos de otras esposas, mujeres que nos encontraban extrañas y demasiado académicas para sus cuidados de la casa.

Le propuse a Helene hacer una extensión de nuestras vacaciones, y no necesité rogarlo. La invitación de unirse a nosotros en Novi Sad fue aceptada de inmediato, por lo cual estaba agradecida. Tener a Helene, Milivoje y sus hijos haría mucho más sencillo presentar a Albert ante mis padres en su casa en Novi Sad. Mamá y papá habían aceptado poco a poco a Albert —a lo lejos—, pero dar la mano al hombre que había embarazado ilegítimamente a su hija y que nunca había visitado a su pobre y difunta nieta, era una cosa totalmente distinta. La presencia de Helene y su familia y la felicidad de mis padres al conocer a Hans Albert, ablandaron la desafiante situación.

—Recuerdo cuando caminábamos todo el día por Plattenstrasse en Zúrich sin preocuparnos por nada. En ese momento no sabíamos lo maravilloso que era —dijo Helene con una expresión de remembranza en su rostro.

—Lo sé. Todo el tiempo pienso que estoy estudiando en mi pequeña habitación en la pensión Englebrecht. ¿Es extraño que siempre piense en esas cosas?

—No —dijo Helene con una sonrisa de sabiduría—. ¿Nunca deseas que no hubiéramos roto nuestro pacto?

—¿Qué pacto? —pero tan pronto como hice la pregunta, lo recordé. Sólo había existido un pacto entre nosotras, simplemente no había pensado en él durante mucho tiempo.

—El de dedicarnos solamente a nuestros estudios y nunca casarnos —dijo.

El pacto parecía haber sido hecho hacía tanto tiempo que me sentía una persona totalmente diferente. Una que no había sentido su cuerpo abrirse en dos, tanto por el dolor del parto como por la inexorable pérdida de una hija. Esa otra persona, aquella chica parecía tan inocente, sentada en el borde de las posibilidades ilimitadas, con la maravillosa inconciencia de que tendría que mutar y sacrificar sus ambiciones para perseverar en el mundo. Miré a Helene.

—Estaría mintiendo si dijera que no ha habido momentos en los que desearía que hubiéramos cumplido el pacto. Ciertamente muchos días, cuando estaba embarazada de Lieserl y me sentía aterrada —mis ojos se llenaron de lágrimas. Helene era la única persona en el mundo a la que podía hablarle abiertamente de Lieserl—, pero nunca habría deseado que mi hermosa Lieserl no existiera, sin importar el miedo ni el dolor. Sin importar lo corta que fue su vida.

Nos tomamos de las manos en una comprensión silenciosa. Luego, haciendo un gesto hacia nuestros risueños niños, dije:

—Y, de cualquier modo, si hubiéramos mantenido ese pacto nunca hubiéramos tenido esto.

—Es verdad —respondió Helene con una amplia sonrisa.

Justo entonces, Hans Albert con sus piernas de catorce meses que lo hacían parecer un joven marinero en el vaivén de un barco, cayó al suelo y comenzó a llorar. Instintivamente me levanté de un salto, pero no fui suficientemente rápida. Albert corrió de la mesa donde daba una pequeña clase a los estudiantes locales de física, descendió al suelo y puso a Hans Albert sobre sus hombros.

—Albert tendría a dos niños sobre sus hombros, Helene. Lieserl tendría tres años y medio ahora —miré a Albert dar vueltas alrededor de la cuadra con nuestro hijo riendo a carcajadas.

Ella apretó mi mano.

—No sé cómo lo soportas.

—No lo sé. Justo cuando estoy teniendo un momento de alegría con Hans Albert, la ausencia de Lieserl lo llena todo como un abismo negro. Intento canalizar esa energía en mi trabajo —le había contado a Helene sobre el trabajo que estaba haciendo con Albert y los artículos que estábamos escribiendo, y la teoría que había surgido con la muerte de Lieserl. Le había descrito la alianza científica que formábamos y cómo llenaba el agujero de mis propias fallas profesionales. Estaba en el borde de la emoción sobre la publicación de mi artículo en *Annalen der Physik,* que sería en tan sólo unas pocas semanas, y que yo no podía creer, cuando me detuve de golpe. No quería hacer sentir mal a Helene, quien no tenía ninguna oportunidad de trabajar en sus estudios de historia.

Tomé mi café, le di un sorbo y cambié el rumbo de la conversación.

—¿Y tú, Helene? ¿Desearías que hubiéramos mantenido el pacto?

Tan llena se veía Helene con el placer de tener a sus hijas, que esperaba un «no» rotundo. En lugar de eso dijo:

—Últimamente sí, aunque no quisiera perder a mis hijas por nada en el mundo. Milijove y yo tenemos algunos problemas.

—¡No, Helene! —exclamé, y mientras bajaba mi taza accidentalmente regué un poco de café sobre el mantel blanco— No me habías dicho nada en todos estos días.

—Milivoje está siempre cerca para escuchar, Mitza. O las niñas. Tengo que ser cuidadosa.

—¿Qué pasó?

—Cierta distancia ha ido creciendo entre nosotros —dijo con la voz temblorosa.

Antes de su matrimonio en Zúrich, Milana, Ružica y yo habíamos especulado respecto a su pareja, preguntándonos si Milivoje con su brusquedad podría satisfacer a nuestra gentil e intelectual Helene a largo plazo. Pero nos habíamos guardado nuestras preocupaciones y decidimos no mencionarle nada a ella. Tal vez habíamos hecho mal en guardar silencio.

—Oh, no, Helene. ¿Qué harás?

—¿Qué puedo hacer? —me miró con lágrimas en los ojos y se encogió de hombros.

No respondí. ¿Qué podía decir? Sabía, al igual que Helene, que ella y las niñas dependían de Milivoje y que ella nunca haría nada para poner en juego el bienestar de sus hijas. No era sólo que sería difícil para Helene mantener a sus hijas y a sí misma, sino que una mujer divorciada tenía que vivir bajo un inmenso estigma. Debía haber otra forma de salir.

Mi mente se apresuró a buscar todo tipo de soluciones, pensé en sugerir que ella y las niñas vinieran a Berna a vivir con nosotros por un tiempo cuando papá se acercó a nuestra mesa. Helene y yo estábamos tan absortas en nuestra conversación que no lo vimos cruzar la calle hacia nosotras. No iba solo, lo acompañaba la señora Desana Tapavica Bala, la esposa del gobernador de Novi Sad.

Nos levantamos de nuestras sillas metálicas e intercambiamos cortesías con la señora Bala. Me miró de arriba abajo, midiéndome del mismo modo en que mamá evaluaría la carne en el mercado, y dijo:

—Su padre está muy orgulloso de usted, señora Einstein. Un título en física, un marido exitoso, y una buena vida en Suiza. ¿Qué padre no se sentiría orgulloso?

Le sonreí a papá, cuyo pecho se había hinchado con los cumplidos de la señora Bala. Obviamente estaba dando reconocimiento extra a mi educación, pero estaba aliviada de que a pesar de toda la pena que mis padres sufrieron a causa de Lieserl y mis fallas escolares, aún sintieran un módico orgullo hacia mí. Su hija curiosamente inteligente y «deforme» había excedido las expectativas de todos, incluso las de ellos mismos. Esto era en gran parte al hecho de que nuestro secreto del Chapitel —la existencia de Lieserl— se había mantenido.

—¿Alguna vez tiene la oportunidad de usar su elegante educación ahora que tiene un marido y un hijo a los que cuidar? —el tono y las palabras de la señora Bala sonaban en extremo provocadores. ¿Estaba intentando decir que mi educación inusual era inútil frente al trabajo de mujer que ahora tenía que realizar?

Con los atentos ojos de papá sobre mí, me encogí de hombros y respondí:

—De hecho la tengo, señora Bala. Trabajo con mi esposo en todo tipo de artículos y estudios. Justo antes de venir aquí, terminamos un trabajo tan importante que hará a mi esposo famoso en todo el mundo.

¿Sonaba muy presumida? ¿A la defensiva? El escrutinio de la señora Bala y sus preguntas retadoras me habían hecho susceptible, pero la verdad es que aún quería que papá me viera como *mudra glava*. Nuestra visita ajetreada no me había dado oportunidad de compartir con él todo el trabajo que estaba haciendo.

—Bueno, bueno. Eso explica por qué escuché a su esposo decir «mi esposa es indispensable para muchas cosas, incluido mi trabajo. Ella es la matemática en nuestra familia».

—¿Eso dijo? —solté, pero de inmediato me contuve. Esa no era la imagen que quería transmitir a la señora Bala o a papá.

—Sí, claro —se regodeó con mi respuesta—, de hecho dijo que basa su criterio de Serbia como una nación brillante a partir de lo que sabe de su esposa.

No cometí el error de mostrar de nuevo mi sorpresa ante el comentario de Albert, pero no pude evitar sonrojarme. Gracias a Dios que había traducido nuestra relación al lenguaje de la ciencia. Albert y yo habíamos forjado nuestro conocimiento temprano sobre ella, y era lo que seguía avivando el fuego.

Capítulo 29

26 de septiembre de 1905
Berna, Suiza

A nuestro regreso a Berna, mi mundo volvió a hacerse pequeño. Tareas de la casa, cuidar a mi hijo, ciencia. Yo, Hans Albert, Albert. Como si circuláramos en un ciclo constante dentro de un bucle gravitacional fijo.

Extrañaba terriblemente a Helene. La camaradería, la comprensión que compartíamos, la empatía y aceptación total no se encontraban en ningún otro lugar de mi vida. No con las otras amas de casa. No en mi propia familia. Ni siquiera en Albert. Anhelaba regresar a mi yo más pura y verdadera, la de mi juventud, cuando estaba con ella.

En vez de eso pasaba los días en la interpretación ansiosa de mi vida. Incluso cuando estaba limpiando el departamento, cuidando a Hans Albert, cocinando y remendando la ropa de Albert, pensaba acerca de la publicación otoñal del artículo sobre la relatividad en *Annalen der Physik* y esperaba ver mi nombre impreso. Mi mente sólo podía calmarse con mi tributo para Lieserl.

Volví a perseguir al cartero, una práctica que había abandonado tras la muerte de Lieserl. Día tras día, regresaba de los cuatro pisos de escaleras con las manos vacías, de no ser por el peso de Hans Albert. Casi me había dado por vencida cuando sonó la campana. Preguntándome quién podría ser —nunca había visitantes sino hasta que los amigos de Albert de la Olympia Academy llegaban después de la cena, ya que yo nunca me había hecho amiga de las amas de casa de Berna—, apreté a Hans Albert contra mi pecho y corrí escaleras abajo. Abrí la puerta y me encontré con los grandes ojos del cartero.

—Buenas tardes, señora Einstein. Imagino que este es el paquete que ha estado esperando —me entregó un sobre café de papel, con el tamaño y peso correctos, y con una dirección alemana de remitente.

—¡Sí, lo es! —grité emocionada, y lo abracé —No puedo agradecerle lo suficiente.

Inclinando respetuosamente la cabeza, el cartero se alejó. Acostumbrado al estoicismo de los suizos, mi muestra inusual de afecto debió haberlo perturbado. Me sorprendió a mí también; ni siquiera conocía el nombre del cartero.

Apenas pude resistirme a abrir el paquete inmediatamente. En el segundo exacto en que Hans Albert y yo entramos al departamento y lo senté con sus bloques de madera, regresé al paquete. Se asomó el título de *Annalen der Physik*, y lo arranqué de los lazos que lo envolvían para cerrar el sobre. Di vuelta a las páginas hacia la tabla de contenidos y encontré el título «Sobre la electrodinámica de los cuerpos en movimiento», con el autor Albert Einstein impreso a su lado. La omisión de mi nombre no me sorprendió; seguramente no había suficiente espacio para más de un autor en la tabla de contenidos, y el nombre de Albert era el primero que aparecía en nuestro manuscrito. Ya que él era el único con un grado académico formal, era necesario que así fuera. Hojeé el volumen y finalmente encontré la página 891. Ahí estaba el título que había labrado con diligencia: «Sobre la electrodinámica de los cuerpos en movimiento». Se veía maravilloso impreso, incluso mejor de lo que había esperado. Mi ojos escanearon el resto de la página. ¿Dónde estaba mi nombre? Cuidadosamente procesé cada palabra del artículo, pero mi nombre no estaba en ningún lado. Mileva

Marić Einstein no aparecía ni siquiera en una nota a pie de página. Bajo el título sólo aparecía un autor: Albert Einstein.

¿Cómo había pasado esto? ¿Por qué el editor había quitado mi nombre sin consultarnos? ¿Era porque soy una mujer? Esto iba contra los códigos de ética de una publicación científica.

Caí de rodillas. ¿Qué había pasado con *mi* tributo a Lieserl? El artículo había sido mi manera de darle sentido a su pobre, corta vida y a todos los meses que la abandoné. Lloré ante el pensamiento de mi memorial perdido a mi hija secreta.

Hans Albert se tambaleó hacia mí dejando de apilar bloques. Puso su cuerpo tibio y rechoncho sobre mí y me acarició la espalda suavemente. «Mamá», dijo con tristeza, haciéndome llorar aún más.

Horas después, Hans Albert estaba sentado en su tina de porcelana, salpicando agua por toda la cocina. Tallé sus brazos suaves y los rollitos de sus piernas con su esponja de baño llena de jabón. Encantado con su baño, pateó con más fuerza, salpicando las toallas que estaban listas para secarlo. Por primera vez en mi vida no disfruté bañar a mi pequeño niño, que era mi actividad favorita del día.

No podía sacar de mi mente la traición de los editores del *Annalen der Physik*.

Acosté a Hans Albert para dormir y terminé de preparar la cena mientras esperaba a Albert. Pasaron las siete, luego las ocho. ¿Dónde estaba? La Olympia Academy podía llegar en cualquier minuto. Albert podía ser olvidadizo y distraído pero nunca había llegado tan tarde sin avisarme. ¿Le habría pasado algo?

Di vueltas frente a la puerta de nuestro departamento. Cuando finalmente escuché su llave en la entrada y supe que estaba bien, corrí por la copia del *Annalen der Physik* y la llevé al recibidor. No me molesté con mis saludos usuales ni con el intercambio común de palabras sobre nuestro día, ni siquiera con preguntas acerca de su retraso. Escupí las palabras que había construido durante todo el día:

—Albert, el artículo sobre la relatividad se publicó hoy, pero nunca creerás lo que pasó. Sólo te menciona a ti como autor. ¿Puedes creer que los editores hicieran eso? Tenemos que escribirles y exigir una corrección.

Albert puso un dedo sobre sus labios y dijo:

—Calla, Mileva. Vas a despertar a Hans Albert.

Su amonestación me dejó en shock. Albert nunca se preocupaba por el sueño de Hans Albert. Sólo había una explicación posible.

—Ya lo sabías… —susurré alejándome de él.

Él caminó hacia mí.

—Escucha, Dollie. No es lo que crees, no es lo que parece.

—¿Por eso llegaste tan tarde? No querías venir a casa. Sabías que estaría enojada con lo que han hecho.

No me respondió pero la expresión de su cara me dijo que estaba en lo correcto.

Me alejé de él y caminé hacia atrás hasta que golpeé una pared de la sala. Si hubiera podido abrirme camino en el yeso lo habría hecho.

—¿Cómo pudiste dejar que pasara esto y no decirme? Tú sabías de dónde vino la idea. Tú sabes lo importante que era para mí hacer un memorial a Lieserl publicando ese artículo.

Se estremeció ante la mención de Lieserl y me sostuvo por los antebrazos.

—Escucha, Dollie, por favor. Uno de los editores me escribió haciendo preguntas sobre ti y tus grados académicos. Le expliqué que eres mi esposa y una física entrenada, a pesar de que no tengas tu título. En su respuesta sentí que vacilaba.

—¿Te pidió que quitaras mi nombre?

—No —dijo lentamente.

—¿*Tú* le pediste que quitara mi nombre? —estaba incrédula. Pero sólo en parte. De pronto recordé cuando había quitado mi nombre de otro artículo que habíamos escrito juntos. El de la capilaridad que le envió al segundo profesor Weber.

Sin soltarme, asintió.

—¿Cómo pudiste hacerme eso, Albert? Si lo hubieses hecho en los otros artículos no estaría feliz, pero tal vez habría entendido. Pero no en el de la relatividad. Este es por Lieserl. Debiste haber insistido.

—¿Qué importa, Dollie? ¿No somos *Ein Stein*? ¿Una piedra?

En el pasado Albert había usado este juego para describirnos como uno mismo. En mi inocencia, había dejado que esta imagen extravagante permeara mis decisiones. ¿Cómo podría dejar que este pretexto —que somos como uno solo, que lo que beneficia a uno beneficia a los dos— influyera en el tema de Lieserl? ¿No había ya sacrificado suficiente por ese «uno mismo» de nuestra relación? No me merecía un último tributo para mi hija muerta?

Me solté de sus manos y dije:

—Albert, puede que seamos *Ein Stein* pero ahora es claro que somos de dos corazones.

Capítulo 30

4 de agosto de 1907 y 20 de marzo de 1908
Lenk, Suiza y Berna, Suiza

—Con esta máquina seremos capaces de medir cantidades muy pequeñas de energía —anunció Albert a los hermanos Paul y Conrad Habicht frente a una taza de café cargada en el restaurante de la posada. Los hermanos habían viajado desde Berna hasta la posada de Lenk, donde Albert, Hans Albert y yo estábamos de vacaciones. Albert y yo habíamos tenido una idea para un invento, y él esperaba poder volver a formar la Olympia Academy sin Maurice, que se había mudado a París, y que nos ayudaran a crearlo.

—¿Por qué querríamos hacer eso? —preguntó Paul. El hermano de un miembro original de la Olympia Academy, Paul, como un maquinista talentoso, era más práctico que su hermano teórico Conrad.

—Para registrar cargas eléctricas minúsculas, por supuesto —respondió Albert desdeñosamente.

Paul aún parecía confuso, así que intenté explicarle.

—La *Maschinchen* nos permitiría amplificar cargas minúsculas de energía para medirlas, lo cual podría ayudar a los científicos a evaluar varias teorías moleculares.

Conrad estaba acostumbrado a mis comentarios durante nuestras frecuentes reuniones de Olympia Academy —incluyendo mis traducciones de la brusquedad de Albert—, pero no estaba segura de que Paul fuese tan receptivo. Sabía cómo era la reacción de muchos hombres ante una mujer hablando el lenguaje de la ciencia.

—Ah —dijo Paul, finalmente comprendiendo el vínculo entre la máquina y uno de los grandes debates entre físicos: ¿cuál era la «cosa» precisa de nuestro mundo? Parecía cómodo con mi contribución. Tal vez su hermano lo había preparado, o tal vez mis breves observaciones en las reuniones de la Olympia Academy.

Conrad intervino, entendiendo la naturaleza lucrativa de la empresa.

—Cada laboratorio querría uno.

—Exactamente —dije con una sonrisa.

Pasé a Hans Albert a los brazos de Albert y desenrollé los esbozos que había hecho de la *Maschinchen*, principalmente las fórmulas eléctricas y los diagramas de circuitos. Revisé los planos con los hermanos y propuse un horario de trabajo. Albert de algún modo había conseguido un cuarto desocupado en un gimnasio local de Berna donde podíamos armar juntos la máquina.

—¿Trabajarán con nosotros? —ofrecí una oración silenciosa a la Virgen María mientras los hermanos intercambiaban una mirada. No invocaba con frecuencia a la Virgen. Sin mamá cerca me había desacostumbrado al ritual. Pero cuando realmente necesitaba algo, ella venía a mi mente. Albert y yo éramos toda teoría y poca práctica; necesitábamos a los hermanos Habicht para volver a la *Maschinchen* una realidad.

—¿Compartiremos las ganancias? —preguntó Paul.

—Claro. Veinticinco por ciento para cada uno —dije—. Si aceptan, consultaré a un abogado para que firmemos el acuerdo. Una vez que esté terminado el dispositivo, Albert se hará cargo de la patente. Tiene experiencia en esa área, obviamente —terminé, sonriendo a Albert.

Albert devolvió el gesto, visiblemente complacido con mi tacto. Aunque se había disculpado por la dolorosa omisión de mi nombre en nuestros artículos de 1905 en el *Annalen der Physik*, mi perdón no apareció sólo por las palabras que dijo. Después de meses de silencio, Albert entendió que la llave para la absolución era una invitación de trabajo. El proyecto de la *Maschinchen* concebido por ambos al final del año anterior, con mi liderazgo, fue la única manera de enmiendo que acepté. De esta forma, las palabras de remordimiento de Albert fueron finalmente aceptadas y, en teoría, yo lo perdoné.

Meses después de nuestra junta en Lenk, me senté frente a Albert y los hermanos Habicht esperando ver los frutos de nuestra conversación. Albert tocaba la barba que le había crecido durante el largo mes de marzo que pasó encerrado con Conrad y Paul trabajando en la máquina. Su cara había adelgazado, haciendo que se marcaran hoyos en sus mejillas. De pronto se veía mucho más viejo, distinto al estudiante que yo conocí.

El cuarto del gimnasio estaba lleno de cables, baterías, chapa metálica y un montón de partes inidentificables, sin mencionar las tazas de café sucias y el tabaco que se había acumulado en todos los meses que habían pasado desde el verano. Dejé a Hans Albert en una esquina que parecía segura y examiné la máquina.

El cilindro al fin se parecía al de mis diagramas. Después de siete meses de trabajo, una vez que sus días de labor terminaron, Albert, Paul y Conrad finalmente estaban listos para usar la *Maschinchen*. Los hombres me llamaron para el momento de examinar el aparato.

—¿La probamos? —les pregunté.

Albert asintió y Paul y Conrad comenzaron a conectar cables y encender apagadores. Luego Albert inició la máquina. Chisporroteando al inicio, con una emanación constante de humo desde uno de los cables eléctricos, la máquina empezó a trabajar.

—Las dos placas conductoras hicieron carga, las bandas las midieron en verdad. ¡Funciona! —grité.

Los hombres aplaudieron, se dieron palmadas en la espalda e inclinaron la cabeza en dirección mía. Justo cuando Conrad tomaba una botella polvosa de vino escondida detrás de una pila de cables, la *Maschinchen* hizo un horrible chirrido. Y de pronto, se detuvo.

Los hombres se apresuraron hacia la máquina y movieron los cables durante lo que pareció una hora. Mecí a Hans Albert sobre mi regazo para mantenerlo entretenido por un poco más de tiempo, su hora de dormir había pasado hacía mucho.

—Supongo que fuimos prematuros con las felicitaciones —dije. Paul me miró.

—¿Por qué dices eso? —preguntó.

Hice un gesto hacia la máquina, que aún humeaba,

—Esto no es nada. Sólo algún aislante defectuoso. Lo arreglaremos en poco tiempo.

—¿En serio? —pregunté aliviada.

—En serio —respondió Conrad por su hermano—. Una vez que la mantengamos andando consistentemente, llenaremos de inmediato el formato de la patente. Albert tiene casi todo listo, incluyendo los planos originales. ¿Verdad, Albert?

Albert no me había mencionado nada de esto. Estaba sorprendida de su velocidad, pero claro, esto era lo que debió haber estado haciendo durante las tardes en el gimnasio mientras los hermanos Habicht armaban la máquina. Sabía que Albert no tenía habilidades prácticas como Paul y Conrad.

—¿Podemos ver el formato de la patente, Albert? —preguntó Conrad.

Albert, con el cabello convertido en un desastre salvaje y polvoriento miró hacia arriba como si hubiera olvidado que yo estaba ahí.

—Claro —dijo mientras se levantaba. De una mesa cubierta de partes eléctricas, jaló una torre de papeles desordenados.

—Aquí está. Aún está en borrador, pero es la idea general —dijo poniendo las hojas frente a mí y los Habicht.

Los diagramas eran una réplica exacta de la máquina conforme iba desarrollándose, junto con la descripción necesaria para el formato, que era precisa. Paul y Conrad sugirieron un par de cambios pero, en general, expresaron su aprobación con el borrador. Yo no hice comentarios, ya que los particulares de la patente estaban fuera de mis conocimientos. Todo parecía estar en orden. Ahora sólo teníamos que asegurarnos del funcionamiento correcto de la *Maschinchen* antes de enviar realmente el formato.

—¿Por qué el nombre de Mileva no está en el formato de la patente? —preguntó Paul a Albert con una expresión seria.

Miré de nuevo los papeles. Seguramente Paul se había equivocado; Albert no podía cometer un pecado tan grave de nuevo. No después de todos los meses de silencio que había soportado. Mi nombre tenía que estar en algún lugar del formato. Miré de arriba abajo la página con la información de los solicitantes y entonces me di cuenta de que Paul tenía razón. En ningún lugar aparecía el nombre Mileva Einstein.

¿Cómo se atrevía Albert?

La habitación quedó en silencio. Albert, Paul y Conrad entendían la ofensa y esperaban incómodos a mi respuesta. Incluso Hans Albert estaba quieto, como si hubiera sentido la tensión inusual en el cuarto.

Quería rabiar contra Albert por su cobardía y desconsideración. Debió haber previsto mi reacción, si es que lo pensaba dos veces. ¿Habría estado demasiado asustado para hablarme directamente sobre los solicitantes que incluiría? ¿En verdad prefería una pelea pública? Si Albert hubiera expuesto el tema conmigo en privado, explicando que a la patente le iría mejor sin una mujer sin título, no me habría alegrado pero hubiera apreciado que se preocupara por mí y mis sentimientos y por evitar la vergüenza frente a Paul y Conrad.

No iba a dejar que Albert me humillara de manera pública ni privada. No de nuevo. Forcé una sonrisa como si hubiera sabido de la omisión de mi nombre desde el inicio, y con calma dije:

—¿Por qué debería estar mi nombre en la lista, Paul? Albert y yo somos *Ein Stein*. Una piedra.

Albert no dijo nada.

Miré fijamente a Albert. Mientras mi boca se movía para formar las palabras, sentí algo puro y confiado crecer dentro de mí.

—¿No somos una piedra, Albert?

Capítulo 31

4 de junio de 1909
Berna, Suiza

Lentamente, Albert y yo comenzamos a encender el mundo de la física en los meses después a que recibiéramos la patente en la *Maschinchen*, un invento que esperaba pudiera traernos ingresos fijos. Cartas de científicos de toda Europa empezaron a llover en nuestro departamento en Berna. Pero ninguna contenía pedidos de la *Maschinchen*, que estaba peleando para abrirse lugar en los laboratorios. En vez de eso, una vez que el profesor más estimado de física, Max Planck, comenzó a enseñar la relatividad a sus estudiantes, otros físicos empezaron a preguntarse sobre los cuatro artículos que habíamos publicado en el *Annalen der Physik* en 1905, especialmente sobre el mío. Ninguna de las cartas era para mí, ya que mi contribución había sido borrada. No, todas las cartas eran para Albert.

Como una araña, Albert se ocupó en tener un nombre para sí mismo en el centro de la intricada red de físicos europeos. Empezaron a llegar ofertas para escribir más artículos y comentar teorías en varias publicaciones. Las invitaciones para conferencias de física se apilaron por todo el departamento. Los extraños comenzaron a detenerlo en las calles de Berna para conocerlo. Pero la red de Albert no tenía hilos pegajosos a los que pudiéramos adherirnos Hans Albert y yo. Nosotros éramos las simples ramas donde se enreda la telaraña.

Día tras día, yo atendía la casa, cuidaba a mi hijo y a Albert, e incluso recibía a estudiantes foráneos para vivir en las dos habitaciones sobrantes que teníamos, así que limpiaba y cocinaba también para ellos. El trabajo extra exacerbaba el dolor de mi cadera y mis piernas, que nunca se habían recuperado del nacimiento de Lieserl, pero hacía todo sin quejarme pues esperaba que Albert me invitara al mundo secreto de la física con el que alguna vez nos habíamos arropado juntos. Ya que la Olympia Academy se había desintegrado informalmente cuando Maurice fue reubicado en Strasbourg, Francia, y Conrad volvió a Schaffhausen, sólo Albert podía invitarme de nuevo a ese mundo. Pensaba que si lo libraba de las preocupaciones financieras, él podría comenzar a teorizar de nuevo, y aseguraría así una invitación para mí. Me enojaba tomar estas medidas pero no había otra forma para facilitar mi regreso a las ciencias.

Pero ninguna invitación real llegó en los meses después de que completáramos nuestro trabajo con la *Maschinche*. Albert no estaba disponible para colaboraciones, sin importar cuánto lo ayudara a liberar su tiempo y su atención. Ocasionalmente, mientras él respondía a las cartas de los físicos que escribían preguntando por los artículos del *Annalen der Physiks* o mientras hacía reseñas de otros artículos de publicaciones científicas, me pedía consultas de emergencia sobre la teoría de la relatividad o sobre cálculos matemáticos. Me mantuve lista para su invitación leyendo las últimas publicaciones y estudiando los libros de texto que Albert dejaba en casa, pero lentamente perdimos el lenguaje de la ciencia con el que solíamos comunicarnos. La plática infantil con Hans Albert y los murmullos sobre preocupaciones financieras tomaron el lugar de aquellas conversaciones sagradas.

La parte segura de mí, que se había fortalecido durante la omisión de mi nombre en la patente de la *Maschinchen*, se hizo más sólida y la chispa de esperanza que tenía de que Albert y yo retomáramos nuestros proyectos científicos se transformó en una llama de rabia. Sólo podía confesarle a Helene mis sentimientos, que la fama le había quitado a Albert el interés en su esposa, que me preocupaba que su deseo de notoriedad tomara los restos de humanidad que le quedaban.

Me había convertido en el ama de casa que nunca quise ser. El tipo del que Albert siempre se había burlado. Esto no era la vida bohemia que quería pero ¿qué opción me quedaba?

La esperanza para nuestra relación —marital y científica— llegó en la forma de una oferta de trabajo. Gracias a la aclamación creciente que recibía del mundo de la física, Albert recibió la posición profesional que había buscado desde nuestros días de escuela. Le pidieron que fuera profesor junior de física en la Universidad de Zúrich, luego de un debate encarnizado entre los profesores debido a sus orígenes judíos, con la extraña conclusión de que él no exhibía los rasgos judíos más problemáticos. Planeamos establecernos ahí algunos meses antes de que comenzara el periodo de invierno en octubre. De nuevo le recé a la Virgen María, esta vez por un nuevo comienzo en la ciudad de nuestros días escolares. La ciudad de una Mileva muy distinta.

Empacar todo para Zúrich, por supuesto, fue mi tarea, mientras Albert terminaba sus días en la oficina de patentes. Un día, luego de ocupar a Hans Albert en sus estudios de piano, me di vuelta hacia las pilas de papeles que Albert había dejado sobre la mesa del comedor, la barra de la cocina y el suelo de la habitación. Era como un rastro de Hansel y Gretel. Me puse a organizar artículos, notas y otros papeles. Fue entonces cuando lo vi. Una postal entre dos páginas de un artículo que Albert había enviado para ser revisado.

Querido Profesor Einstein:

Espero que permita una nota de felicitaciones de una antigua amiga que usted bien podría haber olvidado con el paso de los años. Si recuerda, soy la cuñada del dueño del Hotel Paradise en Mettmenstetten, y pasamos muchas semanas en compañía mutua hace diez años. Me di cuenta de que había un artículo en el periódico local donde lo designaban como un extraordinario profesor de física teórica en la Universidad de Zúrich, y quería desearle lo mejor en su nuevo trabajo. Pienso mucho en usted y atesoro las semanas que pasamos juntos en nuestra juventud en el Hotel Paradise.

Los mejores deseos con todo mi corazón,
Anna Meyer-Schmid

Casi río con la empalagosa nota sentimental. Estaba acostumbrada a que Albert recibiera notas de adulación de científicos y gente del estilo; siempre estaba limpiándolas alrededor de todo el departamento. Era la primera vez que llegaba la nota de una antigua novia, pero tal vez la sacaría a la luz como una pequeña broma durante la cena.

Seguí limpiando entre los papeles cuando me encontré con otra postal con una caligrafía similar.

Querido Profesor Einstein:

¡Qué maravilloso recibir una respuesta tan pronta! Nunca hubiera esperado que un hombre con su reputación y apretada agenda tendría tiempo para responder con tanta rapidez a una simple ama de casa de Basel. *Estoy sorprendida y encantada de que recuerde aquellas queridas semanas en Paradise. Es maravillosa la invitación que me extiende para encontrármelo en sus oficinas en Zúrich una vez que se haya establecido. Me sentiría muy honrada de ver al profesor en su nueva oficina. Le haré llegar el horario de nuestra cita.*

Con todo mi corazón,
Anna Meyer-Schmid

Mi corazón empezó a acelerarse. Albert le había respondido a esta mujer. En su respuesta debió haberla invitado a visitarlo en Zúrich. Esto no era una broma para la hora de la cena. Esto era el inicio de una aventura.

Sentí hervir de furia. Había borrado mis propias ambiciones, incluso sacrificado el poco tiempo que tenía con mi hija, por Albert. Para atender sus deseos. Se había convertido en mi camino al amor y al trabajo, incluso si me estaba bloqueando la ruta. La sangre de los bandidos, como papá habría dicho, empezó a hervir dentro de mí. Si Albert pensaba que lo perdería ante un ama de casa de Basel sin dar batalla, estaba equivocado.

Tomé una pluma y una hoja de papel. Dirigí la carta para el señor Georg Meyer, el marido de la mujer, a la dirección que ella misma había provisto y le describí lo que su esposa había comenzado: «Su mujer ha escrito una carta sugerente a mi marido…»

La puerta se cerró de un golpe. No esperaba que Albert volviera tan temprano. Empecé a esconder las postales y la carta que estaba escribiendo, pero luego lo pensé mejor. ¿Por qué debía esconderme? Yo no era la que estaba haciendo algo incorrecto.

Cuando Albert me llamó, respondí «estoy en el cuarto», y seguí escribiendo mi carta.

Escuché sus pasos y luego su voz:

—¿Qué estás haciendo, Dollie?

—Le escribo una carta al esposo de Anna Meyer-Schmid sobre el intercambio que hay entre ustedes dos —respondí sin molestarme en alzar la mirada para verlo.

Después de una larga pausa, con una voz temblorosa dijo:

—¿De qué estás hablando? —Como si no lo supiera.

—Mientras empacaba me encontré con dos postales de la señora Meyer-Schmid donde parece que ustedes dos han arreglado una cita en Zúrich. Me pareció que el señor Meyer tendría el derecho a saberlo.

—No es lo que parece —tartamudeó.

—Creo que esa excusa ya la he escuchado antes —seguí con mi escritura, con los ojos puestos sobre el papel. Temía que si miraba su rostro, me ablandaría.

—En serio, Dollie. Su nota me pareció inocente, las felicitaciones de una vieja amiga, y no veo qué la llevó a escribir otra carta.

—¿No la invitaste a Zúrich en tu respuesta?

—Sólo de una manera general, como haría con cualquier amigo.

—Qué bueno, me alegra escuchar eso —no le creía. Reconocía muy bien el temblor en su voz como para creerle—. Entonces no te molestará si le explico todo al señor Meyer.

Se lanzó hacia mí.

—¿Cómo te atreves a hacer esto tan público, Mileva?

—¿Cómo me atrevo? ¡Cómo te atreves *tú* a arreglar citas con una antigua novia! ¿Y cómo te atreves a expresar tu frustración contra mí?

Bajó la voz.

—No es lo que parece.

—Ya dijiste eso. Así que no puedes objetar que yo envíe esta carta.

El silencio llenó la habitación tan intensamente como un grito. Sabía por qué Albert estaba desesperado para que yo no enviara esta carta: porque me estaba mintiendo. Tenía que acabar con su engaño y terminar esa relación antes de que empezara. Esta vez lo miré directamente a los ojos y le mantuve la mirada. Pero no dije nada. Simplemente esperé.

—Adelante, Mileva, envía la carta. Creas problemas siempre en los momentos más importantes de mi vida. Primero teniendo un bebé cuando estaba a punto de empezar mi trabajo en la oficina de patentes, y ahora, justo cuando finalmente estoy a punto de iniciar mi profesorado en la universidad. Sólo piensas en ti misma siempre.

Capítulo 32

14 de agosto de 1909
Valle Engadine, Suiza

—Déjame cargarlo por ti —dijo Albert levantando a Hans Albert que dormía en mis brazos.

Estuve a punto de decir que no, justo como casi había dicho que no a este viaje. Había resistido a las consideraciones y amabilidades de Albert —su forma de disculparse por Anna Meyer-Schimd— desde que llegamos al Valle Engadine para nuestras vacaciones de verano. Pero mi pierna y cadera me dolían con el peso de Hans Albert y la inclinación de la pendiente que subíamos, así que cedí.

La colina se hacía más empinada conforme nos acercábamos a la cúspide. El final era casi insoportablemente precipitado y me detuve de pronto. Me obligué a continuar impulsada por mis olas de furia hacia Anna Meyer-Schmid y las palabras odiosas de Albert. No más debilidad.

Ya no podía aceptar las muestras de afecto de Albert —estas vacaciones en compensación por su coqueteo con Anna Meyer-Schmid, el proyecto de la *Maschinchen* como atenuante por su omisión de mi nombre en el artículo de 1905 sobre la relatividad— en vez de lo que él sabía que yo deseaba como enmienda. Trabajo. Me escondí dentro de mí misma en una carcasa, como el molusco que había dejado de ser alguna vez. Esa dura capa protectora era necesaria para sobrevivir a las aguas turbulentas de mi relación con Albert.

El hermoso Valle Engadine se extendía frente a mí, dándome un alivio momentáneo de mi confusión interna. El río Inn atravesaba el verde valle, convirtiendo las cimas de las montañas en un fondo de nieve. Pueblos pintorescos cubiertos de torres llenaban el valle, y senderos cortaban las colinas como brochazos en una pintura. Sabía por qué me había traído Albert: para despertar viejas memorias y sentimientos de amor. Sentimientos que parecían aún más lejanos que los recuerdos. Sentimientos que me harían olvidar sus fallas.

Albert acostó a Hans encima de un trozo verde y mullido de musgo, se quitó la chaqueta y la puso sobre nuestro hijo para arroparlo. Me giré antes de que me viera contemplarlo y volví mis ojos hacia la vista. Albert caminó a mi lado y puso un brazo a mi alrededor. Me endurecí con su tacto.

—La fuente principal de las aguas del Rhin están por ahí, Dollie —y señaló en la distancia.

No me moví. ¿Pensaba que podía cambiarme con un simple «Dollie»? No era la chica inocente que alguna vez había sido.

—El Paso Maloja está justo ahí —señaló un abismo entre dos montañas—. Conecta Suiza con Italia.

No respondí.

—Está a sólo unas millas del Paso Splügen. ¿Recuerdas nuestro día ahí? —me abrazó con el otro brazo y clavó sus ojos en los míos. Lo miré de regreso, sin decir nada.

—¿Recuerdas que la llamábamos nuestra luna de miel bohemia? —dijo Albert.

La referencia a nuestra «luna de miel bohemia» fue un error. La mera mención de nuestro tiempo en Como me traía imágenes de Lieserl, la espera de dos años para nuestra verdadera luna de miel y la destrucción de mi carrera. Era una idea poco seductora.

—¿De qué se trata todo este silencio, Dollie?

Escuché los primeros atisbos de frustración en su voz. ¿Cómo se atrevía a estar frustrado conmigo? Me aferré al silencio, pero ¿cómo podía dejar una pregunta tan estúpida sin ser respondida?

—Creo que lo sabes, Albert.

—Escucha, Dollie. Cometí un error. La postal de la señora Meyer-Schmid removió ciertos sentimientos de mis vacaciones de juventud en Mettmenstetten y exageré mi respuesta hacia ella. No sé qué más puedo decirte además de que me arrepiento.

Mi enojo sobrepasaba su intento de amorío con Anna Meyer-Schmid, aunque había provocado una herida suficientemente profunda.

—¿Lamentas tus palabras hirientes también?

—¿Palabras hirientes?

¿Cómo podía haberlo olvidado?

—No puedes creer en serio que mi embarazo de Lieserl fue algún tipo de histeria que inventé mientras estabas iniciando tu trabajo de patente, ¿o sí? —pregunté.

Sus brazos cayeron a sus costados y bajó el tono de su voz.

—No, Mileva. Si eso dije, no fue mi intención.

—¿Te das cuenta de lo difícil que fue ese embarazo para mí? Sin matrimonio y sola, sin prospectos para una carrera en el futuro, con una niña. Tener a Lieserl cambió mi vida. Para bien y para mal.

Nunca le había hablado a Albert de Lieserl tan honestamente. En su momento, había tenido demasiado miedo de perderlo. O de perder a Lieserl.

—Sí, sí, por supuesto —respondió, con mucha rapidez. Sentí que no entendía en realidad el impacto que el embarazo había tenido en mi vida, que sólo quería paz de mí y que diría lo que fuera para obtenerla.

Debió haber sentido la disonancia entre nosotros porque volvió a abrazarme y dijo:

—Dollie, ¿podemos convertir, por favor, esta mudanza a Zúrich en un nuevo comienzo? ¿Un nuevo inicio para el amor, el trabajo y la colaboración?

¿Colaboración? Albert conocía mis susceptibilidades. Me permití mirar dentro de sus ojos cafés. En sus profundidades, juro que vi un futuro diferente. O tal vez vi lo que quería ver.

Deseaba decir que sí, que creía en él, pero no podía ser tan temeraria.

—¿Me prometes que trabajaremos juntos de nuevo? ¿Que en Zúrich harás tiempo para el tipo de proyectos que hacíamos como el de *Annalen der Physik*? ¿Los artículos que te han hecho famoso y te aseguraron este nuevo trabajo en Zúrich? —necesitaba recordarle sobre qué espalda había escalado hacia las alturas en las que ahora habitaba.

Pestañeó, pero no dudó.

—Lo prometo.

¿Le creí? ¿Importaba eso? Tenía mi promesa y no podía esperar nada más. Así que dije:

—Sí. Zúrich puede convertirse en nuestro nuevo comienzo.

Capítulo 33

20 de octubre de 1910 y 5 de noviembre de 1911
Zúrich, Suiza y Praga, Checoslovaquia

Los encantos familiares de Zúrich hicieron su magia sobre mí desde el primer momento. El aroma del café y las hojas perenne en el aire, las conversaciones animadas de los estudiantes en los cafés, debatiendo sobre los últimos conocimientos del día, y el lujo de caminar por las antiguas calles junto a las bancas del río Limmat me transformaron en una versión más joven y viva de mí misma. Me convertí en la Mitza esperanzada de mi juventud, incluso cuando Albert falló en cumplir su promesa de crear un proyecto conmigo.

En lugar de un proyecto con Albert, encontré una salida para mis deseos científicos. Por una feliz coincidencia descubrimos a Friedrich Adler, un graduado del Politécnico que empezó el programa de física y matemáticas luego de que nosotros nos fuéramos, era ahora asistente del coordinador del programa de física de la Universidad de Zúrich, y a su esposa, Katya Germanischkaya, una lituana nacida en Rusia que había estudiado también física en el Politécnico. Vivían en un departamento en nuestro edificio en Moussonstrasse. Rápidamente nos hicimos amigos de la pareja, compartiendo las comidas con ellos y su pequeño hijo, así como música y discusiones filosóficas y científicas. Mi satisfacción fue aún más completa cuando supe que estaba embarazada de nuevo, un estado por el que había rezado durante años. Algún tiempo ha-

bitamos el glorioso mundo bohemio con el que Albert y yo soñába-
mos. Mientras no me permitiera a mí misma recordar sus promesas
rotas sobre el trabajo.

Pero luego, sólo seis meses después de nuestra llegada, justo
cuando comenzaba a asentarme del todo en la vida de Zúrch, Praga empezó a llamar. La prestigiosa Universidad Alemana de Praga
le ofrecía a Albert un trabajo de tiempo completo de profesor de
física junto con la posición de director del Instituto Teórico de Física. Sabía que para él esto era una propuesta irresistible. El doble
de dinero, trabajo de profesor de tiempo completo en vez de profesor junior, y ser director de un instituto de física teórica, ¿cómo
podría resistirse? Aun así, le rogué que no nos quitara esta vida feliz en Zúrich, sobre todo cuando nuestro segundo hijo, Eduard,
había nacido el 28 de julio de 1910. Tete, como lo llamábamos,
llegó al mundo muy enfermo, padeciendo una enfermedad tras
otra y durmiendo muy poco. Me preocupaba cómo sobreviviría en
Praga, conocida por la contaminación, que incrementaba junto
con la industrialización de la antigua sociedad. Durante casi un
año, Albert se conformó con mis deseos y rechazó el trabajo, pero
su disgusto fue creciendo.

Yo buscaba aliviar su descontento expandiendo nuestro mundo
más allá de los Adler y nuestras tardes musicales de los domingos
con el profesor del Politécnico Adolf Hurwitz y su familia. Quería
recordarle del Zúrich que nos conectó a través del amor por la música. Pero nada ayudaba a mejorar su mal humor.

Su deseo por un trabajo en Praga lo volvía amargo en Zúrich.
Y ya que era yo quien se resistía a Praga, sus sentimientos por mí
también se amargaron.

Una tarde de otoño, mientras el sol se reflejaba en el río Limmat, a la distancia, un gran envoltorio llegó por correo. Estaba dirigido a Albert en letra formal y el remitente era de una dirección
en Suecia. ¿Quién podría estar escribiéndole a Albert desde Suecia?
No creí que su fama se hubiera expandido tanto.

Subí las escaleras, puse a Tete en su cuna y senté a Hans Albert con un libro. Ya que yo manejaba las finanzas de la familia, toda la correspondencia recaía en mí, así que abrí la carta. Para mi asombro, la carta venía del comité del Premio Nobel. Informaba que el Premio Nobel de química Wilhelm Ostwald había nominado a Albert para recibir el Premio Nobel basándose en su artículo sobre la relatividad especial de 1905.

Me senté lentamente sobre el sillón, con la mano temblando. ¿Mi artículo había sido nominado al Premio Nobel? Sin importar cuántos elogios había propiciado el artículo, este tributo iba mucho más allá de mi especulación más atrevida. Incluso si nadie sabía sobre mi rol en la creación de la teoría, sentí una especie de paz de que la muerte de Lieserl hubiera dado paso a este magnífico laurel.

Siendo honestos, a una pequeña parte de mí le molestaba que no hubiera ningún tipo de reconocimiento hacia mí. Pero cuando me di cuenta de que la nominación para este reconocimiento podía ser exactamente lo que necesitaba para ablandar la pérdida del trabajo en Praga y hacer más agradable permanecer en Zúrich para Albert. Tal vez se daría cuenta de que para escalar a las alturas científicas, no necesitaba abandonar Zúrich.

Esa tarde esperé a Albert junto a la puerta con la carta y dos copas de vino para celebrar, una para cada quien. Y esperé.

Apareció casi dos horas después de su hora usual de llegada. En vez de cuestionarlo por su tardanza, le sonreí mientras le entregaba la copa de vino y la carta.

—¿Qué es esto? —preguntó con brusquedad.

—Creo que estarás complacido.

Mientras sus ojos leían levanté mi copa de vino lista para hacer un brindis cuando hubiera terminado. Sin chocar su copa contra mía, dio un trago al vino y murmuró:

—Así que los chicos finalmente han decidido reconocerme.

¿Reconocer*me*? ¿En verdad acababa de decir eso? Como si hubiera olvidado mi autoría en el artículo que ahora contendía por el

Premio Nobel. Como si él hubiera reescrito la historia en su mente de manera que en verdad él hubiera escrito el artículo. No sabía qué decir; su frase me había impactado. Una cosa era presentarle la teoría de la relatividad al mundo como si fuera suya, pero era otra totalmente distinta pretender frente a mí que él era el creador.

—¿Estás contento de que el comité reconozca *tu* artículo?

—Sí, Mileva, lo estoy —sus ojos me retaron a seguir hablando.

Si estaba impactada antes, ahora estaba estupefacta.

Abruptamente preguntó:

—¿Está lista la cena?

Entonces fue cuando me di cuenta de que para Albert me había convertido en un ama de casa. Madre de sus hijos. La que limpia su casa. La que lava su ropa. Quien prepara sus comidas. Que nunca habría nada más.

Esas eran todas las migajas que Albert me había dejado. Y parecía odiarme por haber aceptado sus migajas.

Tenía dos opciones. Podía dejar a Albert y tomar a los niños conmigo, destruyendo para siempre su oportunidad de tener una familia normal y exponiéndolos al estigma que emana de un divorcio, todo porque su padre había roto sus promesas hacia mí. O podía quedarme e intentar construir el mejor hogar para ellos, dejando para siempre mi sueño de ser compañera científica de Albert. De cualquier modo, no había esperanza de ninguna colaboración. Sólo la felicidad de mis hijos. Ciertamente no la mía. Y todo esto dependía de la satisfacción de Albert.

Mientras Albert caminaba hacia el comedor y se sentaba en la mesa, listo para que le sirviera la cena, dije:

—¿Albert?

—¿Sí? —respondió sin molestarse en mirarme.

—Creo que deberíamos ir a Praga.

Hollín negro cubría el aire en Praga, y se asentaba sobre mí como una profunda depresión. Sentía como si nadara en lodo cuando comencé mi camino por las densas calles de Praga con los niños. Lo desagradable de la atmósfera de la ciudad se reflejaba en sus reglas y élites germánicas, cuya rumorada aversión hacia los eslavos y los judíos fue confirmada desde el principio. La inestabilidad política crecía en Austro-Hungría, de la cual Praga era parte, las relaciones entre el Imperio otomano y Austro-Hungría seguían rompiéndose, y los serbios intentaban crear una nación con los eslavos del sur dentro de los límites austrohúngaros, con lo que sólo se reforzaba la adherencia a sus raíces germanas. Querían crear distancia entre ellos y los eslavos a cualquier costo. ¿Cómo podría crear aquí el hogar que había planeado?

Aun así, lo intenté. Cuando se tornó café el agua que salía de nuestra tubería en el departamento que teníamos sobre la calle Třebízského, en el distrito Smíchov, comencé a ir a una fuente calle arriba y acarreaba agua para hervir en nuestro departamento antes de usarla. Cuando los ácaros y pulgas infestaron nuestra cama, hice un gran espectáculo al apilar en una hoguera nuestros mejores artículos de cama, remplazando los colchones con mantas de colores brillantes. Distraje la atención de los niños ante la falta de leche, fruta y verduras reenfocándola hacia toda la música disponible en los salones de conciertos, en las iglesias, y en la arquitectura exquisita de la ciudad, especialmente en la famosa torre del reloj arriba de Old Town Hall.

Dejé de pedirle trabajo a Albert e intenté moldearme dentro del rol de ama de casa que me había asignado él mismo. Aun así, Albert nunca estaba presente para ver mis esfuerzos. El trabajo teórico, enseñar y dar conferencias llenaban sus días, y las noches fuera se volvieron su rutina, así que los niños y yo nos quedábamos solos durante semanas. La única evidencia de su presencia eran los caminos de ropa en el suelo y el sonido de su voz aleccionando colegas en la sala hasta tarde por las noches, después de que el Café Louvre los hubiese echado y de que el salón de la señora Berta Fanta en Old Town Square hubiera cerrado.

No era marginación constante. Albert podía sentir que yo había alcanzado los límites de su negligencia y se aparecía para algunas cenas familiares. Aventaba a los niños en el aire y les hacía cosquillas, y una vez incluso volvió al tema de trabajar conmigo: «¿Volvemos a la relatividad, Dollie? ¿Crees que deberíamos explorar la conexión que la gravedad pueda tener con la relatividad?». Al siguiente día era como si nunca hubieran existido esas palabras. Intenté no dejar que me molestara.

A veces quería rendirme, pero necesitaba ser fuerte por Hans Albert y por Tete. Sólo con Helene compartí lo mucho que necesitaba cariño y afecto, cuan sola me sentía y lo agradecida que estaba por tenerla en mi vida. Sólo con ella podía ser yo misma.

Pensé que estaba soportando todo con cierta gracia cuando un día me vi en el espejo: «¿Quién es esa mujer?», me pregunté mientras contemplaba mi propio reflejo.

Tenía la cadera ancha por tener hijos, la cintura, aún pequeña, estaba escondida bajo los voluminosos fondos de los feos vestidos de casa. Mi nariz y labios se habían ensanchado, mis cejas se veían ásperas. Mi piel y cabello, alguna vez lustrosos, ahora no tenían vida. Sólo tenía treinta y seis años pero parecía de cincuenta. ¿Qué me había pasado? ¿Mi apariencia negligente era una de las razones por las que Albert se había alejado de mí?

Justo cuando mis ojos empezaron a llenarse de lágrimas, una fuerte tos sonó desde el cuarto de Tete. Entreabrí la puerta con cuidado para no despertarlo de su siesta y miré al más pequeño de mis hijos. Se parecía mucho a su hermano con su cabello oscuro y sus ojos cafés llenos de vida, pero su constitución era muy diferente. Mientras que Hans Albert siempre había sido robusto, Tete era delicado, siempre atrapando alguna enfermedad. El aire sucio de Praga había sido difícil para él.

Sus mejillas parecían encendidas, así que puse mi mano en su frente. Estaba hirviendo. Me llené de miedo. Corrí al escritorio y escribí una nota al doctor, luego le pedí a una vecina que viera a

Tete durante unos momentos mientras yo me apresuraba a conseguir un mensajero. En una hora el doctor llamó a la puerta.

—Muchas gracias por venir, doctor. Fue mucho más rápido de lo que esperaba —la última vez que Tete había tenido fiebre, el doctor había tardado ocho horas, así que esta vez también esperaba una larga, ansiosa espera.

—Estaba en el edificio de al lado. Ha habido un brote de tifoidea —explicó.

Mi corazón latió con salvajismo. ¿Tifoidea? Tete había logrado sobrevivir cientos de gripas, infecciones de oído e incluso neumonía, pero ¿tifoidea? Su constitución era demasiado débil.

El doctor vio el terror en mis ojos. Tomó mis manos y dijo:

—Por favor, déjeme examinarlo, señora Einstein. Podría simplemente tener una de las tantas gripas que he visto últimamente alrededor de Praga. Podría no ser tifoidea.

Lo guie al cuarto de Tete, agradecida de que Albert Hans aún estuviera en la escuela, y miré al doctor examinar a mi lánguido hijo. Repitiendo para mí misma el Ave María una y otra vez, recé porque fuera un resfriado común o una de las recurrentes infecciones de oído a las que Tete era tan proclive.

—No creo que sea tifoidea, señora Einstein. Creo que su pequeño tiene otro tipo de infección. Va a necesitar baños en hielo para bajar su fiebre, y que lo vigile constantemente. ¿Puede hacerlo?

Asentí agradecida, hice la señal de la cruz, y me agaché hacia el suave cabello de Tete. Por un momento vi a Lieserl enrojecida, con su carita febril enterrada entre las sábanas, y mi corazón se detuvo. «Esta no es Lieserl» me recordé. «Este es Tete y él sobrevivirá. Esto no es escarlatina ni tifoidea sino un resfriado común». Aun así sabía que no podía seguir exponiendo a los niños al aire, agua y comida contaminados de Praga. Necesitábamos salir de ahí.

Tres días después, Albert volvió a casa de la conferencia Solvay, en Bruselas, una reunión prestigiosa de veinticuatro de las más brillantes mentes científicas en Europa. Puse especial cuidado en mi apariencia aquella tarde. Luego, sin mencionar la enfermedad de Tete o ejerciendo presión de ningún tipo sobre él, le serví la cena y lo dejé relajarse con su pipa y contarnos a Hans Albert y a mí historias de su evento. Albert había estado tan distante desde que llegamos a Praga que era un alivio mirar su rostro animado y escuchar sobre la conferencia. Todas las luminarias de la física estaban ahí, las que habíamos discutido durante décadas: Walther Nernst, Max Planck, Ernest Rutherford, Henri Poincaré. Pero no eran estos científicos de la vieja escuela los que lo impresionaban, él estaba atraído hacia a nueva banda de físicos parisinos: Paul Langevin, Jean Perrin y la famosa Madame Marie Curie, quien había ganado el Nobel mientras estaban en Bruselas.

Tenía muchas preguntas sobre Madame Curie; desde hacía mucho tiempo había sido mi heroína y admiraba el compañerismo que ella y su difunto esposo habían formado, el tipo de relación que alguna vez pensé que podría tener con Albert. Mientas sus historias seguían y las horas pasaban —horas en las que la tos de Tete debió haberse vuelto aparente incluso para la mente distraída de Albert—, mi impaciencia crecía. Luego de dos horas acosté a Hans Albert y revisé a Tete, volví y le hice la temida pregunta.

—Albert, ¿crees que haya algún modo de que nos vayamos de Praga? ¿De que regresemos a Zúrich o a alguna otra ciudad europea más sana?

Él frunció el entrecejo.

—Eso suena terriblemente burgués. Sé que Praga no tiene las comodidades ni la sofisticación de Zúrich o incluso Berna, pero esta es una gran oportunidad para mí. Incluso preguntar es muy egoísta, Mileva.

—No lo pido por mí, Albert. Es por los niños. Estoy preocupada por el efecto que Praga tiene en su salud. Especialmente en la de Tete. Tuvimos un gran susto mientras estabas en Bruselas.

—¿A qué te refieres?

—Tete se puso muy enfermo la semana pasada. Sospechábamos que era tifoidea, por el agua contaminada de Praga.

—Pensé que habías estado tomando agua de la fuente e hirviéndola.

—No fue suficiente, por desgracia.

No habló. Ni siquiera preguntó cómo seguía la salud de Tete.

Me puse de rodillas frente a él.

—Por favor, Albert, por los niños.

Me miró con sus profundos ojos castaños. Me pregunté cómo me veía. ¿Veía sólo mi cara hinchada y mi cadera gruesa? ¿O recordaba la intelectualidad y el profundo afecto también? La Dollie a la que alguna vez amó.

Su cara no expresó ni simpatía ni preocupación, únicamente disgusto.

—He sido prolífico en Praga, Mileva. Me estás pidiendo que me rinda —Albert se levantó repentinamente, causando que me balanceara y callera al suelo. Sin ofrecerme una mano, pasó sobre mí, y mientras caminaba hacia la cocina dijo:

—Siempre piensas sólo en ti misma.

Capítulo 34

8 de agosto de 1912
Zúrich, Suiza

Afortunadamente, volver a Praga no dependía sólo de mis súplicas. Como respondiendo a mis ruegos, ruegos comenzaron a llegar, todos con un lugar común: Zúrich buscaba a Albert. Nuestra alma mater, el Politécnico, había buscado a Albert con una oferta de trabajo a la que no podía resistirse: profesor permanente de física teórica y director del departamento. Me dije a mí misma que no estaba delirando, pero aun así, esperaba que el regreso a Zúrich nos devolviera alguna civilidad.

El tiempo en Praga había sido duro. Duro con los cuerpos y mentes míos y de los niños. Duro con nuestras relaciones de marido y mujer, padres e hijos. La acusación que alguna vez había hecho a Albert —que él y yo éramos una piedra pero dos corazones— probó ser una predicción, en especial en el clima inhóspito de Praga. Pero seguramente la atmósfera bohemia de Zúrich lograría ablandarlo, y su corazón cambiante podría cesar su constante fluctuación. Podríamos al menos volver al decoro fijo. Dejé de esperar algo más.

Con los brazos llenos de las cosas del mercado, empujé la puerta de nuestro nuevo departamento en Zúrich. Afuera hice una pausa durante un momento para admirar el edificio de cinco pisos de mármol color mostaza con ventanas saledizas, un techo de teja roja, puente de acero y una vista hacia el lago, la ciudad y los Alpes. Qué lejos estábamos de nuestros días de estudiantes.

—¿Hola? ¿Hay alguien en casa? —llamé después de subir las escaleras, encaminándome hacia la cocina. Dejé a los niños con Albert por media hora mientras iba por la comida, pero la casa estaba extrañamente silenciosa. Los niños solían tener muy poco tiempo a solas con Albert así que esperaba que estuvieran haciendo mucho ruido, reclamando su atención.

Me sobé las articulaciones y comencé a desempacar las compras; mis piernas y mi cadera habían empeorado considerablemente en los últimos meses, y la subida hacia nuestro departamento era un reto. Pero Albert no me escucharía nunca con una sola queja sobre mi salud; tan feliz me sentía de haber vuelto a Zúrich.

Mientras puse la última lata en la alacena, escuché voces de hombre llegar desde la sala. Era Albert con alguien más, pero ¿quién? Acabábamos de llegar al 116 de Hofstrasse, a medio camino en la colina Zürcherhof del Politécnico, y aunque teníamos muchos conocidos en Zúrich, no habíamos compartido nuestra dirección con nadie. O eso pensaba.

Una risa reverberó por el corredor. Sonaba extrañamente familiar. ¿Podría alguno de nuestros viejos amigos, los Hurwitz o los Adler estar aquí? Sabía que retomaríamos nuestras tardes musicales con ellos pronto, pero aún no les había enviado los detalles. Puse los pimientos y las cebollas en la alacena y me dirigí a la sala para ver quién era nuestro invitado.

Era Marcel Grossman, nuestro viejo compañero del Politécnico. Se veía casi igual, pero con algunos cabellos grises y arrugas alrededor de los ojos. Me pregunté qué tan vieja me vería para él; mi propio cabello estaba cubierto de gris y mi piel llena de líneas. Aun así, mi corazón saltó de alegría. ¿No sería el señor Grossman una maravillosa adición a nuestras vidas? Un amigo que me conocía de mis días de estudiante. Un compañero científico y matemático que me había consultado *a mí* con los problemas difíciles en el pasado. Alguien que me conocía por mi intelecto y no por mis habilidades como madre y ama de casa.

—¡Señor Grossman! —dije abrazándolo— ¡Qué alegría verlo!

—¡Lo mismo digo, señora Einstein! —respondió con un fuerte abrazo— ¡Estamos muy emocionados de saber que los Einstein han vuelto a su viejo hogar!

—Por favor, después de todos estos años de conocernos, ¿no cree que es tiempo de llamarme Mileva?

Sonrió.

—¿Y tú no crees que es tiempo de que me llames Marcel?

—Entonces, Marcel, Albert me dice que tú eres el hombre de la silla del departamento de matemáticas en el Politécnico.

—Sí, muchas veces es difícil creerlo.

—Felicidades. Eres muy joven para el trabajo, pero estás a la altura.

—Gracias —respondió con una sonrisa—. ¿Qué hay de ti, Mileva? ¿Los niños ocupan todo tu tiempo?

Miré a Albert. Se me ocurrió una idea. ¿No sería Marcel una persona perfecta para soltar algunos detalles sobre mi trabajo previo con Albert? Marcel tenía el poder de ponerme en mi propio camino si se enteraba de que había continuado con mi trabajo en física y matemáticas desde aquellos años en el Politécnico. Nada formal, claro, ya que no tenía título, pero quizás algo en tutorías o investigación. Entonces no tendría que depender en absoluto de Albert para alimentar mi hambre científica. Tal vez alguna tensión entre nosotros se iría.

—Albert y yo hemos colaborado juntos en algunos artículos de vez en cuando —dije.

—¡Lo sabía! —respondió con una palmada en su pierna— Revisé algunos de sus artículos y sabía que Albert no podía solo con todos esos cálculos matemáticos. Siempre fuiste mucho mejor que él para las matemáticas. Mejor que todos nosotros, en realidad.

Me sonrojé.

—Viniendo del director del departamento de matemáticas eso es todo un cumplido. Y aquí estoy, sin embargo, como una simple ama de casa.

—La silla alta del departamento sería tuya si este viejo no te hubiera alejado de la ciencia —dijo Marcel, haciendo un gesto hacia Albert.

Reí. Había pasado mucho tiempo desde que alguien pensaba en mí como algo más que la esposa de Albert. Su extraña esposa coja y tímida, como me había escuchado llamar de las bocas de todos lados a donde íbamos. Siempre había alguien que me dejaba saber esta apreciación con la esperanza de «ayudarme» a asemejarme más al semblante de la mujer de un profesor. Querían que fuera la pareja de Albert, extrovertida y carismática. Este era el único Albert al que conocían, claro, el Albert público.

—Hablando de matemáticas, tú eres una de las principales razones por las que vine a Zúrich —interrumpió Albert dirigiéndome una mirada furiosa.

¿Qué había hecho para merecer aquella mirada? Tal vez estaba enojado simplemente porque hablé con Marcel. Últimamente cualquier signo de exuberancia juvenil que viniera de mí, lo irritaba. No había una razón concreta para su temperamento; no era como si hubiera revelado qué parte de sus artículos era en realidad de mi autoría. Yo sólo había dado una pista de haber colaborado en los artículos de 1905, algo que cualquiera que nos conociera de nuestros años estudiantiles habría asumido de cualquier manera.

¿Qué era lo que estaba tan mal de que quisiera trabajar como científica por mi propia cuenta? Ese trabajo era el núcleo de mi ser, el vínculo hacia mi espiritualidad e intelecto que estaban descuidados desde hacía mucho. Sin él durante tanto tiempo, me sentía vacía. Tal vez si tenía mi propio trabajo la ciencia dejaría de ser un campo de batalla entre Albert y yo, un símbolo de mi sacrificio y negligencia, y entonces la ciencia regresaría al lugar sagrado que tenía en mi mundo desde el inicio.

—¿Yo? —preguntó Marcel, claramente sorprendido— ¿Qué podría yo ofrecer que te atraiga hacia Zúrich? Creí que tomar un lugar en la dirección de física de tu alma máter sería suficiente tentación.

—Estoy buscando la conexión entre mi teoría de la relatividad y la gravedad, el impacto que tiene una sobre la otra, para ahondar el artículo de la teoría de la relatividad especial que fue nominado para el Premio Nobel en 1910 y de nuevo este último año. Y tu genio matemático podría guiarme el camino.

¿Había escuchado bien las palabras de Albert? ¿Estaba proponiéndole a Marcel colaborar en él en la parte matemática con *mi teoría*?

—¿Tendría que hacer algo de física?

—No. Yo me haré cargo de la física si tú te encargas de las matemáticas.

Marcel miró a Albert con escepticismo por un momento, como si estuviera intentando reconciliar la imagen del estudiante irresponsable que conoció en el colegio, con el físico exitoso que estaba frente a él ahora.

—Por favor, te necesito, Grossman —suplicó Albert. Luego clavó los ojos en mí—. Comparado con este problema, la teoría original de la relatividad es infantil.

Marcel no respondió. Albert volvió a preguntar:

—¿Trabajarás conmigo?

El científico exitoso frente a Marcel debió ganar porque finalmente dijo:

—Sí.

Así que este era el nuevo colaborador de Albert. A él le dio el trabajo que era mi destino. Me había dicho a mí misma que la esperanza de la colaboración había pasado hacía mucho, pero ser testigo de cómo pasaban mi batuta era insoportable. ¿Cómo podía Albert hacerme estar ahí mientras descaradamente me robaba la compañía bohemia que me había prometido? Con la teoría que yo creé. Sabía cuánto debía dolerme. Desde hacía cuatro meses, después de su largo viaje de Pascua a Berlín para visitar a toda su familia, se había hecho notablemente más duro. Pero nunca pensé que podría ser tan cruel.

Capítulo 35

14 de marzo de 1913
Zúrich, Suiza

—¡Feliz cumpleaños, papá! —gritaron Hans Albert y Tete mientras entraban a la sala. Mis pequeños hombres llevaban un pastel para Albert, que dejó su pipa sobre la mesa para cargarlos. Los niños y yo habíamos preparado una celebración sorpresa por el cumpleaños de Albert antes de que nos encamináramos hacia nuestra tarde musical en casa de los Hurwitz.

—Mmm… chicos, esto se ve delicioso. ¿Me lo como todo yo? Después de todo, es mi cumpleaños —dijo Albert con un centelleo en los ojos. En estos pequeños momentos de contento familiar, con un extraño y liviano Albert, recordaba porqué me había quedado. A pesar de su traición con Marcel. Y tantas otras decepciones.

—¡No, papá! —protestó Hans Albert— Es para compartir.

—Sí, papá. Para compartir — dijo Tete haciendo un agudo eco de las palabras de su hermano mayor.

Después de partir el pastel de chocolate en generosas rebanadas para que todos lo disfrutaran, levanté los platos y me dirigí a la cocina. Podía escuchar a Albert lanzando en el aire a Tete, y las risas de alegría de Tete. El intercambio me complacía. Tete había sido un niño delicado hasta días recientes: había sufrido de dolores de cabeza crónicos e infecciones de oído, y como resultado Albert había evitado jugar con él. Su relación con Hans Albert, que era mu-

257

cho más serio, había sido siempre más sólida. Sin importar mi decepción, o incluso mi enojo con Albert, quería que mis hijos tuvieran fuertes relaciones con su padre. Como yo con papá.

—Cuidado —advirtió Hans Albert a su padre. Siempre más grande de edad, tomaba muy seriamente el rol paterno que recaía sobre él tan a menudo debido a las tantas ausencias de Albert.

Los últimos siete meses en Zúrich no habían traído nada de la nueva vida que yo esperaba, aunque el entorno familiar y la red de viejos amigos ayudó a mantener las cosas civilizadas entre Albert y yo, especialmente las tardes de domingo que pasábamos con los Hurwitz. Todo el tiempo libre que tenía Albert, lo pasaba con Marcel. Mientras yo lavaba los platos, revisaba las tareas y leía libros con los niños, y los alistaba para ir a la cama, escuchaba silenciosamente a Marcel y Albert trabajar por las noches. El inicio de su trabajo juntos había sido frívolo mientras forjaban la noción de que la gravedad crea una distorsión en la geometría del espacio-tiempo y, de hecho, lo dobla. Pero mientras los días pasaban y las matemáticas se hacían más escurridizas, creció su abatimiento. Y su desesperación. Ahondaban en una versión de la geometría del espacio-tiempo inventada por Georg Friederich Riemann y jugaban con varios vectores y tensores. Luchaban con la meta que yo misma me había propuesto desde la muerte de Lieserl, una teoría de la relatividad generalizada que extendiera el principio de relatividad a todos los observadores, sin importar cómo estuvieran moviéndose con respecto a los otros, y postulando la naturaleza relativa del tiempo.

No podían seguir a partir de esta coyuntura. No podían alcanzar el santo grial que Albert se había convencido de que él, y no yo, había creado. De hecho, estaban preparando un artículo llamado «Nociones de una teoría generalizada de la relatividad y una teoría de gravitación» o «*Entwurf*», donde presentaban los inicios de su teoría pero reconocían la falla de que aún no habían encontrado un método matemático para probarla.

Yo podría haberlos guiado hacia la respuesta. Aunque Albert no me había invitado dentro de su mundo teórico desde hacía años, no con la regularidad de la época de la *Maschinchen*, yo no había estado precisamente dormida todo ese tiempo en una neblina de platos y pañales. Había estado leyendo y pensando, y en silencio escribiendo sobre los alcances de mi teoría de la relatividad. Sabía que necesitaban deshacerse de la idea de encontrar una ley de física aplicable para todos los observadores en el universo y enfocarse en la gravedad y relatividad aplicadas a observadores giratorios y aquellos en movimiento constante, usando un tensor diferente. Pero había esperado a que me preguntaran antes de compartir mi conocimiento. Si Albert no me invitaba, yo no iba a darle la solución.

Lo dejé batallar. Era mi única forma de rebelión contra cada muestra de fastidio que presentaba contra mí.

Mientras Albert se volvía más taciturno, yo me retraía dentro de mí misma y me llenaba de oscuridad. Sólo a Helene le confesé la bruma oscura que había descendido sobre mí, le expliqué que, desde que Albert se había convertido en un físico de renombre y un miembro importante de la comunidad científica, los niños y yo nos habíamos convertido en el telón de fondo de su vida.

Con los platos del cumpleaños limpios, la cocina limpia, los instrumentos y las partituras listas para irnos, tenía aún una hora para apilar los papeles regados en el comedor antes de que nos fuéramos a la casa de los Hurwitz. Con su desorden de siempre, Albert había dejado restos de su trabajo con Marcel por toda la mesa. Interiormente, sin importar con cuánta buena gana pareciera asumir mi rol como ama de casa, me quejé de tener que ser su sirvienta. ¿Cómo se había convertido en esto mi vida?

Sobre un montón de notas que Marcel había dejado había otro grupo de cartas llenas de deseos de cumpleaños. Colegas de trabajo como Otto Stern, viejos amigos como Michele Besso, la hermana de Albert, Maja, su madre Pauline, e incluso su prima Elsa recordaban el cumpleaños del famoso profesor. Nunca el mío. Ni siquiera Albert recordaba el mío.

Tenía curiosidad sobre Elsa, la prima con que se había quedado en Berlín durante las vacaciones de Pascua el año anterior en vez de volver a casa para celebrar con nosotros.

Mi querido Albert:

Por favor no te enojes conmigo por romper nuestro acuerdo de silencio para enviarte deseos de cumpleaños. Todos los días pienso en nuestro viaje a Wannsee de la Pascua pasada y recuerdo tus palabras de amor. Ya que no puedo tenerte, ya que eres un hombre casado, ¿puedo al menos compartir tu ciencia? ¿Puedes recomendar un libro de relatividad acorde para una persona laica? ¿Puedes enviarme una fotografía tuya para mi reflejo privado?

Aún tu devota,
Elsa

Balanceándome un poco, me senté en una silla del comedor. Volvió la sensación de ahogo que había sentido al leer las cartas sugerentes de Anna Meyer-Schmid. Pero esta vez reapareció cubierta de terror. Esto no era una propuesta de aventura. Esto era una aventura que había sido consumada. No tenía posibilidad de detenerla antes de que empezara.

Volví a leer las enfermizas palabras, rogando haberlas malinterpretado. Que estaba reaccionando de más. Pero no podía estar equivocada. Albert y Elsa se habían profesado su amor mutuo.

Empecé a llorar. Mi último atisbo de esperanza —que incluso si Albert no era mi compañero científico, era aún mi esposo— desapareció. Amaba a alguien más.

Albert entró a la habitación.

—¿Qué te pasa, Mileva?

Mileva es como me llamaba ahora. Nunca Dollie. Ni siquiera Mitza.

Sin confiar en mi propia voz para hablar, me levanté. Quería desesperadamente irme del departamento. No me importaba que las calles estuvieran cubiertas de hielo y fueran peligrosas para mi cojera. No me importaba no tener puesto el abrigo. Necesitaba volar.

Pero tenía que pasar junto a Albert para salir. Mi brazo rozó su manga y él me tomó de la mano.

—Te hice una pregunta, Mileva, ¿qué te pasa?

Le di la carta y empecé a alejarme de él. Hacia la calle, hacia un café, a cualquier lugar que no fuera el departamento. Me detuvo.

—¿A dónde crees que vas?

—Tengo que salir de aquí. Lejos de ti.

—¿Por qué?

Miré la carta en su mano. Una invitación silenciosa para que la leyera.

Con una mano deteniéndome, le dio una ojeada rápida.

—Así que ¿lo sabes? —soltó un suspiro que sonó a alivio.

Cómo se atrevía a sentirse aliviado.

Algo surgió en mí.

—¿Cómo pudiste? ¡Después de Anna, después de todas tus promesas en el Valle Engadine, cómo pudiste traicionarme otra vez! ¡Y con tu prima!

—Tú me llevaste a ello, Mileva. Con todas tus miradas decepcionadas y tu mal humor. Cuando regresé a Berlín durante las vacaciones del año pasado ¿cómo podía no sentirme atraído por la ligereza de Elsa?

Berlín. Pascua. Elsa. El empeoramiento de su carácter, el inicio de su crueldad. Todo tenía sentido.

Empecé a retorcerme para liberarme de su mano. Me acercó a más a él, me tomó de los hombros y murmuró:

—No hagas una escena en frente de los niños.

Alejándome de él, me lancé hacia la puerta, pero me sostuvo con firmeza. Me solté y me volvió a atrapar. Le di golpes en las manos para soltarme.

Manos y brazos volando hasta que sentí la fuerza de su mano cayendo completa sobre mí. Como una bofetada. Si fue accidental o intencional, no lo sé. Todo en lo que podía pensar era en el dolor.

Me hundí sobre mis rodillas, con las manos en la cara. El dolor era intenso como el parto que destrozó mi cuerpo. Ardía tanto que apenas podía respirar. Sentía calor en las mejillas. Miré las palmas de mis manos. Estaban cubiertas de mi sangre.

Dos pares de pies entraron por el pasillo.

—¿Qué pasa, mamá? —gritó Hans Albert lleno de miedo y preocupación.

—Todo está bien, chicos. Mamá va a estar bien —respondí poniendo las manos sobre mi cara de nuevo. Los niños se pondrían histéricos si veían toda la sangre deslizándose por mi cara.

Tete sollozó.

—Mamá está herida —y empezó a gatear hacía mí.

No quería que vieran lo que Albert había hecho, así que me levanté y dije:

—No, no. Mamá está bien, sólo… sólo… es un dolor de muela muy fuerte. Voy a recostarme a mi recámara para que pase, ¿está bien?

Estaba a medio pasillo cuando escuché a Albert decirles a los niños:

—Vamos a escribir una nota a los Hurwitz para explicar que no podemos ir a nuestro recital de esta noche porque mamá tiene dolor de muelas. Y luego comeremos más pastel, ¿está bien?

Mientras me refugiaba en mi habitación, una de las leyes básicas de Newton apareció en mi mente sin ser invitada: la ley que dice que un objeto seguirá con su camino a menos que una fuerza actúe sobre él. Yo había seguido en el camino de la esposa de Albert durante años, pero ahora tres fuerzas actuaban sobre mi matrimonio y yo no podía ignorarlas: Marcel, Elsa y la mano de Albert en mi cara. El camino debía alterarse.

Izgoobio sam sye. Estaba perdida. Pero no podía permitirme seguir así.

TERCERA PARTE

Para toda acción ocurre siempre una reacción igual y contraria: las acciones mutuas de dos cuerpos son siempre iguales y dirigidas en sentido opuesto

Sir Isaac Newton

Capítulo 36

15 de marzo de 1913
Zúrich, Suiza

El golpe hizo eco en el departamento. Mi mano se congeló en mitad del aire y dejé de lavar las ollas. Mi estómago se revolvió. ¿Quién podría ser? No esperaba a nadie. Consideré no abrir, pero los niños estaban haciendo mucho ruido con sus juegos y la persona que esperaba afuera seguramente podía escucharlos.

Abrí la puerta y miré por la rendija. Era la señora Hurwitz con su hija, Lisbeth, lo más cercano a amigos que tenía en Zúrich. Por Dios, ¿qué iba a hacer?

—Hola, señora Einstein. La extrañamos ayer y queríamos saber cómo se siente. Ya sabe, de su dolor de muelas —la señora Hurwitz habló a través de la abertura.

—Muchas gracias por venir —respondí sin abrir más la puerta—. Aún tengo mucho dolor, pero puedo cuidar bien a los niños.

—¿Podemos entrar para ayudarla?

—No, estamos bien, pero en verdad muchas gracias por la oferta.

—Por favor, ¿señora Einstein?

¿Cómo podía seguir negándome a abrir la puerta? ¿Qué sería peor para mi nombre en los círculos académicos de Zúrich: la peculiar Mileva Einstein —ya considerada recalcitrante y extraña— rehusándose a abrir la puerta a sus visitas sociales, o la historia sobre mi cara hinchada y golpeada? La culpa de una caería sobre mí, la culpa de otra caería sobre Albert.

Elegí a Albert.

—Por supuesto. Por favor disculpen mis modales —dije mientras quitaba la cadena a la puerta y la abría para que pasaran las Hurwitz—, no esperaba visitas, así que aún estoy en mi ropa de casa. Mis disculpas.

Las mujeres abrieron la boca al entrar al recibidor.

—Oh, ¡señora Einstein, su cara! —la señora Hurwitz se cubrió la boca con horror.

Instintivamente, escondí el golpe de la vista.

—No es bonito, lo sé. Los dolores de muelas pueden ser agotadores. Podrán entender por qué no pude ir a la reunión ayer por la noche.

Las mujeres permanecían en silencio, contemplándome. Sabían perfectamente bien que mi cara no se veía de esa manera debido a un dolor de muelas. Ningún dolor de muelas en el mundo golpearía a su dueño de aquella forma. Papá habría estrangulado a Albert si me hubiese visto en ese momento.

—¿Puedo ofrecerles un poco de té y pastel? Acabo de sacar un *strudel* del horno —dije para romper el silencio.

La señora Hurwitz se recuperó y dijo:

—No, gracias, señora Einstein. No queremos molestarla. Particularmente en su estado. Sólo queríamos asegurarnos de que estuviera bien.

—Bueno —dije haciendo un gesto hacia mi propio rostro—, estoy tan bien como puede esperarse. Aprecio mucho su visita —respondí con cortesía. Las mujeres devolvieron el gesto y nos despedimos.

La olla de asado hervía en el horno, enviando un cálido y reconfortante olor al departamento. Los niños estaban jugando en el piso de la sala, construyendo una fortaleza juntos, Hans Albert era el jefe y Tete su asistente. Los libros que acababa de leer estaban en una pila en el suelo a un lado del sofá. La escena de nuestro departamento sugería alegría al observador, sin embargo nada que fuera serenidad hervía bajo la superficie.

Albert llegó a casa dando un golpe en la puerta. Saludó a los niños primero, haciéndoles cosquillas y preguntándoles sobre su día. Lo escuché susurrar «¿Cómo está mamá hoy?» pero no quería escuchar a escondidas, así que enfoqué mi atención a poner la mesa para la cena.

Una vez que terminé, volví a la cocina y casi choco contra Albert, que estaba esperándome. Había círculos negros debajo de sus ojos, produciendo sombras en su cara, y sostenía un arreglo de rosas y prímulas —flores alpinas recogidas de los valles— en sus manos. Nunca antes me había dado flores, excepto el día de nuestra boda.

—Lo siento, Dollie —hizo un gesto hacia mi cara y me entregó el arreglo.

Sin una palabra, tomé las flores y empecé a buscar un florero. Mi acción no era una manera de aceptar su disculpa sino un gesto hacia la fragilidad de las flores.

Me siguió.

—Me siento terrible por tu cara. Y por Elsa.

Silenciosamente, me ocupé cortando el largo de los tallos de las flores y acomodándolas en una vasija de porcelana azul con blanco. La vasija había sido un regalo de un científico admirador, me había contado Albert. Ahora me preguntaba quién en realidad se lo había dado. ¿Cuántas otras mentiras me había dicho? ¿Cuántas otras mujeres había? ¿Existía algún fragmento de mi vida que aún fuera verdad?

—Terminé con Elsa unas pocas semanas después de que empezara la última Pascua, Mileva. Te lo juro. Su carta incluso refiere a nuestra separación.

Asentí pero no respondí nada y continué preparando la cena, rebanando el pan, sirviendo cucharadas del asado en los platos, cortando el betabel para acompañar el plato fuerte. ¿No era esto el único servicio que Albert quería de mí? Bien podría ser cualquier otra ama de casa a la que hubiese contratado. Me había hecho creer que no quedaba nada de valor en mí. Me había vaciado.

—Mileva, por favor di algo.

¿Qué esperaba que dijera? ¿Qué lo perdonaba? No por golpear-me, intencionalmente o no. No por Elsa. No por Marcel. No por Lieserl, más que cualquier otra cosa. Y ciertamente no por prome-terme un matrimonio lleno de compañía científica y romper la promesa justo en mi cara, ahora golpeada.

—Mileva, quiero hacer bien las cosas entre nosotros. Fui invi-tado a dar una clase sobre fotoquímica y termodinámica en la So-ciedad de Física Francesa y Marie Curie nos ha invitado a quedarnos en su casa en París mientras estoy allá. Sé que siempre has querido conocerla y además nunca hemos ido a París. ¿Vendrás conmigo?

Miré a Albert a la cara, pero no estaba mirándolo a él. Imágenes de París y fotografías de Marie Curie flotaron en mi mente. Había admirado a la famosa científica, ganadora de Nobel de física en 1903 y de química en 1911.

No sabía qué hacer más tarde, pero aceptaría este viaje. Sin em-bargo, sólo para mis propios propósitos. No para los de Albert.

Capítulo 37

1 de abril de 1913
París, Francia

Siempre había pensado que Zúrich era el epicentro de todas las cosas académicas y sofisticadas. Comparado con Novi Sad, Kać, Praga e incluso Berna, lo era. Pero ahora que caminaba por las brillantes calles de París tomada del brazo de Albert y al lado de Madame Curie en nuestro camino a la cena, junto con sus hijas y muchos de sus familiares masculinos sirviendo de chaperones, entendí que Zúrich era una provincia en comparación con la exquisita capital de Francia.

Luego de un lánguido paseo a través de Bois de Vincennes, un enorme parque, excesiva, hasta fastidiosamente cuidado, a la orilla del Sena, Albert preguntó por qué el parque estaba vacío. Madame Curie explicó:

—Me han dicho que la hora de moda para andar por el parque es entre las tres y las cinco. Ya ha pasado esa hora. Mis disculpas si esperaban ver un atisbo de las últimas modas de París.

—Nosotros nunca hemos estado a la moda, ¿verdad, Mileva? ¿Y usted, Madame Curie?

Una risa burlona escapó inesperadamente de la boca sombría de Madame Curie.

—¿La moda? Oh, Albert, nunca nadie me había acusado de estar a la moda. Todo lo contrario. Y ¿cuántas veces te pedido que me llames Marie?

271

Mientras que su risa me sorprendió, su respuesta no lo hizo. La moda era, obviamente, la última cosa en su cabeza. El cabello casi desaliñado y gris de Madame Curie, y la textura negra de su vestido sencillo la hacían parecer austera; había en ella una oscuridad que me hacía sentir extrañamente cómoda. Tenía familiaridad eslava, en comparación con las modas parisinas.

Caminamos por uno de los amplios y elegantes boulevares por los cuales París era famosa con justificación. Mientras andábamos por una banqueta cubierta de altos árboles bien recortados, sentí un temblor bajo mis pies. Miré hacia Albert, alarmada, pero antes de que pudiera preguntar por la fuente de la vibración, Madame Curie dijo:

—Es el movimiento de nuestro ferrocarril eléctrico subterráneo, llamado el Ferrocarril Subterráneo Metropolitano o Metro. Lleva a los viajeros de una ciudad a otra, y de regreso, si eso quieren, en un circuito de ocho millas.

Con la mención de la electricidad, Albert y Madame Curie se lanzaron en una discusión sobre la energía elusiva, y Albert compartió los problemas de su propia familia en el negocio de la energía. Ella rio con las exageradas descripciones de las fallas en el negocio familiar, y vi que Albert disfrutaba de la conversación no sólo por su intelecto sino por sus modales casuales. Imaginé que su comportamiento relajado y encantador debía ser un respiro para las formalidades usuales con las que era tratado un premio Nobel. Al verlo así —con su disposición carismática que podía aparecer cuando él quería— me recordó al Albert de juventud. Ahora perdido para mí cuando estábamos solos.

El rostro de Madame Curie se encendió cuando ella y Albert se comprometieron en el intercambio científico. En aquel momento pude ver a la joven Marya Sklodowska que alguna vez había sido, la joven estudiante polaca con hambre por entrar a las disciplinas que eran reservadas para los hombres. El tipo de chica que yo había sido.

Mientras hablaban asumí que, como se había vuelto usual, Albert no me invitaría a participar en su conversación sobre electricidad. Me mantuve en respetuoso silencio y me permití maravillarme con los ómnibus y los tranvías que pasaban zumbando por el boulevar. Qué lentos y anticuados parecían los caballos y calesas que aún rondaban las calles de Zúrich, en comparación con todo este movimiento. Sentí lo mismo respecto a los cafés por los que pasamos en nuestro camino al restaurante; los establecimientos de Zúrich parecían estrechos y pocos comparados con todos estos bistrós repletos de clientes de pláticas animadas.

Madame Curie volteó a verme y preguntó:

—¿Qué piensa sobre la composición interior de los átomos que el señor Ernest Rutherford expuso durante la Conferencia Solvay, señora Einstein?

¿Madame Curie acababa de preguntar mi opinión? Entré en pánico, no había estado siguiendo su conversación desde hacía un buen rato.

—¿Perdón?

—La hipótesis del señor Rutherford es que, basado en sus experimentos con un tipo de radioactividad llamada rayos alfa, los átomos están casi completamente vacíos con sólo un pequeño núcleo orbitando por electrones en sus centros. ¿Tiene algún pensamiento al respecto?

Alguna vez, Albert y yo habríamos discutido la idea de Rutherford y llegado a nuestras propias conclusiones. Pero no ahora. Ahora no estaba preparada en absoluto para su pregunta.

—No he tenido el honor de escuchar su presentación en la conferencia —tartamudeé.

—Lo entiendo. Estoy segura, sin embargo, de que su esposo le ha hablado de las teorías del señor Rutherford. Además, el señor Rutherford ha escrito su teoría en muchos artículos desde que dio su conferencia, y asumo que usted los leyó. Muchos lo han demeritado, yo estoy guardando mis juicios. ¿Usted tiene alguna opinión respecto a estos artículos?

Busqué en mi cerebro los pequeños rastros de información sobre las ideas de Rutherford que había recogido de Albert y la poca lectura que había hecho de su trabajo y dije:

—Me pregunto si la idea de que la luz está compuesta de *quantum*, como Albert ha dicho, podría ser aplicada igualmente a la estructura de la materia y podría reforzar las nociones del señor Rutherford sobre la construcción de los átomos.

Madame Curie guardó silencio al inicio, y Albert me miró con horror. ¿Había dicho algo tremendamente idiota? ¿Debí haberme callado? No me importaba lo que él pensaba pero me importaba mucho lo que pensaba Madame Curie.

Finalmente, ella habló.

—Bien dicho, señora Einstein. Esa es una perspectiva que no había considerado. Es revolucionaria, pero estoy de acuerdo. ¿Tú, Albert? Sería un vínculo interesante para expandir tus teorías.

La expresión de Albert mutó de vergüenza a orgullo. Pero era muy tarde para que me importaran sus sentimientos sobre mi intelecto. Había conversado con Madame Curie y me había sostenido. Ese era mi tesoro.

La mañana siguiente, Madame Curie y yo nos sentamos bajo las verdes ramas de un árbol de nueces en el jardín de su departamento familiar en rue de la Glacière con tazas de té balanceándose en nuestras piernas. Albert se había ido a dar su clase y ella y yo estábamos solas por primera vez. A pesar de que había hecho una sólida contribución a la conversación la noche anterior, mis palmas sudaban al pensar en tener una conversación privada con una leyenda científica, que apenas podía sostener mi taza. ¿Con qué tema debía iniciar la charla con esta asombrosa mujer? Había leído su más reciente artículo acerca del polonio, pero mi ciencia estaba tan atrasada que me daba miedo sacarlo a discusión. Y la química, por lo que ella era más reconocida últimamente, no había sido nunca mi campo. De no ser por el intercambio favorable sobre Rutherford de camino a nuestra cena en Tour d'Argent, el restaurante más viejo de París y uno de los mejores, ella y yo no habíamos hablado mucho.

Miré a Madame Curie, quien me había pedido que la llamara Marie la tarde anterior, pero a mí me costaba pensar en ella de otro modo que Madame. En el silencio, escupí la primera cosa que me vino a la mente.

—Yo también estudié física en la universidad.

Ella asintió pero no respondió. ¿Había dicho algo estúpido?

—No es que esté comparándonos, por supuesto —me apresuré a explicarme. No quería sonar presuntuosa.

Luego de mirar el fondo de su taza de té, dijo:

—Señora Einstein, estoy familiarizada con su extensa educación y su intelecto. Y sé que completó su curso de matemáticas y física en el Politécnico de Zúrich. Pero me pregunto por qué nunca volvió al trabajo. Su mente debe estar tan activa, tan llena de ciencia. ¿Cómo puede malgastarla en la casa?

Me quedé sin habla. ¿Estaba recibiendo cumplidos de Madame Curie? ¿Qué excusa podía ofrecer para mi falla en volver a la ciencia? ¿Me atrevería a darle una pista de mi autoría en el artículo de 1905? No podía. Albert me mataría.

Ofrecí la única explicación que pude decir sin incitar a Albert.

—Los niños lo hacen difícil. Y por favor, llámame Mileva.

Madame Curie dio un sorbo a su té y respondió:

—Mileva, yo siempre estoy siendo cuestionada, especialmente por mujeres, sobre cómo concilio la vida familiar con una carrera científica. Bien, no ha sido fácil. Pero nada es fácil para personas como nosotras. Somos europeas del este viviendo en países que miran hacia abajo a la gente de nuestra tierra. Somos mujeres, se espera que nos quedemos en casa, no que tengamos laboratorios y enseñemos en universidades. Nuestras habilidades están en física y matemáticas, campos que hasta ahora sólo eran para hombres. Y encima de todo, somos tímidas y en el mundo científico se requiere que hablemos públicamente. De algún modo, sacar adelante a una familia ha sido la parte más fácil.

¿Cómo podía responder? Gracias a Dios, no me hizo hablar.

—Tú y yo no somos tan distintas, excepto por las decisiones que hemos tomado —soltó una risa—, y los maridos que elegimos, claro.

Casi escupí un trago de té, riendo por el comentario inesperado, casi inapropiado. El difunto marido de Madame Curie era bien conocido por el ilimitado apoyo que brindaba a su carrera. ¿Estaba Marie insinuando que Albert no era como Pierre? Muchas veces había pensado en el matrimonio científico de los Curie y anhelado su unión. Una vez creí que ése sería el camino que Albert y yo tomaríamos.

—No tuve el honor de conocer a Monsieur Pierre, pero es bien conocido su apoyo a ti y a tu trabajo. Debió de haber sido un hombre extraordinario —dije lo más diplomático que vino a mi mente, la única cosa que se me ocurrió para no comparar directamente a Albert con Monsieur Curie. Una comparación donde Albert sufriría gravemente.

—No tengo idea de cómo es la división de trabajo entre tú y Albert, pero mi esposo ha fomentado mi carrera desde el inicio. Cuando el comité del Premio Nobel empezaba a pedir que se quitara mi nombre de nuestra nominación en 1903, Pierre públicamente habló de mí. Insistió con toda la gente influyente en el comité que yo había originado nuestra investigación, concebido los experimentos y generado las teorías sobre la naturaleza de la radioactividad, lo que era, en efecto, cierto. Pero muchos hombres menores no harían el esfuerzo —no preguntó, pero en su afirmación estaba implícita la pregunta de si Albert había ido tan lejos por mí.

Intenté responder a su pregunta tan vagamente como pude, siendo respetuosa.

—Desde el inicio de nuestro matrimonio, nuestra situación no me ha permitido continuar el trabajo fuera de casa. Aunque ciertamente lo he deseado

Madame Curie guardó silencio durante un minuto.

—La ciencia, ciertamente, necesita hombres, pero también necesita soñadores. Y a mí me parece que tu marido es uno de esos soñadores. Y los soñadores necesitan muchos cuidados, ¿verdad?

Reí. ¿Estaba en verdad teniendo esta franca y profunda conversación sobre el estado de mi carrera y de mi matrimonio con Marie Curie?

—Sí, los necesitan.

—Ya sea que Albert haya apoyado o no tus esfuerzos científicos, apoyó ciertamente los míos. ¿Sabías que salió en mi defensa el año pasado cuando ocurrió todo el desagradable asunto con el Premio Nobel? —Madame Curie hizo una pausa, consciente de que toda esa elaboración de «desagradable asunto» era innecesaria. Científicos de todo el mundo decían que no era apta para el premio cuando su amorío con un científico casado, Paul Langevin, se hizo público.

Negué con la cabeza. Albert no me había dicho. Me pareció interesante que estuviera más dispuesto a defender a una conocida adúltera —brillante y valiosa como lo era— que a su propia trabajadora y digna esposa. ¿Qué decía esto sobre su visión de la moral y su fidelidad en estos días?

Madame Curie siguió hablando.

—Tal vez, cuando tus circunstancias lo permitan, Albert volverá a alentar tus esfuerzos científicos.

—Tal vez —respondí en voz baja. Conocía muy bien la falta de interés que tenía Albert en mi trabajo.

—Recuerda mis palabras, Mileva, cuando estés atrapada en el ciclo de muerte de la casa. Tú y yo no somos tan diferentes, excepto por las decisiones que hemos tomado. Y recuérdate a ti misma que una nueva decisión siempre es posible.

Capítulo 38

Del 14 al 23 de septiembre de 1913
Zúrich, Suiza, Kać, Serbia y Viena, Austria

Justo cuando empezaba a desarrollar una tenue confianza en la fuerza de las palabras de Madame Curie, Berlín llamó a Albert para ser director del Instituto de Física Kaiser Wilhelm que estaba en proceso de ser inaugurado. Una posición de profesor en la Universidad de Berlín, sin obligaciones de profesor. Ser miembro de la Academia Prusiana de Ciencias, el honor científico más grande después del Premio Nobel. El paquete de prestigio, dinero —todo sin requerir que hiciera nada además de *pensar*— era tan abrumador que hacían a Albert olvidar lo mucho que había odiado Berlín durante su juventud. Su odio a la ciudad y su gente había sido tan estridente que renunció a su ciudadanía alemana para volverse suizo cuando tenía veinte años.

O tal vez había algo completamente distinto que borró todos esos horribles recuerdos.

Berlín, para mí, sólo albergaba miedo. En Berlín estaba la familia de Albert, que me detestaba. Berlín era notoriamente hostil con los europeos eslavos y yo era todo menos aria. Más que nada, Berlín tenía a Elsa, quien, yo sospechaba, había maquinado todas las ofertas que habían llegado a Albert. Con Elsa cerca —sin importar cuánto me jurara Albert que habían roto— temía que Berlín fuera la muerte de mi matrimonio.

278

Pero no había opción, de acuerdo con Albert. En el pasado, habíamos hablado sobre las nuevas oportunidades y posibilidad de mudarnos juntos, pero no esta vez. Luego de que Max Planck y Walther Nernst hicieran un viaje a Zúrich para persuadir a Albert de que aceptara el paquete —un trabajo que, le informaron con dramatismo, era crítico para el futuro de la ciencia—, Albert anunció que nos iríamos a Berlín. Al inicio, le rogué que no lo hiciéramos, pero luego de su enfática insistencia, dije poco durante las siguientes semanas, incluso cuando me incitaba a hacerlo. Era como si esperara que me negara a ir para poder dejarme.

Para ir hacia su fama. Y hacia Elsa, sin duda.

Aun así, me aferré. ¿Por qué?, muchas veces aún no lo sé. ¿Era porque había sacrificado tanto por él que la idea de dejarlo se sentía como si lo perdiera todo? ¿Estaba tan preocupada por el futuro de los niños con padres divorciados? ¿Había empezado a creer las cosas horribles que Albert me decía? Entre más pasiva me comportaba por la mudanza, él reaccionaba con más odio hacia mí, como si quisiera provocar una pelea para justificar el abandono. Una noche, frente a los niños, me gritó: «le quitas la alegría a todo». Otra vez, enfrente de los Hurwitz, me llamó: «la más oscura de las amargadas». Pero cuando miraba los dulces ojos de mis hijos me preguntaba cómo sobrevivirían a la mancha del divorcio, y me quedaba.

Sorprendentemente, Albert aceptó unas vacaciones de verano en agosto antes de que empezáramos a planear nuestra mudanza de otoño. Nunca pensé que accedería a visitar a mis padres en el Chapitel en Kać —se había resistido desde que Hans Albert era muy pequeño, tanto que mis padres no habían visto a Tete, que ahora tenía tres años, desde que había nacido—, pero ahora parecía totalmente a favor de ir. Casi era sospechoso, a mi parecer. Tan pronto como llegamos a Kać, empezó a provocar discusiones conmigo sobre Berlín, y caí en la cuenta de sus razones para complacerme con el viaje. Había planeado hacerme enojar tanto que insistiera en quedarme en Kać con mis padres. De esa manera podría abandonarme con la conciencia limpia. Después de verlo tratarme mal, mamá y papá apoyarían la idea de que los niños y yo nos quedáramos con ellos.

Pero nada que hiciera o dijera me alteraría. Porque después de Kać, el 23 de septiembre, había accedido a que lo acompañara a una conferencia en Viena. Ahí me esperaba Helene.

Helene y yo nos aferramos una a la otra como balsas en mares turbulentos.

—Chicas, chicas, su reunión es hermosa pero tenemos lugares a donde ir —dijo Albert exhalando de su pipa con un tono humorístico. Era increíble cómo podía cambiar a su encantadora personalidad pública después de haberme gritado que caminara atrás de él y no a su lado. Durante estos días se avergonzaba de mí.

Pero Helene y yo no escuchamos.

—Te he extrañado mucho, Mitza —dijo ella.

—También yo te he extrañado —dije hundida en su cabello. Sus rizos castaños ahora estaban llenos de gris, y las líneas entre sus cejas se habían hecho mucho más profundas. No era sorpresa. Helene y su familia habían contendido en las guerras de los Balcanes los últimos dos años, un conflicto que hacía imposible viajar y conseguir las necesidades básicas.

Qué agradecida estaba de que estuviéramos juntas. Tendríamos tres gloriosos días mientras Albert hablaba, tenía reuniones y se codeaba con sus colegas. Helene y yo estaríamos solas la mayor parte del tiempo, además de las clases de Albert, a las que Helene pidió asistir por educación, supongo. Y estaríamos totalmente solas ya que había dejado a los niños en Kać con mis padres.

—No nos hemos visto durante años, pero hablo contigo todos los días. Siempre estoy hablando contigo en mi cabeza.

Helene soltó una risita que la hizo sonar como la estudiante que alguna vez había sido.

—Yo también, Mitza.

Albert volvió a interrumpirnos.

—Señoras, en verdad tenemos que irnos. El Octogésimo Quinto Congreso de Ciencias Naturales espera, y mi conferencia comienza en menos de una hora.

Dejamos la estación de tren donde nos habíamos encontrado con Helene y subimos a un coche. El tiempo pasó en un segundo platicando de sus hijas y mis hijos, con Albert constantemente hablando de la promesa intelectual de los niños y de sus talentos musicales. Antes de que me diera cuenta, estábamos en nuestros asientos esperando la conferencia.

Helene dio una mirada alrededor del salón de la conferencia con los ojos muy abiertos. No había vivido antes la fama del nombre de Albert. Mis cartas habían sido su fuente primaria de información respecto a su creciente popularidad. Busqué rostros familiares en la el salón, pero ninguno de los amables profesores de Zúrich, Praga o Berna, que había conocido a lo largo de los años, estaban ahí. Era simplemente un mar de sobrios bigotes y barbas. No había ninguna otra mujer.

—¿Todo esto es para Albert? —preguntó Helene.

—Sí —respondí, intentando sonreír—, se ha convertido en toda una estrella.

Tan pronto como Albert subió por los escalones hacia el escenario, el auditorio se llenó con una tormenta de aplausos. Sonrió ante la adulación, con los ojos brillando, una amplia sonrisa formándose en sus labios, la luz centelleaba sobre las hebras de cabello gris entre su salvaje cabello oscuro. Era una interpretación de sí mismo, de su yo de estudiante excéntrico y travieso, una persona inventada a la que empezaba a cultivar. Entendiendo la dicotomía de su transformación inmediatamente, Helene apretó mi mano.

No necesitábamos hablar para comunicarnos. Incluso después de todos esos años.

Se aclaró la garganta y habló para sus fans.

—Saludos, estimados colegas. Aprecio su invitación para hablar en este Octogésimo Quinto Congreso de Ciencias Naturales.

Como me han pedido, mi conferencia hoy se enfocará en mi nueva teoría de la gravitación, ya que expande mi teoría de la relatividad especial establecida en 1905.

—¿No era ese tu artículo? —susurró Helene.

Asentí.

Ella me miró con una expresión afligida. Era la única persona en todo el mundo además de Albert que sabía la extensión completa de mi autoría en los artículos de 1905, incluyendo el que era un tributo para Lieserl, y entendió lo difícil que era para mí ser borrada del proyecto. Sentí mis ojos llenarse de lágrimas por su simpatía; estaba desacostumbrada a la compasión. Miré hacia el techo, intentando evitar que alguien en la multitud me viera llorar.

Albert empezó a explicar el trabajo que él y Marcel habían hecho hasta la fecha. Escribió sus ecuaciones y comparó el desarrollo de su teoría de la gravitación con la historia del electromagnetismo. Entonces se lanzó hacia las dos teorías basadas en la relatividad que estaba considerando y luego expuso su propia teoría; el lugar se llenó de gruñidos. Cuando abrió un espacio para preguntas, incontables manos se levantaron como una ola, y el profesor Gustav Mie, de Greifswald, se levantó sin esperar a que lo llamaran. Visiblemente impaciente, el profesor dijo que la teoría de Albert no tomaba en cuenta el principio de equivalencia, una seria crítica.

Incluso después de que terminó el periodo de preguntas y Albert hubo bajado del estrado, seguía rodeado de científicos. Algunos buscaban respuestas para preguntas esotéricas, y otros buscaban su autógrafo en varios artículos que él había escrito. Cuando disminuyó la multitud, caminó hacia nosotras.

—¿Qué te pareció, Helene? —preguntó. Incluso después de todas las adulaciones que ya había recibido, buscaba más. De todos menos de mí.

—Muy impresionante, Albert —Helene mencionó la cantidad de gente que había llegado y sus reacciones, justo la respuesta que

Albert buscaba. ¿Qué más podía haber dicho? Yo sabía que ella no entendía matemáticas ni física; era una estudiante de historia.

Caminamos por los largos pasillos hacia la salida y luego hacia la banqueta. Los escuché hablando acerca de Berlín y él respondió con entusiasmo sobre la mudanza.

Como Albert había pedido, yo caminaba algunos pasos detrás de él. Cuando la gente que lo reconocía se acercaba para detenerlo con preguntas o comentarios sobre su conferencia, se referían a Helene como «señora Einstein», sin importar los intentos de Helene para corregirlos. Yo era una oscura sombra detrás de la luz de Albert, a la que ellos ignoraban.

En la esquina, Albert entró en un debate con el persistente profesor Mie, y Helene y yo nos fuimos. De todos modos, Albert tenía otras reuniones que atender. Encontramos un café cálido en una esquina cerca de ahí y ordenamos dos cafés y dos tartas Linzer, la especialidad de la ciudad.

Dando una mordida a la mezcla tóxica de canela, almendras y frambuesas, Helene se hizo para atrás en su asiento mientras masticaba.

—Había pasado tanto tiempo desde que probaba algo así de decadente…

—Has sufrido mucho, Helene —me había percatado de su vestido azul deshilachado que casi parecía una colcha de retazos con todas sus enmendaduras y puntadas, y que indudablemente era el mejor que tenía.

—Las cosas tampoco han sido fáciles para ti, Mitza.

—Oh, no tan malas como para ti, ni de cerca. Yo no he tenido trabajo para encontrar comida saludable o necesidades básicas. No he tenido el espectro de la guerra sobre mí. Yo estoy bien; es sólo un poco de estrés marital que también tú has sufrido —aunque ella no había mencionado durante un buen tiempo sus problemas maritales, yo siempre los tenía en mente.

—Mitza, puede que tú no hayas vivido la dura realidad de la guerra en el día a día, pero tu situación es terrible. ¿Por qué crees que estoy aquí? Tus cartas me tenían tan preocupada que encontré una manera de viajar a Viena para verte. Pero ahora que te veo a ti y a Albert en persona —y que veo a los ojos de mi hermosa amiga— creo que estás mucho peor de lo que describes. Peor incuso que cuando perdiste a Lieserl.

Me atravesaron sentimientos contradictorios. Quería protestar que todo estaba suficientemente bien, el mantra que me había repetido durante años, la razón que había ofrecido a mamá y papá, pero mis sentimientos verdaderos hervían en la superficie. Empecé a llorar.

—Mitza, has caminado detrás de Albert como una sirvienta. Sus colegas me estaban llamando señora Einstein y, por amor de Dios, ni tú ni Albert los corregían. Sin importar los problemas privados que yo haya tenido con mi marido, siempre tengo su respeto público. ¿Cómo has llegado tan lejos?

—No lo sé, Helene —dije entre lágrimas—. No lo sé.

—Ya no tengo ningún aprecio por Albert —dijo—. No me gusta la persona en que se ha convertido.

Fue como si un gran peso fuera levantado de encima de mí. Nadie más veía al hombre detrás de su máscara pública.

—¿En verdad, Helene? Podría abrazarte sólo por decir eso. Otros amigos aún lo admiran por sus logros científicos, incluso cuando han sido testigos de cómo me trata. Es como si transformaran su admiración profesional hacia una inalterable afección personal, sin importar qué tan despreciable se haya comportado.

Helene me tomó del hombro, forzándome a verla a la cara.

—¿Dónde estás, Mitza? ¿Dónde está la chica brillante que conocí en la pensión Englebrecht? Parecías tan callada entonces, pero estabas lista para atravesar con tu ingenio a cualquiera cuando era necesario. ¿A dónde ha ido esa chica? La necesitamos de vuelta.

Terribles sollozos azotaban mi cuerpo. Los clientes del café me miraban, pero no me importó.

—No sé a dónde se fue, Helene —lloré.

—Mitza, debes despertar a esa parte latente de ti misma, a esa chica fuerte que has permitido que se vaya a dormir por tantos años. Porque el futuro se ha vuelto claro para mí, aunque no sea vidente. Vas a tener que dar una lucha.

Capítulo 39

18 de julio de 1914
Berlín, Alemania

Albert se había ido por seis días, su más larga ausencia sin explicación desde que llegamos a Berlín. Seis días de Hans Albert y Tete preguntando por su padre. Seis días de encontrarme con los colegas de Albert, que compartían historias de los maravillosos almuerzos y cenas que acababan de vivir con el profesor laureado. Seis días de fingir que todo estaría bien cuando él *decidiera* volver a nuestro departamento en el 33 Ehrenbergstraße después de salir hecho una furia cuando pregunté si regresaría a casa para la cena.

Pero todo estaría bien cuando, si es que, regresara. Con el impulso de Helene y el ejemplo de Madame Curie, había despertado mi fuerza. No soportaría más humillaciones de manos de Albert de nuevo, sin importar si eran personales o profesionales. Si Albert no apreciaba a la mansa compañera en que me había convertido en nuestros años juntos —la física fallida a la que robaba ideas cuando quería y la esposa que se doblaba a su capricho—, estaba segura de que odiaría el regreso de la vieja Mileva en Berlín. Y ella era precisamente quien lo iría a saludar a la puerta cuando volviera de su escape cobarde con su amante, Elsa.

El solo pensamiento de Elsa —cubierta en perfume, con el cabello rubio teñido, exactamente el tipo de mujer consentida y bur-

286

guesa de las que Albert solía burlarse— me enfermaba. No tanto porque me hubiera «robado» a Albert, sino por su perfidia.

—Por favor, señora Einstein, déjeme ayudarla —había dicho Elsa con una sonrisa cuando los niños y yo llegamos solos a Berlín para buscar un departamento durante los días después de Navidad. Albert la había enviado al hotel para «asistirnos», sin mi consentimiento previo.

Mirando a la sonrisa rojo rubí pintada sobre sus labios, no pude hablar. Su audacia de venir aquí, buscando a la mujer a la que había traicionado, me dejó sin habla.

Elsa, como me insistió en que la llamara, siguió a pesar de mi silencio.

—Conozco a los mejores corredores de Berlín. Será un placer ayudarlos a encontrar el departamento correcto —cacareó. Como si su oferta angelical de ayudarnos fuera para beneficio mío y de mis niños, y no para asegurar un departamento conveniente para que Albert pudiera ir a visitarla con facilidad.

Con Tete jalándome del brazo y Hans Albert mirando sospechosamente, me rehusé. Mis hijos podían ver lo que su padre no. ¿Qué clase de ser humano miraba a los ojos a la que ha traicionado y pretende ofrecerle la salvación?

La puerta se azotó. Los chicos corrieron a mi lado. Aunque yo nunca les había dicho lo que pasaba entre Albert y yo, ellos lo sentían. Sus instintos de protección estaban alerta. Mirando dentro de sus ojos color chocolate, tan parecidos a los de Albert, y susurrándoles que todo estaría bien, los envié a sus habitaciones. Sin importar cómo me sintiera respecto a Albert, no quería que ellos fueran testigos de lo que iba a pasar.

Seguí a Albert hacia su estudio, donde se había escondido inmediatamente después de entrar al departamento, sin saludar ni siquiera a los niños.

—Así que Elsa al fin te ha robado completo, ¿no? —dije con un tono de voz firme. ¿Por qué debía cuidar mis palabras. Mejor entender nuestras posiciones al respecto.

Se giró para mirarme, sus cejas se levantaron con sorpresa. Desde que llegamos a Berlín había sido clara con la fidelidad que esperaba de él, pero nunca había mencionado a Elsa. No podía soportar decir su nombre; no podía siquiera imaginar lo que veía en esa insípida matrona sin educación. Pero después de su sexto día de desaparición —días en los que, además, escuchaba a sus colegas susurrando en el mercado sobre mí, como si todos nuestros conocidos en Berlín supieran desde hacía mucho de todo el círculo con Elsa— estábamos lejos de eso.

—Elsa no puede robarte lo que no posees —respondió fríamente.

La vieja Mileva se hubiera hecho migajas ante sus palabras, pero yo no me achiqué. Mantuve la calma y dije:

—Por favor déjame reformular. Acabas de abandonarme a mí y a tus hijos por Elsa. ¿Estoy en lo correcto?

Ante eso, Albert no dijo ni una palabra.

—Supongo que no es el primer abandono, ¿verdad? Nos dejaste por la ciencia hace mucho, ¿no? —seguí.

Resoplando de ira, gritó:

—No soy yo quien te ha abandonado por la ciencia y por otras mujeres, eres tú la que me ha abandonado con tus celos y con tu falta de afecto. Tú me forzaste a los brazos de Elsa.

Agité mi cabeza y sonreí ante su visión infantil del mundo. En verdad estaba tan enfocado en sí mismo que realmente pensaba que yo había retirado mi afecto de la relación primero. Que mi autoprotección y el reciente fortalecimiento de mi resolución ocurrieron *antes* de que él me engañara y secara todas mis ambiciones científicas. Que yo lo empujé a los brazos de Elsa. Era tan ridículo que no me molesté en formular una respuesta. Sería como discutir con un loco. Uno que se había hecho poderoso por su popularidad.

—¿Por qué sonríes? —preguntó enojado.

—Tu comentario sólo refleja el típico modo de pensamiento egoísta que he aprendido a esperar de ti. Pero que ya no toleraré más.

—¿Ah, sí? He preparado algo que creo que borrará esa sonrisa de tu cara —extendió su mano hacia mí. Sostenía un solo papel.

—¿En serio? —pregunté, tomando el papel de su mano.

—En serio —dijo—. Léelo.

—¿Qué es esto?

—Es una lista de condiciones bajo las cuales me quedaré en este departamento contigo y los niños. Esto es sólo para que pueda mantener mi relación con ellos. Y entre tú y yo, quiero que nuestra relación se convierta únicamente en una de negocios, con los aspectos personales reducidos a nada.

—¿En serio? —pregunté otra vez. ¿Pensaba que yo era una propiedad por la cual podía firmar un contrato? Helene gritaría ante esta demanda si estuviera aquí, y papá, no puedo empezar a imaginar lo que haría. Incluso mamá querría que me alejara de esta situación.

—Totalmente. Si no puedes acceder a estas condiciones, me quedaré sin opciones más que pedirte el divorcio.

Miré la hoja de papel. Estaba cubierta de los garabatos de Albert y se parecía a los protocolos de un experimento de física, del tipo que Albert y yo habíamos escrito a montones. Pero entre más lo examinaba, más me daba cuenta de que no se parecía a ningún otro documento que Albert hubiera escrito antes. Probablemente no se parecía a ningún documento que se hubiera escrito.

Era un contrato para mi comportamiento. Mientras leía el acuerdo barbárico, cláusula por cláusula, me sentí más y más indignada. El documento enumeraba las tareas domésticas que *debía* hacer para Albert: lavar su ropa, preparar sus comidas, servirle las comidas en su habitación, limpiar su recámara y su estudio, con el requerimiento de que nunca tocara su escritorio. E incluso más increíble era la lista de cosas que debía «obedecer» en mis tratos personales con él. Demandaba que renunciara a toda interacción con él en la casa, él era quien controlaría con quién y dónde yo podía hablar, y qué tipo de cosas podía decirle a él frente a los niños. En particular, ordenaba que renunciara a todo tipo de intimidad física con él.

El documento en verdad era para convertirme en propiedad de Albert.

Sentí a Helene a mi lado en solidaridad, animándome a decir:

—¿Qué pasa por tu cabeza para pensar que aceptaría esto? ¿Qué me hundiría aún más debajo de lo que ya me has enterrado?

—No me quedaré contigo en este departamento de ningún otro modo —dijo con cierto aplomo. Entonces me di cuenta de que él había ganado, sin importar si yo accedía o no. Si me quedaba o no.

Le puse el papel en las manos. Me entristeció pensar que de cualquier manera ya había cumplido casi todas esas condiciones. Lo bajo que había caído.

Tomé un hondo respiro y anuncié:

—No tienes que preocuparte.

Me miró incrédulo.

—¿Aceptas los términos?

—Oh, no, yo *nunca* aceptaría esos términos, Albert. No tienes que preocuparte por quedarte en este departamento con nosotros, porque somos *nosotros* los que nos vamos.

Capítulo 40

29 de julio de 1914
Berlín, Alemania

Sonó el silbato del tren y Tete aplaudió al sonido. No entendía la magnitud de esta partida. Para él, era sólo un viaje a otro destino. Había habido tantos.

Para mí, este tren de vuelta a Zúrich era un tipo de viaje totalmente distinto. Zúrich representaba viejos amigos, mis años de educación, posible trabajo, un clima saludable y una situación política firme para los niños, y la mejor posibilidad de una vida feliz sin Albert.

Albert permaneció cerca de nosotros mientras el tren se preparaba para admitir pasajeros. Después de abrazar a Tete, intentó abrazar a Hans Albert muchas veces, pero mi hijo se soltaba de su abrazo. Hans Albert no estaba ni de cerca tan perdido —ni perdonaba tanto— como su hermano.

Las puertas del tren se abrieron y los dos tomaron mis manos. Albert se arrodilló para decir adiós por última vez, con lágrimas en los ojos. Era la primera señal de remordimiento o tristeza que había visto desde que llegamos a Berlín.

—¿Por qué tan triste, papá? —preguntó Tete, acercándose para tocar la cara de Albert con su mano libre.

La dulce caricia desató algo que estaba reprimido en Albert. Sollozó a los niños:

—Los voy a extrañar, a ambos.

Sólo había visto a Albert llorar una vez, en la muerte de su padre.

¿Finalmente estaba arrepintiéndose de sus acciones? Tal vez un tiempo separados lo haría apreciarnos, aunque dudaba mucho que Albert fuera capaz de cambiar. *Detente*, me ordené a mí misma. No podía permitirme pensar de esta manera; abría la puerta a la debilidad. Y yo ya no podía aceptar su tiranía. Este era el adiós de nuestro matrimonio.

Tete soltó mi mano y abrazó a su padre.

—No te preocupes, papá. Te veremos pronto.

Hans Albert no se conmovió con la extraña muestra de angustia de su padre. En vez de eso, me tomó con más fuerza de la mano. No hizo un solo movimiento hacia Albert.

—¡Todos a bordo para Zúrich! —gritó el ingeniero desde la ventana del tren.

—Vamos, Tete —le dije—, debemos irnos.

Lo tomé de la mano y sin mirar a Albert, conduje a los niños hacia el tren. Aseguramos un compartimento vacío y los senté con comida y libros, mientras el asistente subía nuestro equipaje en las rejas. Vi a Albert quieto en la plataforma. Había lágrimas bajando por su cara.

¿Dónde habían estado esas lágrimas todo este tiempo? Había pasado años sin empatía o compasión por mí o los niños o la muerte de Lieserl. Incluso durante nuestra separación estos últimos meses, no había visto evidencia de melancolía sobre nuestro matrimonio fallido o por la partida de sus hijos. El pobre Fritz Haber, un profesor de química cercano a nosotros, había sido enlistado para memorizar los términos de la separación a los que habíamos accedido dolorosamente. La custodia era mía. Una suma anual para el cuidado de los niños. Vacaciones con Albert, pero nunca en compañía de Elsa. Los muebles serían enviados a mí a Zúrich. Las ganancias de cualquier futuro Nobel para mí, algo que parecía muy posible, dado que había estado nominado durante los cinco años anteriores. Negociar este último término había provocado la única muestra real de emoción en nuestra separación, pero era enojo, no tristeza. Albert inicialmente había resistido la noción de compartir conmigo el dinero del Premio Nobel —el que esperaba por cualquiera de nuestros cuatro artículos de 1905—, pero yo insistí. Ya que había quitado mi nombre, unilateralmente, de esos artículos, poniendo el premio lejos de mi alcance, al menos yo merecía el dinero.

Ninguna lágrima bajó por mi mejilla. No sentía nada.

Sonreí hacia mis hijos, que estaban ansiosos, intentando calmar sus miedos. El compartimento del tren, aunque rebosaba con nuestras pertenencias y estaba decorado con pesados ornamentos en terciopelo rojo, se sentía extrañamente vacío. ¿Faltaba algo? Nuestros baúles y equipaje estaban guardados seguros en las rejas encima de nosotros, y nuestras bolsas de mano estaban a un costado en los asientos. No podía ser la ausencia de Albert; los chicos y yo estábamos acostumbrados a viajar sin él, a vivir sin él, en realidad. ¿Cuál era la fuente de este sentimiento? ¿Podía ser Lieserl? No, ella estaba aquí, conmigo, era la sombra que conducía mi vida, una ausencia que de algún modo estaba siempre presente. Tal vez el algo que faltaba era la vieja yo que dejaba atrás. Por primera vez en mucho tiempo, me sentía como Mitza de nuevo.

Sonó el silbato del tren y miré por la ventana. Ahí estaba Albert. Rugiendo y temblando, el tren comenzó a tomar velocidad mientras salía de la estación. Aceleró más y más rápido y Albert se hizo más y más pequeño. Como el *quantum*. O un átomo. Hasta que desapareció por completo en el éter.

Epílogo

4 de agosto de 1948
62 Huttenstrasse
Zúrich, Suiza

Todo cuerpo continúa en reposo o en movimiento en línea recta hasta que es compelido a cambiar por fuerzas impresas sobre él. Encontraba esta ley del movimiento hermosa y profunda, una declaración elegante de una de las verdades de Dios descubiertas por el hombre. En mi juventud, percibía el principio como si aplicara únicamente a los objetos; sólo más tarde me di cuenta de que las personas también operan bajo este principio. El camino de mi infancia —matemática, científica, solitaria— continuó en línea recta hasta que una fuerza actuó sobre él. Albert era la fuerza impresa sobre mi camino recto.

La fuerza de Albert actuó sobre mí de acuerdo a la segunda ley del movimiento. Me arrastró en su dirección y a su velocidad, y su fuerza se volvió la mía. Mientras tomaba el papel de ser su amante, la madre de sus hijos, su esposa y su secreta compañera científica, le permití cortar todas las partes de mí que no encajaban en su molde. Expandí otras partes para seguir sus sueños. Sufrí en silencio cuando mis deseos no encajaban en los suyos. Como el sacrificio de mis ambiciones profesionales por su asenso estelar. Como darme por vencida en mi habilidad de mantener a Lieserl conmigo.

Hasta que no pude soportar más la fuerza de Albert. La tercera ley del movimiento se disparó, y ejercí una fuerza igual en magnitud y en dirección opuesta a la suya. Tomé de vuelta el espacio que me pertenecía. Lo dejé.

Desde entonces, he estado en reposo, desafiando las leyes del movimiento. He visto la guerra llegar a Europa una vez, luego dos veces, y durante ese tiempo, he tomado la mano de mi querida, presciente Helene cuando la necesitaba. Incluso cuando tuve el dinero del premio Nobel que Albert me había prometido durante el divorcio para asistirme en la crianza de mis hermosos hijos —mi brillante Hans Albert, que se convirtió en ingeniero, y mi pobre Tete, que sucumbió a la enfermedad mental—, reclamé mi intelecto y mi pasión científica siendo tutora de prometedoras jóvenes científicas. El tipo de chicas que Lieserl pudo haber sido de haber vivido. El tipo de chica que yo fui alguna vez. Tal vez estas chicas encontrarían el resto de los patrones de Dios en la ciencia y, algún día, contarían mi historia.

He sido testigo del ascenso de Albert como un santo secular. Pero ni una sola vez he deseado volver a tener el rol de ser su esposa. Sólo he anhelado volver a tener el rol de ser la madre de Lieserl.

¿Qué actos podría haber cambiado para deshacer la muerte de Lieserl? ¿Empiezo por alterar el camino de la inocente joven universitaria? ¿Necesito regresar a los días en el Chapitel con mi pequeña Lieserl cuando Albert me hizo volver con él? ¿A la estación en que perdí mi tren? ¿Cómo puedo encontrar mi camino de vuelta hacia ella?

Finalmente, aunque está oscuro, puedo ver. Veo el reloj. El tren. Y comprendo.

No necesito cambiar ninguna acción. Porque estoy en el tren. Estoy viajando más rápido que la velocidad de la luz, y las manecillas del reloj giran hacia atrás. Veo a mi Lieserl.

Mitza

Nota de la autora

Confieso que empecé esta novela con el conocimiento más común sobre Albert Einstein y apenas sabía algo de su primera esposa, Mileva Marić. De hecho, nunca había escuchado nada sobre Mileva Marić hasta que ayudé a mi hijo Jack con un reporte del magnífico libro para niños de Scholastic ¿Quién era Albert Einstein?, que mencionaba brevemente que la primera esposa de Einstein también era una física.

Me intrigó. ¿Quién era esta mujer desconocida, una física en un tiempo donde muy pocas mujeres tenían educación universitaria? ¿Y qué rol había jugado en los descubrimientos del gran científico?

Cuando empecé a investigar a Mileva encontré que, más que ser desconocida, como yo pensaba, era el punto de muchos debates en la comunidad de la física. El papel que pudo haber jugado en la formación de las innovadoras teorías de Albert en 1905 era muy discutido, particularmente cuando las cartas de la pareja, escritas en los años de 1897 hasta 1903 —cuando Mileva y Albert eran universitarios juntos y estaban recién casados— fueron descubiertas, en la década de 1980. En esas cartas, Albert y Mileva discutían proyectos que hacían juntos, y las cartas causaron ruido en el mundo de la física. ¿Era Mileva simplemente una caja de resonancia de las lluvias de ideas de Albert, como muchos científicos insistían? ¿Sólo lo ayudó con algunos de los cálculos complicados de matemáticas, como otros decían? ¿O había jugado un papel mucho más crítico, como pocos físicos creían?

Mientras rebuscaba en la historia de Mileva, descubrí que ella era fascinante por sí sola, no sólo como una nota a pie de página en la historia de Albert Einstein. Su asenso entre las aguas estancadas de la misógina serbia hasta los salones universitarios de física y matemáticas de Suiza, que eran exclusivamente para hombres, no era nada menos que meteórico. A mi parecer, la pregunta de qué rol jugó realmente en el «año milagroso» de Albert se convierte en un estudio de cómo Mileva —después del embarazo, su examen fallido, y el matrimonio— fue obligada a subsumir sus ambiciones académicas e intelecto por el ascenso de Albert. Su historia era, en muchos modos, la historia de muchas mujeres inteligentes y educadas cuyas aspiraciones se marginalizaron en favor de sus esposos. Creí que era tiempo de que estas historias fueran contadas.

Dada la nueva luz que esta historia arroja sobre el famoso Albert, muchos lectores de *El otro Einstein* tendrán curiosidad por saber precisamente cuánto de este libro es verdad y cuánto es especulación. Cuando fue posible, en el marco general de la historia —las fechas, los lugares, las personas— intenté mantenerme tan cercana a los hechos como fuera posible, tomándome la libertad necesaria para propósitos ficcionales. Un ejemplo de estas libertas es que Mileva no empezó su vida en Zúrich en la pensión Engelbrecht sino que encontró su camino hacia ella mediante sus amigas luego de vivir en otra pensión, y por tanto, esa escena con Mileva y su padre conociendo a los Engelbrecht es totalmente ficticia, como muchas otras escenas entre Mileva y sus amigas de la pensión, aunque todas pudieron haber pasado un poco más tarde en su vida. Y, por supuesto, hay muchas otras instancias en las que imaginé los detalles de los eventos sobre los que conocía sólo los hechos concretos. Para hacer su propio juicio sobre las verdaderas vidas de las personas descritas en *El otro Einstein*, invito a los lectores a acceder a la colección de papeles, cartas y artículos de Albert Einstein y Mileva Marić que están en línea en el maravilloso sitio web http:// einsteinpapers.press.princeton.edu.

Ciertamente, existe especulación en *El otro Einstein*; el libro es, primero y más que otra cosa, ficción. Por ejemplo, el destino exacto de Lieserl es un misterio, aunque no por falta de esfuerzo; Michele Zackheim escribió un maravilloso libro llamado *La hija de Einstein: la búsqueda de Lieserl* sobre la prolongada búsqueda de Lieserl, una que no produjo ningún resultado. ¿Dieron a Lieserl en adopción? Me parece bastante probable que Lieserl muriera de la escarlatina que hizo correr a Mileva de Zúrich a Serbia.

De manera similar, la naturaleza precisa de la contribución de Mileva a las teorías de 1905 atribuidas a Albert es desconocida, aunque nadie puede discutir que, al menos, ella jugó la parte de soporte emocional e intelectual durante esta etapa crítica. Pero dada la forma en que Mileva veía el mundo y cuán desesperadamente debió haber amado a su hija ¿no es posible que la pérdida de Lieserl hubiera inspirado a Mileva para crear la teoría de la relatividad especial? Responder mediante la ficción las preguntas aparentemente sin respuesta en la vida de Mileva, explorando los «y si», es lo que hace interesante para mí escribir *El otro Einstein*.

Muchos libros y artículos de la vasta biblioteca de material escrito sobre Albert Einstein me ayudaron inmensamente en la investigación para este libro. De ellos, encontré particular ayuda e inspiración en: *Albert Einstein/Mileva Marić: The love letters*, editado por Jürgen Renn y Robert Schulmann; *Einstein in Love: A Scientific Romance* por Dennis Overbye; *In Albert's Shadow: The Life and Letters of Mileva Marić, Einstein's First Wife* por Milan Popovic; *Einstein: His Life and Universe* por Walter Isaacson; y *Einstein's Wife: Work and Marriage in the Lives of Five Great Twentieth-Century Woman* por Andrea Gabor. Estos son sólo unos cuantos.

El propósito de *El otro Einstein* no es hacer menos la contribución de Albert Einstein a la humanidad y la ciencia sino compartir la humanidad bajo sus contribuciones científicas. *El otro Einstein* apunta a contar la historia de una mujer brillante cuya luz se ha perdido en la enorme sombra de Albert: la historia de Mileva Marić.

Agradecimientos

Muchas personas fueron instrumentales para ayudarme a sacar a Mileva Marić de las sombras de su famoso esposo, Albert Einstein, y para traerla a la luz en *El otro Einstein*. Mi incansable agente, Laura Dail, lideró el trabajo, y mi tremenda editora de Sourcebook, Shana Drehs, llevó la antorcha. El equipo completo de Sourcebooks —Dominique Raccah, a cargo, junto con los fantásticos Valerie Pierce, Heidi Weiland, Heather Moore, Lathea Williams, Stephanie Graham, Heather Hall, Adrienne Krogh, Will Riley, Danielle McNaughton, Travis Hasenour, y tantos otros— corrieron desde allí, convirtiéndose en entusiastas defensores de *El otro Einstein*.

Mi maravillosa familia y amigos han sido indispensables con su apoyo, incluyendo a —pero definitivamente no limitándome a ellos—: mi equipo de Sewickley, mis chicas escritoras de la suerte, Illana Raia, Kelly Close y Ponny Conomos Jahn. Pero sin mis chicos Jim, Jack y Ben defendiendo este proyecto, *El otro Einstein* nunca hubiera visto la luz. Ellos tienen mi gratitud infinita.